一鬼夜行　鬼の祝言

小松エメル

ポプラ文庫ピュアフル

目次

登場人物紹介

喜蔵《きぞう》
古道具屋「荻の屋《おぎや》」店主で、若干二十歳ながら妖怪も恐れる閻魔《えんま》顔。明治五年夏、自宅の庭に小春が落ちてきて以来、妖怪沙汰《ざた》に巻き込まれる羽目に。

小春《こはる》
見た目は可愛らしくも大食らいの自称・大妖怪。元は龍《りゅう》という名の猫股だったが鬼に転身し、修業中。喜蔵の曾祖父・逸馬《いつま》とも関わりがあった。

深雪《みゆき》
人気牛鍋屋「くま坂」の看板娘。喜蔵の異父妹で、ともに暮らしている。

彦次《ひこじ》
喜蔵の幼馴染みの貧乏絵師。男前なのに情けない性格。勘が鋭く、しばしば妖怪に目をつけられる。

綾子《あやこ》

裏長屋に住む美貌の未亡人。男を呪い殺す妖怪・飛縁魔《ひえんま》に憑《つ》かれている。

弥々子《ややこ》

神無川《かんながわ》に棲《す》む河童《かっぱ》の女棟梁《とうりょう》。喜蔵の曾祖父・逸馬とも交流があった。

「荻の屋」の妖怪たち

最古参で皆のまとめ役である硯《すずり》の精《せい》を筆頭に、堂々薬缶《どうどうやかん》、前差櫛姫《まえざしぐしひめ》といった付喪神《つくもがみ》や、女の生き血を吸う妖怪・桂男《かつらおとこ》など、さまざまな妖怪が出入りしている。

天狗《てんぐ》

百年前、猫股だった小春に負けて以来、復讐《ふくしゅう》の機会を狙っている。

多聞《たもん》

腕にある複数の眼で他者を操る妖怪・百目鬼《どうめき》。できぼし、勘助《かんすけ》という人外の者と行動を共にしている。喜蔵を気に入り、事あるごとにちょっかいを出してくる。

猫股《ねこまた》の長者《ちょうじゃ》

化け猫たちの長で、残忍な性の持ち主。裏切り者として小春を狙っている。

小松エメル

一鬼夜行

鬼の祝言

序

人々の間を縫《ぬ》い、ようやくのことで一の鳥居の前に戻ってきた喜蔵《きぞう》は、そこにいるべきはずの人間がいないことを悟って、嘆息《たんそく》を吐《つ》いた。

——ねえ、飴《あめ》を買ってきてよ。あたしはここで待っているからね。早くしないと、置いていってしまうから。

言通り、相手は先に行ってしまったらしい。

(否《いな》——俺を捜しに行ったのだろう)

物を頼んでおいて、早く戻れと言い、帰りが遅かったら心配になって捜しにいく——身勝手な従姉《いとこ》らしい行動だった。まだそうと決まったわけではないが、幼い頃から共にいるので、従姉の性分はすっかり承知していた。気が強くて、世話焼きで、ひどく心配性なのだ。喜蔵はいつもこの五つ歳上の従姉に振り回され、好《い》いように扱われていた。

「……まったく、困った従姉《ねえ》さんだ」

喜蔵はぶつぶつ言いながら、来た道を歩き出した。己《おのれ》を捜しに走っているであろう従姉を見つけに行くためだ。また人混みの中を歩くのは嫌だったが、致し方ない。

四半刻《しはんとき》前から、喜蔵は従姉と共に近所の神社の祭りに来ていた。本当は祖父と出掛けるはずだったのが、祖父が体調を崩してしまったのだ。

――ほら、喜蔵。何しているの。さっさとお祭りに行くわよ。

半刻前に訪ねてきた従姉が言った時、喜蔵は「行かない」と答えた。祖父の看病をしようと思ったからそう述べたのだが、

――……連れて行ってもらえ。お前、楽しみにしていただろう？

当の祖父は、武骨な顔を顰《しか》めて言った。否定しようとした時には、無理やり手を引かれ、外に連れ出されていたのである。

――楽しい、楽しいね。

道すがら、従姉は歌うように言った。ぼんぼりに照らされた頰《ほお》は、うっすら赤みを帯びていて美しかった。困った従姉だが、喜蔵は彼女の子どもっぽい表情を眺《なが》めているのが好きだった。他の人間とは違い、なぜだかきらきらと輝いて見えたからだ。

参道の入り口である一の鳥居から、二の鳥居の間は、夜店がずらりと並んでいる。一軒一軒中を覗《のぞ》き込むようにして見て回ったが、あのきらきらとした表情をする者は見当たらなかった。結局すべての夜店を見尽くしてしまった喜蔵は、二の鳥居を通り過ぎて、社《やしろ》へと向かった。ぼんぼりの数が減って闇《やみ》が増すなか、喜蔵は周りを見回した。

迷子になるような歳ではないが、従姉は女だ。おまけに、目を引く美人である。だが、

あまり心配はしていなかった。従姉は外見とは裏腹に腕っぷしが強いのだ。一度、伯父《おじ》と取っ組み合って喧嘩《けんか》しているところを見かけたが、畳《たたみ》の上に這《は》いつくばって許しを乞《こ》うたのは、伯父の方だった。それ以来、喜蔵は従姉には決して逆らうまいと決めていた。

社内を一周しても見つからなかったため、裏手にある小さな稲荷《いなり》まで足を延ばした。しかし、そこにも従姉の姿はない。本日何度目かの嘆息を吐いた喜蔵は、踵《きびす》を返したが——。

「——」

すすり泣くような声が聞こえてきて、足を止めた。振り返ると、赤い布を首から下げた狐《きつね》がこちらを睨《にら》んでいた。ただの石の置物だが、暗闇の中で見ると、異様に不気味である。かといって、これが泣くわけがない——冷静に判断した喜蔵は、奥へ歩いていった。己の身の丈《たけ》より少しだけ高い真っ赤な鳥居を二十基潜《くぐ》り抜けると、稲荷社に行き当たった。

「……一人なのか?」

稲荷の前で膝《ひざ》を抱《かか》え込んでいた少年に向かって、喜蔵は言った。顔を伏せているのではっきりとは分からないが、己よりも二つ三つ幼いようだ。総髪《そうはつ》にし、きちんと折り目のついた小奇麗《こぎれい》な袴《はかま》を着けている。

「迷子か?」

喜蔵の問いに、相手は首を横に振った。

「では、さっさと帰れ。お前のような幼子がこのようなところに一人でいるものではない」

十二の己を棚《たな》に上げ、喜蔵は平然と言い放った。

「……帰りたくない」

返ってきた声は、想像よりも高い。もしかすると、もっと歳下なのかもしれぬ。忠告だけして立ち去ろうと思っていた喜蔵は、仕方なく少年の前に屈みこんで問うた。

「叱《しか》られでもしたか？」

また答えぬかと思ったが、「嫌になっただけ」と相手はぼそりと返事をした。

「親のことが嫌になったのか？」

「……父上も母上も好き。けれど、あの家は嫌だ」

少年は小声ながらはっきりと答え、はっとしたように顔を上げた。

「――言わないで」

「誰に？」とは問わず、喜蔵は頷《うなず》いた。露《あら》わになった顔は、思ったよりも大人びていた。目の下は赤いものの、涙は流していない。あまりに必死な目で見てくるので、何があったのかと珍しく気になったが、どう訊《たず》ねればよいか分からず、結局黙り込んでしまった。

「……迷子？」

問うたのは、少年の方だった。喜蔵はほっとしつつ、答えた。

「従姉と来たのだが、迷子はそちらの方だ。ここに来るまで散々捜し回ったが、どこにもおらぬ。もしかしたら、家に帰ってしまったのかもしれぬな。手前勝手な人なのだ」

「その人のこと嫌いなの？」

「……別段嫌いではない」

答えると、今度は得心したように少年は頷き、こう言った。

「もう行って」

はっきりと拒絶されてしまい、喜蔵は固まった。しかし、まっすぐ見つめてくる瞳に負け、さっと立ち上がった。踵を返して歩き出すと、少年のごく微《かす》かな呟《つぶや》きが聞こえてきた。

「見つかりますように……」

狐の横を通り過ぎる辺りで、喜蔵は再び回れ右をした。戻って来た喜蔵を見て、少年は驚いた顔をした。口をへの字にした喜蔵は、少年の腕を摑《つか》んで、引き上げた。そのまま歩き出すと、「どうしたの？」と少年は戸惑ったような声を出した。

「どうせ暇《ひま》なのだろう？　従姉を捜すのを手伝え」

一人では危ないから一緒にいよう——そう言おうとしたのに、口から出たのは、嫌味な台詞《せりふ》だった。昔から素直ではなかったが、この頃ますます拍車が掛かっている。従姉からはからかわれ、伯父には苦い顔をされることもしばしばだ。幼馴染《おさななじみ》から聞いた話によると、近所の歳が近い子どもたちは、喜蔵のことを怖がっているらしい。

——性根は優しいのだから、気にするな。

そんな風に言って己を庇《かば》ってくれるのは、この世でたった一人——祖父しかいない。

「お祖父《じい》さんがどうしたの？」

少年に問われたことで、喜蔵は己が声に出していたことに気づいた。

「風邪《かぜ》で寝込んでいるのだ。帰ったら、様子を窺《うかが》わねばならぬと考えていた」

言い訳をした途端、少年は足を止めて、腕を振りほどこうと暴れ出した。突然の行動に喜蔵は困惑したが、少年が言った台詞を聞いて理由が分かった。

「早く帰って！」

「……近所の人が看病してくれているので大丈夫だ」

喜蔵の答えを聞いた途端、暴れるのをやめた少年を見遣《みや》って、喜蔵は再び歩き出した。

「……この前亡くなったの」

少年の呟きが何を指しているか一瞬分からなかったが、赤く腫《は》れた目を見て、喜蔵はある考えに思い至った。

「お前の祖父さんが亡くなったのか？」

「うん」

（家に帰りたくないのは、そのせいか……）

家に帰っても、祖父はいない。それを思い知るのが嫌だったのではないか？――考え込んでいると、袖《そで》をぎゅっと引っ張られた。振り返ると、少年が息を切らしていた。気づかぬうちに、足を速めていたらしい。「すまぬ」と小さく言うと、少年は手を差し出してきた。

（……引けと申しているのか？）

幼子の手など引いたことがない喜蔵は、大分逡巡《しゅんじゅん》した後、小さな手を掴んだ。自分からせがんできたくせに、少年は目の玉が零《こぼ》れ落ちそうなほど目を見開き、驚いた顔をした。

「……どんな人？」

まだまだ人が減らぬ参道を歩きながら、少年は問うた。

「意固地で偏屈《へんくつ》で、あまり物を申さぬ人だ。いい歳をして、何でも自分でやろうとする。己が爺《じじい》であることを失念しているのだ。こちらが手伝いをしても、いらぬと申すし……」

段々と愚痴《ぐち》になっていたことにも気づかず、喜蔵はぶつぶつ言った。我に返ったのは、傍《かたわ》らから笑い声が聞こえてきた時だった。

「……面白いか？」

それまでの硬い表情から一変して、少年は明るく笑っていた。何がおかしいのか分からず苛立《いらだ》ちかけたが、楽しそうにしているのを見ていたら、どうでもよくなった。細められた目は、下が欠けた半月のように優しげである。何となく、猫のようだと喜蔵は思った。

「従姉の人のことを訊いたのに」

含み笑いで言われ、喜蔵はやっと少年の意図が分かった。従姉を一緒に捜せ――そう命じておいて、どんな相手かも話していなかったのだ。これこれこういう格好をしていて、髪はこうで、と思いつく限り特徴を述べると、「お顔は？」と少年が訊く。

「……まあ、美人だ。性格がきついので、それが顔に出てしまっている気もするが」

「ふうん」とつまらなそうに応じた少年の顔を見ると、すでに笑みはなかった。

（……笑っていた方がよいのに）

年相応の愛らしい表情が蘇《よみがえ》り、喜蔵は思った。歳も性別も顔立ちも異なるが、従姉のようにきらきら輝いて見えたような気がしたのだ。少年は「あの人?」「その人?」とすれ違った女子を指差した。適当かと思いきや、少年が選んだ相手は皆、美人の部類だった。

幼いくせに目が肥《こ》えている——またしても己のことは棚に上げて、喜蔵はくすりと笑った。

「笑った方がいいよ」

また思っていたことが声に出てしまったのかと思い、喜蔵は思わず足を止めた。少年はそんな喜蔵を不思議そうに見上げ、もう一度同じ台詞を口にした。

「……どうせ、『その方が恐ろしくないから』とでも言うのだろう?」

そっぽを向きながら返すと、少年はするりと手を離し、その手で己の腹を抱《かか》えた。

「笑うな……いや、笑ってもよいが」

天まで届くような明るい笑い声を立てた少年の顔は、やはりきらきら輝いて見えた。道ゆく者も皆、少年を見遣って微笑《ほほえ》んだ。そのうち、喜蔵もつられて笑ってしまったほど、かくも明るい笑みだった。

結局、従姉のことは見つけられなかった。否——本当は、一度それらしき後ろ姿を見かけたのだが、知らぬ振りをした。もし、そこで再会してしまったら、横にいる少年がまた気を遣ってしまうと思ったのだ。「もう行って」と言ったのも、腕を振りほどこうとしたのも、心配してくれたからだろう。出会ったばかりだが、少年がとても優しい心の持ち主だということに、喜蔵は気づいていた。

一の鳥居を抜けて神社の外に出た喜蔵は、「家はどちらだ?」と少年に問うた。

「すぐそこ」

「嘘《うそ》を申すな」

間髪《かんはつ》入れずに言うと、少年はぐっと詰《つ》まった顔をして、うつむいてしまった。

「……家に帰るのも嫌だけれど、貴方《あなた》に付いてこられるのはもっと嫌だ」

また妙な気遣いをするな――喜蔵は開きかけた口を噤《つぐ》んだ。少年は眉《まゆ》を顰《ひそ》め、顔色を青くしていた。嚙《か》みしめた唇は、色を失くしている。その様子を見れば、本当に嫌がっていることは一目瞭然《いちもくりようぜん》だった。いやいや、と首を振る子どもを前に、同じく子どもである喜蔵は途方に暮れて立ち尽くした。

「――お迎えに参りました」

後ろから声を掛けられ、喜蔵ははっと振り向いた。そこには、男が立っていた。提灯《ちょうちん》を掲《かか》げているものの、ほっかむりをしているので、顔は見えない。それでも好い男振りに見えたのは、優雅な佇《たたず》まいのせいだろうか。

「さあ、帰りましょう」

手招きする男を見て、少年は泣きそうな顔をした。

「……おい、あんたはこの子の何だ?」

少年を己の後ろに庇《かば》って立った喜蔵は、男を睨みつけながら言った。

「お前さんこそ、その子の何だい?」

問い返された喜蔵は、何も答えられなかった。何しろ、相手は出会ったばかりの少年だ。歳も下で、互いの素性も知らない。それを友と呼んでいいのかどうか、友が少ない喜蔵には分からなかったのだ。逡巡している間、男はじっと喜蔵を見つめている様子だった。無言の威圧感に襲われ、額《ひたい》からつっと汗が一筋流れた時、

「……ほうほう。もしや、これは――」

一人で得心したように頷いた男は、口元に手をやってくすくすと笑い出した。顔は相変わらず見えなかった。不気味に思えてならなかったし、馬鹿にされた気がして腹が立った。

「笑うな」

重なった声に驚いて後ろを見下ろすと、少年も同じように目を瞬《しばた》かせて喜蔵を見上げていた。すると、男はますます笑って、目元をぬぐうような素振りさえ見せた。

「帰りましょう。父上も母上も、とても心配されていますよ」

私も――聞こえるか聞こえないか微妙な声音で、男は言った。それから間もなくして、己の背中から温かさが遠ざかった。少年が喜蔵の背から離れ、男の許《もと》へと歩いて行く。

「ありがとう」

男の傍らで足を止めた少年は、振り返って述べた。顔の横で控えめに振られた手は、遠目だと尚《なお》白くて小さかった。喜蔵がようやく手を振り返した時には、少年は男と共に歩き出していた。二人の姿が見えなくなるまで見送って、喜蔵は踵を返した。

（……もう一度戻ってみるか）

諦《あきら》めて家に帰っただろう——そう思う反面、まだ己のことを捜して神社の中を走り回っている気もした。喜蔵の家はすぐ近くだが、従姉は心配性なのだ。

（一緒にいすぎて、従姉さんの性質が移ってしまったのかもしれない）

たった今別れたばかりの名も知らぬ少年のことが、喜蔵は気になって仕方がなかった。

一、縁は異なもの

じりじりと鳴き続ける蟬《せみ》の声に、喜蔵はずっと耳を傾けていた。

(雨だというのに、一体どこで鳴いているのだ?)

幾ら木の下にいようとも、完全に遮けられはしないだろうに——そう思いながら、喜蔵は店の戸をちらりと見遣った。営業中ではあるものの、雨封じのために戸は閉まっている。見えぬ外を見ようとしたのは、それだけ今起きていることに辟易《へきえき》していたからだ。

「のう、聞いているのか?」

微《かす》かに頷くと、相手は満足したように、続きを話し出した。どうでもいい言葉の羅列《られつ》と、切羽詰《せっぱつ》まったような蟬の声が混じって、喜蔵の頭の中は妙な具合になっていた。だから、ふとあの時の声が蘇ってしまったのだろう。

——そんじゃあ——またなっ!

(……これは、数日前のことではないか)

喜蔵はフンッと鼻を鳴らした。いつもの台詞を述べて既知の小鬼が去ってから、九日後の明治六年七月十七日――下町浅草《あさくさ》の古道具屋「荻の屋《おぎや》」では、常と変わらぬ日々が続いていた。（何か事が起きるやも）と警戒していたのは、その小鬼――小春《こはる》が去って間もない時だけで、今では緊張感は遠のいた。不穏な気配が少しも感じられぬから――との理由はもちろんのことだが、それよりも余所事《よそごと》に気を取られているのだ。

「……そうして、水が零れたのだ。否、水ではないな。あの時は怒りのあまり沸騰《ふっとう》して、すでに熱湯だった。そんじょそこらの熱さではないぞ？　一寸《ちょっと》でも触れたら、死んでしまうだろうよ。だが、怒りにも増して抱《いだ》いている想いに、俺はその時気づいたのだ！」

（……早く終わらぬだろうか）

これまた常通り、店奥の作業場で古道具の修繕をしていた喜蔵は、横に居座って一方的に話しかけてくる相手を横目で見て嘆息を吐いた。

「……そこで、俺はあの娘に一目惚《ひとめぼ》れしたんだ。あんなに可憐《かれん》で意地の悪い怪は他にいない。それと同じくらい、俺のように良い墨《すみ》色をした怪も他にいない。つまり、俺たちは一緒にならねばならぬ運命なのだ！……ああ、言ってしまった！」

黒々しい身を赤らめ、身をよじるようにしながら堂々薬缶《どうどうやかん》は言った。（薬缶のくせに照れるな）と思いつつ、喜蔵は黙々と作業を続けた。薬缶の長い口がそのまま己の口となっている堂々薬缶は、見目通り薬缶の妖怪である。最初はただの薬缶だったが、百年以上生き続けた後、命が宿って付喪神《つくもがみ》となったらしい。

「すぐにでも祝言をあげるべきと思ったが、急《せ》いてはことを仕損じる。だから、俺はひたすら想いを胸に秘めてこれまで来たのだ。もっとも、言葉にせずとも、相手は気づいていた。俺の口からその言葉を聞くのを待ち焦《こ》がれていたのだ……だが、待ち焦がれすぎたのかもしれぬ。だから、あの娘は別の男を好いているなどと言い出したのだろうな……」

堂々薬缶はそう言うと、喜蔵をぎろりと睨み上げた。

「こういう時、どうすればよいと思う？」

「諦めろ。脈がない上に、好いた相手は違う方を向いている。答えが出たのだから戻れ」

しっしっと手払いすると、堂々薬缶は立ち上がり、頭を沸騰させながら低い声を出した。

「違うな……方法は他にもある――こういう時は、恋敵《こいがたき》を抹殺《まっさつ》するのだ！」

叫ぶや否や、堂々薬缶は懐剣《かいけん》を手にし、喜蔵に立ち向かってきた。喜蔵が身体《からだ》どころか、眉ひとつ動かさなかったのは、己の横からすっと飛んで出てきた影が見えたからだ。

「抹殺されるのはあんたの方よ！」

「ま、前差櫛姫《まえざしぐしひめ》……！」

堂々薬缶が喜蔵の膝を斬《き》りつける一歩手前で、その攻撃を防いだのは、前差櫛姫だった。可愛《かわい》らしい顔で、身の丈は喜蔵の手のひらの半分くらいしかないが、れっきとした妖怪だ。勝ち気で思い切りのよい性格で、同胞《どうほう》であっても攻撃の手を緩《ゆる》めぬ冷徹《れいてつ》さも持っている。今も、己の頭から引き抜いた櫛を、堂々薬缶の身に突きさそうと躍起《やっき》になっていた。

「よくもあんなに好き勝手なことが言えるわね。誰《だれ》と誰が一緒になる運命ですって？」

「俺と前差櫛――痛《い》たたたたっ!!」

逃げ惑っていた堂々薬缶は、前差櫛姫に追いつかれて、櫛で尻を何度も突かれた。

「もう一度訊くわよ。あたしと誰ですって？」

「俺――痛っ！　痛い!!……ま、前差櫛姫とそこにいる閻魔《えんま》商人だ……！」

とうとう屈した堂々薬缶は、喜蔵を指しつつ叫んだ。途端、前差櫛姫は顔をぱあっと明るくして、喜蔵の膝元に跳《は》ねるようにして駆けてきた。

「喜蔵、聞いた？　あたしたち、やはり運命なんですって！」

「人と妖怪の間に運命などない」

「あら、そんなことないわ。昔から、人と妖怪が一緒になるなんてよくあることよ。だから、あたしたちがそうなったってちっとも珍しくなんてないの。さあ、いつ祝言をあげる？」

「お前と祝言を挙げる日など来ぬ」

つんと頬を突かれた喜蔵は、顔を背けながら答えた。いつの間にか、前差櫛姫は喜蔵の左肩によじ登っている。喜蔵が嘆息を吐くと、くすぐったそうにしながら言った。

「遠慮しないでいいのに。喜蔵は本当に慎《つつし》み深いわねえ……何よ、文句でもあるの？」

「文句などないさ。単に物好きだなあと思ってね。人間を相手に選ぶこと自体理解出来ないが、よりにもよってそんなんとはねえ」

言いながら姿を現したのは、撞木鮫《しゅもくざめ》にそっくりな顔で、遊女のような形《なり》をした女怪だ。今、馬鹿にしたように笑ったのは、この女怪だったのだろう。前差櫛姫とはあまり仲がよくないらしい。いつもこうしてどちらからともなく絡《から》んでいっては、言い争いをするのだ。

(耳元でかしましい)

そう思ったものの、喜蔵は自ら前差櫛姫を摑んで下ろしてやったりはしない。以前そうしたところ、「これは求婚の合図ね!」と喜ばれてしまったからだ。

「撞木は天邪鬼《あまのじゃく》だもの。もしかして、あんたも喜蔵のことが好きなんじゃないの?」

しばらく続いた言い争いの結果、前差櫛姫はそう言いながら、作業場に下りた。安堵《あんど》した喜蔵とは反対に、撞木はさっと顔を青くし、短い手で自身の両腕を摑んで震えた。

「……なんて恐ろしいこと言うのさ! 妖怪以上に不気味な形した男を誰が好むんだ!?アタシはね、存外面食いなのさ。性分など二の次で、見目の整った若いのが好きなんだ!……そうだ、喜蔵。堂々薬缶の次は、アタシの話を聞いてくれ——無論、『嫌だ』などとは言わぬだろう? あんたはアタシらに借りがあるものねえ」

ぐっと詰まったものの、喜蔵は渋々頷いた。撞木のみならず、店のあちこちから笑いが起こり、(……いつか覚えておけ)と喜蔵は恨めしげに念じた。

「そういうわけで、アタシにあの馬鹿《ばか》な幼馴染の絵師をおくれよ」

「よいぞ」

即座に許可すると、「よくない!」と慌《あわ》てた声が上がった。声のした方をちらりと見遣ると、硯《すずり》に手足が生えた妖怪がこちらに向かって駆けてきた。

「お主、何をいい加減なことを申しておるのだ! 馬鹿で阿呆《あほう》で女好きで抜け作だが、あれでもお主の幼友達ではないか」

作業場によじ登った硯の精は、ぜえはあと息を切らせながら言った。この店一番の古株で、妖怪たちのまとめ役とも言える妖怪だが、力はさほどないように見える。

「あ奴は阿呆の極《きわ》みだ。頭も悪いし、優しさくらいしか取り柄がない。それも、皆に好い顔するものだから、もはや長所とも言えぬ……だが、あんなにどうしようもない奴だとて、頑張って生きているのだ！　頑張りのほとんどは空回りでも、挫《くじ》けず生きている！　ただでさえ真っ当に生きられぬ奴なのだから、これ以上苦難を与えることは罷《まか》りならぬ！」

熱弁を振るう硯の精の近くに歩いてきた茶杓《ちゃしゃく》の怪は、頰を掻《か》きながら言った。

「硯の精……お前の言い草の方がひどく聞こえるのじゃが……気のせいかのう？」

茶杓の横からぬっと生えた手足は皺々《しわしわ》だが、顔立ちは幼い。話し方も相まってちぐはぐな印象を与える茶杓の付喪神は、喜蔵の傍らに腰を下ろし、改まった様子で切り出した。

「のう、喜蔵。次はわしの話を聞いてくれるか？」

切羽詰まったような声に、喜蔵は仕方なく頷いたが、まさかそれから四半刻も話を聞き続ける羽目になろうとは思っていなかった。生年からここに至るまでの遍歴をつらつら語るばかりで、一向に話の向きが見えてこない。

「……それで、要件というのはなんだ？」

要領を得ぬ話に苛立《ならだ》ちを抑えながら問うと、茶杓の怪はごほんと咳払いをして言った。

「実は、わしも巷《ちまた》に倣って開化とやらをしてみたいのじゃ。異国の茶を掬《すく》ってみたいので、一寸買ってきておくれ」

喜蔵は茶杓の怪を摑み上げると、持っていたやすりをその妖怪の身にかけはじめた。

「や、や、やめろおお!!　き、木が削れる!　身がなくなってしまう!!」

悲鳴が上がり、妖怪たちは慌てて止めに入った。「幾ら何でもやりすぎだ」と叱られたものの、喜蔵はまったく意に介さず、今度は違う商品を手にした。

「ど、度量の狭き男じゃ……何でも頼みを聞くのではなかったのか?」

棚の定位置に戻った茶杓の怪は、すっかり変化《へんげ》を解《と》いた姿で言った。それでも、身体がぶるぶると震えているのが分かり、喜蔵は嘲笑《ちょうしょう》を浮かべた。

「そのようなことは申しておらぬ。ほんの少しくらいならば話を聞く、と言っただけで、相談に答えるとは申しておらぬ」

喜蔵がそう言った途端、店中にざわめきが起きた。

「閻魔め……約束が違うではないか」

「嘘つきだ。閻魔のくせに……舌を抜かれてしまえばいい!」

ぼそぼそと悪口が蔓延《まんえん》する中、喜蔵はすくりと立ち上がった。

「な、何だ!?　舌を抜かれたくないから、先に俺たちの舌を抜くのか!?」

ぎゃあっと悲鳴が上がり、妖怪たちは店中を駆け出した。ただ厠《かわや》へ行こうとしていただけの喜蔵は、右手で顔を覆って嘆息を吞《の》み込んだ。

(……なぜこんな目に――否、すべてあ奴のせいだ)

喜蔵はここにいない小春を思い浮かべながら、心の中で呪《のろ》いの言葉を吐いた。

小春が去る日、喜蔵は周りの者たちに協力を仰ぎ、連判状を集めて回った。深雪《みゆき》に綾子《あやこ》、彦次《ひこじ》に高市《たかいち》に平吉《へいきち》、それに河童《かっぱ》の弥々子《ややこ》――小春の友人たち数人に頼んで書いてもらったそれは、（もう二度とこちらに来ない）と思っていたであろう小春の心を溶かすために、喜蔵が考えた策だった。そもそも、小春がそんなことを考えたのは、因縁《いんねん》の相手である猫《ねこ》股《また》の長者《ちょうじゃ》たちとの戦いが近しいと感じたせいだった。

――あ奴がどうなろうと俺の知ったことではない。だが、あ奴に何かあった時、周りの連中が五月蠅《うるさ》そうだからやったまでのこと。

「なぜ連判状を書いたのか？」という問いに、喜蔵はそう答えていたが、それが真意でないことくらい、周りは気づいていた。深雪たちだけではなく、妖怪たちもである。

――人間に負けてなどおられぬ！　俺たちも書くぞ！

荻の屋に出入りしている妖怪たちは、喜蔵の手にしていた連判状を見た途端にそう言うと、同じくそこに名を記したのだ。面白がっている風ではあったものの、彼らも小春のことを心配しているのだろう――喜蔵はそう思い、密かに感動したものだ。

――連判状に名を記した者は、荻の屋店主にいつでも話を聞いてもらえる。

そんな話が妖怪たちの間で持ち上がっていたと知ったのは、翌日のことだった。すぐに反論しなかったのは、喜蔵も連判状のことを「借り」だと心のどこかで考えていたからだろう。

（少しくらい話を聞く分には構わぬか……）

そんな風に一寸でも思ってしまったせいで、喜蔵はそれから昼夜問わず妖怪たちの無駄《むだ》話に煩《わずら》わされることとなった。

――そんなものは知らぬ。己が知らぬものに答えなど出せるはずがない。

――叶《かな》わぬ願いなど無意味だ。諦めろ。諦められぬ？　そんなこと俺が知るか。

――そもそも分不相応《ぶんふそうおう》な願いを持つのがおこがましい。まず、己の分を弁《わきま》えるところからはじめるのだな。さすれば、少しはその浅ましさもなくなるだろう。

……などと身も蓋《ふた》もない返答をし、根本的なことに駄目出ししたので、皆はすぐに辟易してしまったのである。だから、途中から喜蔵をおちょくる相談を持ち掛けるようになったのだ。もっとも、堂々薬缶だけは別で、この怪は本気で喜蔵を打ち負かそうとしていた。とにもかくにも、妖怪たちの話を聞き、相談を受け、にべもなく言い返しては、他妖を巻き込んだ騒動になる――というのを繰り返していた。つまり、それまでとほぼ変わらぬ毎日だったが、（あの馬鹿鬼のせいでまた平穏な毎日が崩れた）と喜蔵は歯噛みしていたのである。

「閻魔が閻魔の舌を抜く？　アハハ、なんやそれ、傑作やなあ！」

甲高い男の声が響き、喜蔵ははっと我に返った。いつの間にか開いた戸の前にずぶ濡《ぬ》れの男が立っていた。漆黒《しっこく》の目を不気味に光らせた男を見て、喜蔵はこの日一等機嫌《きげん》の悪い顔をした。

「……濡れ烏《がらす》、入って来るな。店が汚れる」

嫌悪感丸出しで言うと、その男はニィッと八重歯を見せて、勢いよく身震いした。真っ黒な着物と袴からあちこちに水滴が飛び散ったのを見て、喜蔵は盛大に顔を顰めた。

「あ、うっかり烏のつもりで身震いしてしもた。すまんすまん。わざとやあらへんのやから、そない怒った顔したらあかんわ。怖い顔がもっと怖くなるで、喜坊《きいぼう》」

男の言葉を聞いた途端、店の中にいた妖怪たちの間に笑いが起こった。

「ふふふ、喜坊だってさ……実に似合わぬ！」

「本当だねえ。七夜《しちや》さんはやはり面白いよ。もっと閻魔を懲《こ》らしめてくれればいいのに」

含み笑いで言った小太鼓太郎《こだいこたろう》と撞木は、喜蔵の鋭い睨みでぴたりと口を閉じた。周りの妖怪もつられて黙ったが、言った当人はにやにやしている。

「烏の分際で、馴《な》れ馴《な》れしくするな。俺はもう坊ではない」

「そら無理な話や。わてからしたら坊《ぼん》のままやからな。喜坊は昔から怖い顔しとったけど、根は優しい子やった。せやから、こない大きなっても、小鬼のためなんかに苦労するんや」

くすくすと笑った男は、ぽたぽたと水滴を垂らしながら作業場に近づいてきた。今正に考えていたことを指摘され、喜蔵は手にしていた金づちを思わず強く握った。

「あないなもん書いて、ほんまは後悔してるんやろ？」

「後悔などしない。今すぐ帰れ」

「素直やないな」と男は両手を腰に当てて、わざとらしく肩を竦《すく》めた。

「人間てのはいつもそうや。表面だけ取り繕《つくろ》うて、心の中でどす黒いこと考えとる。あんたかてそうやろ？　あ、睨まんといて。二十年前から見てるけど、まだ慣れへんのや。恐ろしさのあまり、寿命縮んだわ。悪う思うなら、わての話も聞いてもらおか……うお！」

男はドッと居間に転んだ。喜蔵が投げた堂々薬缶が、見事胴《どう》に当たったのだ。

「痛たた……あんたなあ、付喪神平気で投げるのやめたってや。可哀想《かわいそう》やろ。みてみ、こない傷だらけになって、もう売り物にならへんわ。よし、うちで使《つこ》うたる」

堂々薬缶を懐《ふところ》に抱き、そそくさと帰ろうとした男の首元を摑まえ、喜蔵は低い声を出す。

「……盗人《ぬすっと》、何しに来た？」

「い、嫌やなあ……わてはただ伝言しにきただけやで！　ほな、やっちゃん返すわ」

目を回してただの薬缶に戻った堂々薬缶を喜蔵に放った男は、へらへらと笑って手招きした。

「うちのご主人がお呼びやで。早《はよ》うおいで」

その言葉を聞いた途端、喜蔵は眉間に深い皺を寄せ、ますます恐ろしい顔になった。

＊

「――縁談、ですか」

喜蔵の低い声音に応じるように、裏長屋の大家こと又七《またしち》は、じっくりと頷いた。一寸前に又七の家の敷居を跨《また》いだばかりの喜蔵は、あまりに存外な話に「縁談」と再び呟いてしまった。呆《ほう》けた様子の喜蔵を見て、又七はいやににこにこして言う。

「いい話だと思うよ。先方はなかなかの良家だ……七夜、お前もそう思うかい？」

同意するように鳴いたのは、大家の肩に乗っていた七夜という名の九官鳥《きゅうかんちょう》だ。並の九官鳥より大分大きいが、又七はよくこうして七夜を肩に乗せているらしい。二十年来の既知でありながら、喜蔵ははじめてこの事実を知った。もっとも、喜蔵と又七の交流が深まったのは、つい最近のことである。ふとしたことがきっかけだったが、それ以来又七は喜蔵を気にして、あれこれと話しかけてくるようになった。もっとも、

――喜蔵さん、あんた少しは外に出なさいよ。まったく日焼けしていないじゃないか。そんな真っ白じゃ健康に悪いよ！　ああもう、少しは笑いなさいよ。怖いんだから。

そんな風に小言を言われるのが常だったのだが――。だから、今日も当然そういう用件で呼び出されたのだと思っていたが、どうも様子が違うらしい。

「お前は本当に可愛い子だなあ。飼い始めて三十年経《た》つが、ちっとも羽根つやが変わらない。綺麗で、賢くて、運までいいときた。雨の中外に出て行ってしまったと思ったら、たまたま喜蔵さんと会って家に連れ帰ってもらえるなんてねえ。お前が無事帰ってきて何よりだし、喜蔵さんに話があったから手間が省けたよ。七夜は本当に良い子だ」

蕩《とろ》けたような笑みをした又七は、七夜に頰を擦《す》りつけた。七夜の方も、他人には決して

しないであろう愛らしい囀《さえず》りで応えた。一見微笑ましい図だが、喜蔵は内心鼻を鳴らした。

（……たまたまではない。俺は呼ばれたのだ）

実は、この九官鳥こそ、先ほど荻の屋に喜蔵を呼びに来た七夜張本人だった。動物が寿命を超えて生きると、「経立《ふったち》」という妖怪となる。この七夜もそれであるというのだ。

――わても連判状に名貸したるわ。その代わり、ぎょうさん話聞いたってな？

四、五日前、七夜がそう言って荻の屋を急に訪れた時、喜蔵は仰天したものだ。七夜はその時九官鳥の姿から人間の姿へと変化し、また外に出る時に九官鳥へと戻ったのである。

「喜蔵さん？　どうしたんだい？」

訝しげに問われた喜蔵は、はっと我に返って言った。

「――良家だというなら、うちなどに話は来ないでしょう」

「喜蔵さん、そんなこと言うもんじゃないよ。あんたのところだって、いい店じゃないか。それに、あの店を建てたあんたの曾祖父《ひいじい》さんは、侍《さむらい》だったんだろう？　時代が時代なら、あんたも二本差しだったかもしれないよ」

「俺は侍など向いていませんし、二本差しが偉いとも思いません」

大家相手にまで身も蓋もない返答をした喜蔵だったが、当人にそんな気はない。呆れ顔を向けられても、首を捻《ひね》るばかりである。常だったら、又七はここで喜蔵に小言の嵐を降らせるが、今日は急ぎの用でもあるのか、嘆息一つ吐いただけで先を続けた。

「まあ、でも訳ありといえば訳ありでね……先方のご家族が、割合最近に亡くなったんだ。

実を言うと、まだ四十九日を過ぎたばかりでね」

（そういうわけか）

喜蔵はひとまず得心した。幾ら喪《も》が明けたからといっても、忌事《ちょうじ》から間が空いていない。そういうことを気にする人間は、気にしない人間よりもよほど多いのだ。

「うちの者ならば、そういうことに無頓着《むとんちゃく》だと考えられたんですね」

「いや、もちろんそれだけでこの話をしているんじゃないよ。あんたのところがこの話に合っていると思ったからで……喜蔵さんでもそういうこと気にするのかい？」

「別段」と言って首を横に振ると、又七はほっと息を吐いた。

「ただ、妹がどう思うかは分かりません」

「深雪さんはそうだねえ……その辺、帰ったら確認してください」

（妹の縁談だというのに、言わぬわけがないだろう）

喜蔵は首を傾《かし》げつつ、こくりと頷いた。又七は茶を少し口にしてから、また語り出した。

「私もね、あまり気にしない性質《たち》なんだ。哀しいことがあったなら、その心を早いこと癒《いや》した方が良いと思うのさ。人生はそう長くないんだ。辛いことに浸りきって生きているのは勿体《もったい》ないだろう？　だが、今回ばかりはそんな風に楽観的に言えなくてね……」

父親、母親――両親をいっぺんに亡くしたと聞いて、喜蔵は顔色を変えた。

「同時に亡くされたんですか？　では、病《やまい》ではなく……？」

又七はまるで自分が当事者かのように顔をぐしゃぐしゃに歪《ゆが》めて答えた。

「……何でも、家の火事でという話だったよ。私が知らせを受けた時には、すでに数日経っていたんだ。急いで駆け付けたんだが、屋敷はさほど焼けた様子もなかったよ。ただ、なぜか廊下のあちこちが水で濡れていたなあ……まあ、人死が出た割に、他の損害はほとんどなかったね。それを不幸中の幸いと言うのはあんまりだけれど」

又七はそれ以上詳しいことは聞いていないという。

「あの子がたった一人でも無事に生き残って、あの広い屋敷を守って生きて行こうとしているのを見ただけで、私はもう胸が一杯になったんだ。なかなか出来ないことだよ。本当だったら、まだ哀しみに浸っていたい頃だろうにさ……強く生きて行こうと決めているんだ……まだ十八だって言うのに」

（確かに不憫《ふびん》だが……）

喜蔵は内心小首を傾げた。祖父が十四の時に死んで以来、たった一人で生きてきた喜蔵からすると、十八という年齢はさほど若いとは思えなかった。女ならば色々と心配になることもあるだろうが、男ならば一人立ちしてもおかしくない。

「……先方は、どのような方なんですか？」

又七がこれほど心配するくらいだから、もしかすると、頼りない者なのかもしれぬ。家族を亡くしたばかりで哀れとは思うが、それとこれとは話が別だ。そんなところに妹はやれぬ――そう思った喜蔵は、ぐっと前のめりになった。眼光鋭くなった喜蔵を見た又七は、ちょうど口にしていた茶が変なところに入ったらしく、しばらくむせた。

「……はあ……しっかりとした、いい方だよ。真面目《まじめ》で、冗談も言わない。それをつまらぬと言う人もいるかもしれないが、私はあれがあの人の美徳だと思う。まあ、少々こう、気の強い感じはするけれども……根は優しいから、多少は愛嬌《あいきょう》と言ってもいいだろうね。まず、あの人は妙なことはしないよ。不義を嫌う──というより、まったく興味がないのさ。そんな無駄な真似《まね》して何になるんだって言う種の人で──」

思い出すように語っていた又七は、ふと言葉を止めて喜蔵の顔を見遣った。

「……今の話聞いて、誰かに似ていると思わなかったかい？」

首を横に振った喜蔵を見て、又七は意味ありげに笑った。訳が分からず首を傾げていると、「似ている、似ている、似ている」と七夜が又七と同じ口調で鳴いた。又七はそれを喜んだが、喜蔵はむろん苛立って、ぎろりと睨んだ。

それから、又七は相手のことを話し出した。先方の家とは古い付き合いだというが、当人に会ったのは久方ぶりだったという。両親が死んだことを伝え聞き、又七は急いで訪ねたのだ。さぞや気落ちしていることだろうと思ったが、当人は落ち着いており、訪ねてきてくれたことに礼を言い、丁重にもてなしてくれたらしい。

「ご馳走《ちそう》されてしまってね、かえって申し訳ない気持ちになったよ。何てことはない顔をしていたから、はじめはどうしようかと思ったけれど……そんなことはなかった」

──私はこの家に残された最後の者です。ここで後を追っては、両親が浮かばれません。又七さん……後生です。どうか、私によき縁談をご紹介ください。

後日、見舞いの礼にと訪ねてきた相手は、又七に深々と頭を下げたらしい。その健気《けなげ》さに心打たれた又七は、一も二もなくその件を請《う》け合ったという。

「あの子は、私が知っている昔のままだった……健気で強い子なんだ。とても両親思いでね、そりゃあ大事にしていたよ。哀しみを堪《こら》えて前に向かおうとする人が、私は好きなんだ。私に出来ることは少ししかないけれど……せめて力になりたいと思ってね」

どうだろう？――と目で問われ、喜蔵は黙した。

「……妹が何と言うか分かりません」

そう答えると、又七はしばし目をぱちぱちさせて、「ああ」と得心した声を出した。

「そうだね。でも、深雪さんは賛成してくれると思うよ。気にしていないように見えて、存外気にしていたかもしれないしね」

「縁組みをですか？」

そんなことは初耳だった喜蔵は、目を見開いて問うた。

「そうさ。だって、いい年だろう？」

「……確かにそうかもしれませんが」

喜蔵は少々むっとしつつ答えた。深雪は十六だ。嫁入りする年齢としてはそう遅くないものの、決して早くはない。

「あんたでもそんなこと気にするんだね……これは失礼した」

又七は呆れた顔をしつつも、頭を下げてくれた。素直な反応に、喜蔵は反論する言葉を失い、そっぽを向いた。又七はそんな喜蔵の様子をしばし眺めてから、口を開いた。

「一寸性急だったかねえ……でもね、喜蔵さん。私はあんたのところがこの話に相応《ふさわ》しいと思ったんだ」

その台詞につられて喜蔵も顔を向けると、又七はここ一番の笑みを浮かべて続けた。

「気が進まないかもしれないが、よく考えて欲しいんだ。なに、すぐに返事が欲しいなんて思っちゃいない。妹さんとじっくり話し合ってから答えを聞かせてくれればいい。……三日後の夕刻にしましょう。良い返事を待っているよ」

「待っているよ」と七夜はまた鳴き真似をしたが、喜蔵の耳には届かなかった。


又七の屋敷からの帰り道、常では考えられぬほど、喜蔵の足の運びは遅くなった。ほとんど進んでいないのは思考も同じで、いつまで経っても答えは出そうにない。いつかこういう日が来ると考えなかったわけではないが、思った以上に早く、唐突だった。又七が言うように、深雪は己の婚儀について実は気にしているのだろうか？　そんな風には一切見えぬが、本心は分からない。普段から、深雪は心のうちを表に出さぬ娘である。いつもにこにこ笑っていて、一見何の悩みもなさそうに見えるが、意固地さは己といい勝負だと喜蔵は思っていた。

「――喜蔵さん？」

後ろから声を掛けられ、喜蔵は肩をびくりとさせた。いつの間にか、裏長屋の前で立ち止まっていたらしい。相変わらず置いてある目安箱の存在に気づき、喜蔵は眉を顰めた。

「こんなところで立ち止まって、どうかされたんですか？　あら、何だか顔色が……お加減がよくないんですか!?」

喜蔵の顔を見て驚いた様子の綾子が、慌てて近づいてきた。裏長屋に住む綾子は、喜蔵より五つ歳上の未亡人だ。近所でも評判の佳人だが、見目にそぐわぬそそっかしい性格をしている。

「お家《うち》まで歩けます？　私の背に乗りますか？　私、存外力持ちなんですよ。喜蔵さんくらい、ひょいっと持ち上げます。だから、遠慮しないでください。さあ！」

「……貴女《あなた》は、いつも早合点して他人の話を聞かない」

背を向けて屈みこんだ綾子に、喜蔵は呆れた声で言った。

「……お加減が悪いわけではないんですか？」

頷くと、綾子は途端に頬を朱に染めて、ぱっと立ち上がった。

「私ったら、また思い違いしてしまって……ご、ごめんなさい！……でも、あの……顔色がよくないのは確かだと思うんです。何か嫌なことでもおありになったんですか？」

喜蔵がじろりと一瞥《いちべつ》すると、「あ」と綾子は口元を手で押さえた。

「……余計なお世話でした。重ね重ねごめんなさい……」

ぼそぼそと言った綾子は、両手を重ね合わせてもじもじとした。

（爪が割れている……三味線《しゃみせん》を弾いている時に割れたのだろうか）

そんなどうでもいいことを考えていた喜蔵は、気づけばこんなことを口にしていた。

「ありました」

「……え？」

「嫌というのとは少し違いますが……引き受けたくはないが、それは俺が決めることではないので、どう答えるべきか迷っているのです」

何か考え込むようにして黙り込んでしまった綾子を見て、喜蔵ははっと我に返った。

（俺は一体何を言っているんだ……）

まんまと己の不調を言い当てられたからか、つい口を滑らせてしまった。綾子と話していてこんな風になるのははじめてではないが、それにしたって気が緩み過ぎている。深雪に縁談が来たのが、それほど応えたのだろうか？——それだけではない気もしたが、他の要因は見当たらなかった。

「……調子が狂う」

ぽそりと呟くと、綾子はぱっと顔を上げた。

「いや、調子というのは、別段身体のことではなく——」

「もしかして、深雪さんに縁談でも来たのですか？」

言い訳しはじめた喜蔵の口を止めたのは、綾子のそんな台詞だった。

「なぜ、それを——」

驚きと訝しみを含んだ喜蔵の言に、綾子は苦笑しつつ言った。

「引き受けたくないけれど、喜蔵さんが決めることではないとおっしゃったので……でも、答えるのは喜蔵さんなのですよね？　喜蔵さんを通して話が来るなんて、深雪さんの他に思いつきません。何より、喜蔵さんがそれほど悩まれているんですもの」

「……俺は妹以外のことで悩まないと？」

「違いました？」

喜蔵はしばし考え込んだ後、首を振った。確かに、深雪以外のことでこれほど悩んだりはしないだろう。遠慮しているわけではなく、己の考えを押しつけるのが嫌だったのだ。

「悪いお話ではないから迷われているんですね？」

綾子の言に、喜蔵は素直に頷いた。

（そうだ……悪い話ではない）

家柄のことは、正直どうでもよかった。深雪は喜蔵と同じく、贅沢《ぜいたく》を好む性質ではない。どこぞのお大尽《だいじん》に嫁《とつ》ぎたいというような願望も、喜蔵が知る限りではないはずだ。

――あたしはお兄ちゃんと一緒に暮らせて、それだけで毎日十分すぎるほど幸せなのよ。

二人で暮らし始めて間もない頃から、深雪は折に触れて喜蔵にそう言ってくれた。喜蔵はその度に何も返せなかったが、心の底がじんわりと温かくなったものだ。

「あれは無欲な娘ですから……自分から何か欲しいなどと言うことはありません」

だから、誰かが――たった一人の肉親である己が、深雪に欲しいものを与えてやらねばならぬのかもしれぬ。つい先ほどからだが、喜蔵はそう考え始めていた。

又七は喜蔵のみならず、大勢の店子《たなこ》たちの面倒をよく看《み》ている。人柄の良さは、近所でも評判だ。喜蔵も口では文句を言いつつ、己などを気にかけてくれる又七を慕いはじめていた。その又七があれほど推《お》す相手ならば、悪い人間のはずがない。

「深雪さん自身がどう思うのか、ご本人に確かめてみてはいかがですか？」

綾子の言に、喜蔵は顔を上げた。確かにその通りではある。だが――。

「あいつは本心を隠すかもしれません」

喜蔵は深雪のことを思い浮かべつつ答えた。喜蔵の顔色が曇っていることに気づいてしまったら、たとえ興味があっても断るだろう。喜蔵が気をつければよいだけの話だが、聡い深雪はきっと気づいてしまうに違いない。

「……でも、それはお互いさまではありませんか？　たとえ深雪さんが嘘をついたとしても、喜蔵さんには分かるんじゃないでしょうか？　お二人は最初こそたどたどしさがありましたが、今は仲睦《むつ》まじいご兄妹ですもの」

大丈夫、と言って綾子はすっと手を差し出した。何をするための手か分からず、喜蔵は困惑したが――。

「烏の羽？　それにしては小さいかしら……あら、何だかいっぱい刺さっていますよ!?」

喜蔵の肩に載っていた羽を数本つまみ上げ、綾子は不思議そうな顔をした。

（……あの化け九官鳥め）

喜蔵の胸に沸々《ふつふつ》と湧《わ》いてきたのは、怒りと気恥ずかしさだった。

＊

三日後の早朝――。

まだ深夜と言った方が正しい刻限に、喜蔵は布団《ふとん》からそろりと抜け出した。三歩歩いて屈みこむと、そこに敷かれている布団の主に小さな声を掛けた。

「……おい」

深雪は身じろぎ一つせず、すやすやと寝息を立てていた。これならば、まず起きてこぬだろう――安堵した喜蔵は、音を立てぬように気をつけながら、裏から外へ出て行った。

「家の中にいる妖怪ども、こちらに出て来い」

庭に着いて呟くと、間もなくして空気が重くなったのを喜蔵は悟った。

「な、なんじゃなんじゃ？　敵襲でもあったのか……？」

「例の化け猫の奴らか!?　うおお、久しぶりの戦《いくさ》だあ!!」

声を上げたのは、茶杓の怪といったんもめんだった。硯の精にしゃもじもじ、前差櫛姫に撞木、釜の怪に小太鼓太郎など、荻の屋に居つく妖怪たちが、いつの間にか喜蔵を取り囲むようにして立っていた。

「戦！　戦！　戦!!　いーくーさ!!!」

「大声を出すな」

喜蔵は低い声を出し、己の周りに集まってきた妖怪たちをじろりと見回した。「ひえ」と悲鳴が上がったのは一瞬のことで、すぐにその場は静まり返った。己で気づいていなかったが、喜蔵の目つきは常よりも鋭く、醸《かも》し出す空気には緊張感が漂っていた。

「――今日の夕刻までに、妹に想い人がいないか調べろ」

「は？」と間の抜けた声を上げたのは、しゃもじもじだった。

「……深雪の想い人？」

「何のことだ？　猫股の長者の話ではなかったのか？」

怪訝な顔をしながら、こそこそ話し出した妖怪たちの困惑をよそに、喜蔵は続けた。

「想い人の有無と、縁談についてどう思うか――この二点を聞き出せ。想い人がいると決まったら、縁談のことは訊かずともよい」

腕組みをして大仰そうに言った喜蔵に、「あのう」と恐る恐る口を挟んできたのは、桂《かつら》男《おとこ》だ。人間の美男子にしか見えぬが、長く硬い舌で人の血を吸う妖怪である。丁寧な話し振りに反し、実は残忍な性《さが》であるという噂もあるが、喜蔵は未だ桂男のそうした面を見たことがない。もっとも桂男は、必ずしも荻の屋にいるわけではなさそうだった。他の妖怪たちと馬鹿騒ぎをしていたかと思えば、いつの間にか姿を消していることが多かった。

「なぜ、そのようなことを私たちがするのでしょう……？」

「……理由を申さねば、やらぬと言うのか？」

もっともな問いに内心舌打ちしつつ、喜蔵は桂男を睨み据《す》えて憮然《ぶぜん》と答えた。

「や、やります！　それはもう、喜んで……今すぐ！」

駆けて行こうとした桂男を止めたのは、闇夜に白く浮き上がる妖怪・いったんもめんだ。桂男が「ぐえっ」と蛙《かえる》の鳴き声のような声を上げたのは、いったんもめんが桂男の首を絞めるように巻き付いたからである。

「今、何刻だと思っているんだ？　鬼姫《おにひめ》はまだ夢の中だぞ」

桂男はこくこくと頷いたが、いったんもめんは桂男が気を失う寸前まで首を絞め続けた。

鬼姫というのは、妖怪たちが深雪につけたあだ名である。闇魔商人の妹だから――という理由もさることながら、喜蔵以上に肝《きも》の据わった深雪に対する畏怖《いふ》でもあるらしい。

「俺は助力してやるぞ」

「……お前がそのようなことを申すとは、存外だな」

思った通りを答えると、いったんもめんはけらけらと笑って、宙を舞った。

「鬼姫の心を見つけた者には～～閻魔が願いを叶えてやるってさ～～」

「何!?」

いったんもめんが歌い出すと、妖怪たちは目に見えて色めき立った。

「勝負は鬼姫が起きてから～～夕刻まで～～決定的な答えを得た者が勝者～～」

何を申している――と喜蔵が口を開こうとした時、

「乗った！」

我先に名乗りを上げたのは、堂々薬缶だった。

「俺は何としても一番乗りで聞き出し、閻魔に目に物見せてやる……！」

「何だか趣旨が違っていないかい？　でも、アタシも乗った。勝ったらあの色魔絵師をもらうよ」

沸騰《ふっとう》する堂々薬缶の取っ手を掴んで、撞木は楽しげに頷いた。

「あたしもやるわ！　あの鬼娘は気に食わないけれど、将来の妹だもの。ひと肌脱ぐわ！　成功の暁《あかつき》には、祝言よ！」

「何を叶えてもらおうか……目の玉一つもらって、顔につけるという手もあるな」

前差櫛姫がくるりと可憐《かれん》に舞いながら言うと、手の目《てめ》もそう言って承知した。手の目は顔に目がなく、その代わり両手にそれぞれ一つずつ目の玉がついているのだ。

(目の玉を……冗談ではない)

つい最近、そんな恐ろしいことが身近に起きたばかりの喜蔵は、ぞっとしてしまった。

「……おい、俺は願いを叶えてやるとは一言も申しておらぬ。そのようなことを申すならば、もうよい。やはり、俺が一人で――」

「鬼姫が目を覚ましたぞ!!」

釜の怪の掛け声と共に、「応《おう》！」と威勢のいい声が多数上がったと思ったら、ほんの一瞬のうちに、妖怪たちは庭から姿を消した。喜蔵は慌てて後を追おうとしたが、

「――あら、おはよう」

深雪の声が聞こえてきたため、その場で足を止めた。いつの間にか、空は白々と明けて

いた。蝉が一斉に鳴き出した時、喜蔵は己の足元に誰かが近づいてきたことに気づいた。

「なぜ、あんなことを訊かせるのだ？　もしや、深雪の身に何か……？」

心配そうに訊ねてきたのは、硯の精だった。喜蔵は少し逡巡したものの、（こうなったら）と思い直し、素直に吐いた。

「あれに縁談が来たのだ。好いた者がいるならば断るが、そうでないならばあれに返事を決めさせようと思った」

「縁談……」

硯の精の呟きは、喜蔵が又七からこの件を聞いた時とまるで同じ調子だった。

「……驚いた。深雪もそんな年頃なのだな。まだまだ子どもだと思っていたが……しかし、奴らに頼んで面倒な目に遭うよりも、お主が深雪に直接訊いた方が早いのではないか？」

「……もしも好いた者がいるとして、あれが俺に本心を言うとは思えぬ」

「確かに、あの娘は周りを思い遣るあまり、己の想いを胸に秘めるところがあるからな。兄に対してすら気を遣う娘だ」

硯の精は細い手を口元に当てて、うんうんと頷いた。己で訊けぬから困っているのだ——という真実は押し隠してもっともらしく答えた喜蔵は、密かに安堵した。

実は、この二日間、喜蔵は何度も深雪に縁談の話をしようと試みていた。だが、いざ顔を合わせると、肝心の言葉が出て来ず、すごすごと引き下がっていたのだ。

（……いきなり縁談の話をするのはあいつも驚くだろう）

それならば、想い人がいるかどうか訊いてみよう——そう考えたものの、そちらの方がよほど難しいことだと喜蔵はすぐに分かった。年頃の娘にそんなことを訊ねるなど、気恥ずかしくて堪らぬ。

(これでは、俺の方が小娘のようではないか……)

恥ずかしがる方が恥ずかしい——何度も己に言い聞かせて、昨夜寝る前に深雪に声を掛けたのだが、

——お前、おもい……か?

——……重い? あたし、もしかして太った?

微苦笑して答えた深雪に、喜蔵は首を横に振るだけしか出来なかった。鬼姫と妖怪たちから呼ばれているだけあって、深雪の怒った顔は随分《ずいぶん》と恐ろしかった。

「我も訊いてみるさ。期待はせず待っていてくれ」

硯の精はそう言うと、さっと踵を返して家の中に入っていった。喜蔵はこの時ほど、硯の精が頼もしく見えたことはなかった。そして、騙《だま》したことに、少々胸が痛んだのだった。

「鬼姫、鬼姫! お前は誰か好いている者はいるのか!?」

家の中に入って早々、喜蔵はずるりと肩の力が抜け、うっかり転びそうになった。

「いるわよ。お兄ちゃん、女将《おかみ》さん、ご主人におマツちゃん、さっちゃん……」

「そういうことではない! 男だ、男!」

小太鼓太郎という小太鼓の付喪神が、腹をどんどんと叩《たた》きながら、台所に立つ深雪に問うていた。あまりに直截《ちょくせつ》的な物言いに、喜蔵は焦りを覚えたが、

「女の人は駄目なの？　そうねえ、じゃあ……お兄ちゃんとご主人と、彦次さんと高市さんと、あと平吉さんも――」

「そういうことでもない！」とますます腹を打つ小太鼓太郎に、喜蔵はツカツカと近づいていき、頭を思い切り叩いた。

「近所迷惑になるようなことは一切するな。金づちで割って粉々にするぞ」

「ひっ……殺される！」

小太鼓太郎はぱっと姿を消した。

「お兄ちゃん、そんなにおどろかせちゃ駄目よ」

ふふふ、と笑った深雪は、味噌汁《みそしる》を作っているところだった。珍妙な香りが漂ってきて、喜蔵は溜息を吐いた。深雪の料理は不味《まず》くはないのだが、どこか風変わりだ。特に、味噌汁は、喜蔵と作り方も具材も同じだというのに、なぜか面白い味のものが出来上がる。いつもは深雪に作られる前に自分でやっていたが、今日は妖怪たちにあれこれ指示していたせいで後れを取ってしまったのだ。

「あたしはね、喜蔵が好きなの。喜蔵もあたしが好きなのよ。だから、近々祝言を挙げると思うわ。貴女はどうなの？」

「お互いが想い合っているならいいと思うわ」

「……そういうことじゃないのよ。あたしと喜蔵のことはいいの。あたしはね、貴女はどうなの？　と訊いているの！」

「幾ら好きでも、お兄ちゃんと祝言は挙げられないわ。さ、朝ご飯にしましょう」

頷いた喜蔵は、流し場に乗っていた前差櫛姫をちらりと見遣った。

「想い続ければきっと伝わる日が来るわ。頑張ってね」

朗らかに笑んで言った深雪は、さっと踵を返して居間に向かった。

「……思っていた以上にとんちんかんだわ。何で言葉が通じないの……!?」

前差櫛姫はそう述べると、頰に手を当てて、ふるふると震えた。（こいつには荷が重そうだ）と見切りをつけた喜蔵は、鍋を持って深雪の後を追った。

「深雪よ、お前はどのような男が好きなのだ？」

「二枚目と三枚目、どちらが好みなのでしょうか」

「優しいのが好きなのかい？　それとも、少々強引な方がいいのかい？」

朝餉《あさげ》を食べている兄妹の周りで飛び交ったのは、深雪に対する怒濤《どとう》の質問だった。

「……今日は皆どうしたのかしら？」

深雪に小声で問われた喜蔵は、首を傾げて素知らぬ振りをした。

「何でもいいから答えておくれよ。こちとらあんたの答えが知りたくて堪らないんだ」

「なあに？　妖怪の世では、人間の恋の話が流行《はや》っているの？」

深雪の言に、「それだ！」としゃもじもじは膝を打った。

「そうそう、物凄《ものすご》く流行っているんだ！　一人でも多くの人間の恋の話が聞けた奴が勝利なのだ！　だから、お前の話も聞かせておくれ」

「恋ねえ……」

深雪はそう言ったきり、ご飯を黙々と咀嚼《そしやく》するばかりで、話し出そうとしなかった。基本的に、飯の最中は何も話さぬ兄妹である。妖怪たちもそれは知っていたので、いつ飯が終わるか――とじりじり待ち構えていたが、

「じゃあ、いってきます」

朝餉の片づけを終えた深雪は、あっという間に支度を終えて、働いている牛鍋屋《ぎゅうなべや》くま坂《さか》へと出かけようとした。

「お、おい！　答えを言ってから行け！」

「ごめんね、急いでいるの。今日は仕込みを手伝う日だから。帰ったら遊びましょうね」

ひらひらと手を振って、深雪は外に駆けて行った。

「……くそう」

悔しげな声が多方向から上がった時、喜蔵は溜息を吐いて店に出た。

「どうやら、お前たちには無理だったようだな」

「まだ夕刻までには時がある！　それまでに聞き出してやる！」

堂々薬缶は息巻いて言ったが、深雪がくま坂から帰ってくるのはその夕刻だ。

「すっかり陽が出ているが、姿を露わにしていてよいのか？」

喜蔵は店の戸を開けつつそんな言葉を吐いた。眩しい陽の光が差し込んできた時、

「……早く言え。意地の悪い人間め！」

誰かが怒ったような声を上げた。喜蔵が振り返った時には、妖怪の姿は一つも見えなかった。物に宿った付喪神たちは、それぞれ定位置に並んでいる。そこに異形の者たちが蠢《うごめ》いていたことが信じられぬほど、ごく普通の光景が広がっていた。

「役立たずどもが大きな口を叩くな。そのように力がないから、人間に願いを叶えてもらおうなどと情けないことばかり考えつくのだな。まったく、意気地なしどもめ」

喜蔵は嘲笑を浮かべて、ふんっと鼻を鳴らした。

「……ほんっとうに根性が悪い！」

「お前が頼んだんじゃないか！」

店中に不満の声が上がったが、それに負けぬくらい喜蔵も苛立っていた。役に立たぬ妖怪たちに対してというよりも、何も出来ぬ己に対してではあったが――。


「どうも」

明るい声が響いたのは、正午を少し過ぎた頃だった。顔を上げて戸の方を見遣ると、そこには見知った顔があった。

「深雪は店だが」

「うん、今日はいいんだ。客で来たのさ。母さんが使っている裁縫箱が壊れちゃってね。

代わりになるのある？」

　さつきは店中を見回しながら答えた。くま坂からほど近い八百屋《やおや》の娘で、深雪の親友でもある。背が高く、顔つきは凛々《りり》しく、実にさっぱりとした性格をしているため、その辺の男よりもよほど良い男振りだった。一見深雪と正反対だが、性質は存外似ているのかもしれぬ。作業場から降りた喜蔵は、まっすぐに店の真ん中よりやや右の戸棚に向かった。

「これかこれかこれ……この三つのうちのどれかだな」

「違いがよく分からないや。深雪ちゃんの兄さんが決めてよ。それを買う」

　喜蔵は少し考えて、一番使い勝手のよさそうなものを選んだ。

「ありがと。深雪ちゃんによろしくね」

　代金と引き換えに品を手にしたさつきは、片手にそれを抱えながらさっと踵を返した。

「……訊きたいことがあるんだが」

「あたしに？　なに？」

　戸の前で振り向いたさつきに、喜蔵は逡巡しながら問うた。

「妹には、想い人がいるのだろうか？」

　しばしの沈黙の後、さつきはにわかにしゃがみ込んだ。具合でも悪くなったかと喜蔵が近づいていくと、

「あはははははは！　鬼が妹の恋路を心配してる!!　あはははははっ！」

　さつきは自身の足を叩きながら、高らかに笑い出した。その、あまりの豪快な笑いっぷ

りに、喜蔵は怒るよりも呆れた。笑いの波がやっと引いた頃、さつきはようやく身を起こしながら言った。

「いるよ。直接聞いてはいないけれどね」

「……なぜそう思った？」

「勘！」

自信満々に答えて、さつきは帰って行った。

「……この場合、あの男女に褒美《ほうび》がいくのか？」

「馬鹿。ただの勘に褒美なんて渡されて堪るものか！」

妖怪たちのざわめきを耳のどこかで聞きながら、喜蔵は作業場に戻って行った。


「――出て来る」

又七との約束の刻限より少し前、戸締まりをしながら喜蔵はぽつりと言った。

「何と答えるのだ？　まだ、深雪の答えを聞いていないじゃないか」

とことこと可愛い足音を立てて近づいてきた硯の精は、口をへの字にしながら言った。

喜蔵は答えず、裏に向かった。

「おい、勝負は持ち越しか!?」

「俺の願いはいつ叶えてくれるんだ！」

やいのやいのと聞こえてきた声は無視し、喜蔵は裏戸から外に出て行った。又七の屋敷は、表通りに出て五分もしないうちに辿《たど》り着いてしまう。だが――。

（……何と答えたらよいか）

喜蔵はまだ迷っていた。「断る」ということは決めたものの、上手《うま》く説明する理由が見当たらなかったのだ。深雪に想い人がいるかどうか、結局のところ判明していない。妖怪の誰かが言ったように、「想い人はいる」というのはさつきの勘でしかないのだ。しかし、喜蔵はそれを鼻で笑って否定することは出来なかった。

（今朝《けさ》のあれは少しわざとらしかった）

深雪は確かに少々変わったところがあるが、誰かと会話していて、ちぐはぐになることは滅多にない。それどころか、気がよく回り、話し上手だ。だから、今朝は、素知らぬ振りをしてはぐらかしているようにしか見えなかった。つまり、訊かれたくなかった問いだったということだろう。

（一体誰だ？　真っ当な奴ならばよいが……妙な輩《やから》に引っかかってはいないだろうか？）

縁談は断る――一つ解決したかと思えばそれ以上の悩みが降って湧いてしまったような心地がして、喜蔵は深く息を吐いた。

「……しまった」

考え込んでいた喜蔵は、いつの間にか又七の家を通り過ぎていた。喜蔵たちが住まう商家通りははるか後ろだ。今いる場所には、数軒の農家と草原しかない。このまま道なりに進めば、浅草はずれの神無川《かんながわ》に着いてしまう。陽の暮れかかった空を見て、喜蔵は慌てて踵を返したが――。

道を歩いていたはずの喜蔵は、気づけば傍《そば》の草原に転がっていた。

「……何……!?」

半身を起こしかけた喜蔵は、己に迫りくる影を目にし、とっさに身を捩《よじ》った。その数秒後、喜蔵が寝転んでいた場所は、黒焦げになっていた。ぞっと鳥肌が立った時、

「運の良い奴め」

舌打ちと共に何者かの声が喜蔵の耳に届いた。

「……貴様が荻野《おぎの》喜蔵だな？　なるほど、恐ろしい面《つら》の男だ。鬼の住処《すみか》に入るには相応しいかもしれぬ。だが、幾ら恐ろしいといえど、貴様は人間――妖怪には妖怪の、人間には人間の住む世というものがある」

目の前ににわかに現れた相手は、喜蔵を値踏みするように言った。様子からして、喜蔵は相手が妖怪だと一目で分かった。人間の子どもの顔くらいの大きさの丸い玉を五つ持って立っていたのは、毛並みのいい鼬《いたち》だった。身の丈は喜蔵の膝くらいで、二本足で人間のように立っている。

「関わらぬと誓《ちか》うならば、見逃してやってもいい。だが、受けるというならば、殺す」

物騒なことを言われた喜蔵は、ゆっくりと立ち上がって言った。

「俺は彦次という名だが」

鼬の怪は驚いた様子で、手にしていた丸い玉を一つ落とした。

「喜蔵などという男は知らぬ。人違いだ」

「お、おかしいな……そんなはずないのだが……」

鼬の妖怪がまごつき出した隙《すき》に、喜蔵は素知らぬ振りをして歩き出した。

「馬鹿者！　嘘に決まっているだろう!!」

そんな声が背後から聞こえた時、空がカッと青く光った。光の矢のようなものが降り注ぎ、喜蔵はそれを何とか避《よ》けながら走り出した。

(仲間がいたのか)

喜蔵はチッと舌打ちをし、神無川の方へ足を速めた。神無川には、既知の女河童・弥々《やや》子《こ》が住んでいる。弥々子がいれば助けてくれるかもしれぬ――そう考えたのだ。

「荻野喜蔵め、待て!!」

「逃げるなど卑怯極まりない！　ひっ捕らえて八つ裂《ざ》きにしてしまえ」

「待て待て待て待て待てー!!!」

(……少なくとも四匹はいる)

己を追いかけてくる妖怪たちの声を数え上げ、喜蔵はまた舌打ちした。弥々子が川にいる確率と、己の足が妖怪たちよりも速い確率を合わせると、勝率は五分くらいだろうか。まったくの見当はずれかもしれぬが、そう考えでもしないと走り切る自信がなかった。

(しかし、一体なぜ追いかけられているのだ？　まるで思い当たらぬ――否……あれか)

喜蔵ははっと思い出した。それは、この前件《くだん》という怪から聞いた話だった。

──猫股の長者は実にむごい性をしています。小春を殺すためなら、周りにいる貴方たちをも何の躊躇《ちゆうちよ》もなく襲うでしょう。

それと決まったわけではないが、ほかに思い浮かばなかった。そして、それならば尚のこと逃げ切らなくてはならぬと喜蔵はますます足を速めた。捕まえられて八つ裂きにされるのも無論御免《ごめん》こうむるが、なにより──。

(俺がやられたらあ奴は無駄に気にしそうだ)

己でなくとも、深雪でも彦次でも、連判状に名を記した者が危害を加えられてしまったら、小春はどんな顔をするか分からない。怒りのあまり、暴れ回って被害が拡大しないとも限らぬ──そこまで考えて、喜蔵は失笑した。

(……本当に厄介なものを懐に引き入れたものだ)

わざわざ苦労を背負い込むような真似をするなど、一年前までならば考えられなかった。人は変わるものだ──喜蔵はまるで他人事《ひとごと》のように思った。

「この、待て!!」

(誰が待つものか──くっ!)

背に衝撃《しようげき》が走り、喜蔵は思わずその場に屈みこんだ。ぐらりと揺れた視界の端《はし》には、神無川が映っていた。あと少し──ほんの少し走れば辿り着く。だが、

「追いかけっこはもう終わりかい?」

くすくすという笑い声が、喜蔵の鼓膜を震わせた。立ち上がろうと足に重心をかけよう

とした時には、仰向けに転がされてしまった。落ちかけた真っ赤な陽と、己を覗き込む妖怪たちの姿が視界いっぱいに映り込み、喜蔵はごくりと唾を飲み込んだ。

（五匹か……）

先ほどの鼬の怪に、白蔵主《はくぞうす》と土蜘蛛《つちぐも》、そしてろくろ首と鵺《ぬえ》――騙されて憤慨している鼬の怪以外は、ニタニタと笑って喜蔵を見下ろしていた。

「身のこなしは上々。逃げ足は韋駄天《いだてん》並み。だが、このような時に余所事考えるとは笑止千万《しょうしせんばん》。所詮《しょせん》は人間か」

やはりこ奴にはふさわしくない、と白蔵主が言うと、土蜘蛛も同意の頷きを寄越した。

「二度とあれに近づかぬと誓うならば見逃してやってもよいぞ」

先ほどと同じような台詞を言われ、喜蔵は重たい口を開いた。

「……二度と近づかぬ――などと言うものか」

「何!?」

妖怪たちが驚愕《きょうがく》の声を上げた時、赤い空に再び青い光が走った。どうやら、それを発しているのは、喜蔵の左横で首を屈めるように折り曲げていた鵺らしい。

「強欲な人間め……そのような野心を持つならば、生かして帰すわけにはいかぬ！」

鵺がそう吠《ほ》えた時、呼応するように青い光が三度走った。

「まさか、手にする前からこれほど執着しているとはな……」

「強欲！　強欲な奴だ!!」

妖怪たちの話を耳にした喜蔵の頭に、ふと疑問が湧いた。

（……本当に猫股の長者の件なのか？）

何やら話が違うような気がした喜蔵は、「おい」と妖怪たちに話しかけたが、皆はどうやって喜蔵を殺すかばかり話しており、喜蔵の話など聞いていなかった。

「殺さねばならないの？　可哀想に……本当に残念だわ」

はじめて口を開いたろくろ首は、眉を下げ、哀れみに満ちた顔を喜蔵に向けた。

（こいつならば、少しは話が通じるかもしれぬ）

そう思って口を開きかけた喜蔵に、ろくろ首はにたりと笑んで言った。

「……ただ殺すなんてことはしないから、安心してね。私はこう見えて、人間の血肉が好物なのよ――骨の髄《ずい》まで綺麗に喰《く》い尽くしてあげる！」

女が耳に届くほど裂けた口をがばりと開けた時、喜蔵ははっと目を見開いた。

「さあ、いただき――ぐあああっ!!!」

女の悲鳴が轟《とどろ》き、談義していた妖怪たちはさっと後ろに飛びすさった。

「……お前は!!」

鼬の怪の上擦《うわず》った声が上がった瞬間、女怪を倒した小さな影は空高く跳躍した。次の瞬間、その影は伸ばした鋭い爪で白蔵主をなぎ払った。

「ひえ……ひえええ……!!!」

厚い衣のおかげでほんの少ししか身を裂かれなかったというのに、白蔵主は泡を吹いて倒れた。そんな白蔵主には目もくれず、今度は土蜘蛛に向かっていった影を見て、鼬の怪は叫んだ。

「きょ、今日のところは痛み分けだ！　皆、戻るぞ!!」

その声を合図に、妖怪たちは北の空に向かって去り出した。鵺は空を飛び、鼬の怪と、口にろくろ首と白蔵主をくわえた土蜘蛛は、地を蹴《け》って駆けていった。

（……何だったのだ？）

半身を起こした喜蔵は、瞬《また》く間に現れて去って行った一行のことを考え、首を捻った。

（助けてやると温情を与えたかと思えば、断った途端容赦なく殺そうとしてきたが……）

何を魂胆に近づいてきたのかさっぱり分からぬまま、妖怪たちは姿を消した。

「……おい、やはりこれは例の件なのか？」

喜蔵は少し離れたところに立っていた影に話しかけたが、答えはなかった。すっかり暗くなってしまったが、それでも目立つ金と黒と赤茶の斑模様《まだらもよう》の髪が、風に揺れている。懐かしい——喜蔵の胸にそんな気持ちが湧いたのは、相手がはじめて会った時と同じ格好をしていたからだ。袖口が妙に広がった藍《あい》色の着物は、丈がつんつるてんで妙だが、今見ると似合っていなくもない気がした。恐らく、それは佇《たたず》まいのせいだろう。いつもは落ち着きがないが、今の小春は妙に大人びた雰囲気を醸し出しており、非常に凛《りん》としていた。まるで、牛若丸《うしわかまる》のようだ——と思いかけた喜蔵は、慌てて首を横に振った。

「……しかし、随分と折のいい時に来たものだ。見張っていたのか？　暇妖怪め」

助けてくれた礼を言おうとしたのに、口からついて出たのはそんな皮肉めいた言だった。すぐに怒りの言葉が飛んでくるかと身構えたが、相手は無言のまま、振り向きもしない。

「……おい？」

様子を窺うようにして問いかけると、小春はやっと喜蔵の方に身体を向けた。その幼い顔を見た瞬間、喜蔵は目を見開いた。

（……目が赤い）

戦いが終わると徐々に薄まっていくはずの目の色が、戦いの最中のごとく燃えるように赤らんでいる。まだ敵がいるのか？——そう思って周りを見回した時、地を蹴る音がした。振り向くと、小春の姿は消えていた。

「……どこに隠れた？」

喜蔵がぽつりと零した呟きにも、当然のように返事はなかった。誰の気配もしなかったが、喜蔵は念のため近くを見て回った。

「おい……おらぬのか？」

草原を掻き分けながら声掛けしていると、背中にひたりと冷気が走った。

「猫でも捜しているのかい？」

「……遅い。もっと早く来てくれればいいものを……」とぼそりと言うと、川から上がってきた弥々子は不思議そうに首を傾げた。

それから四半刻後、弥々子が貸してくれた鬼火《おにび》を前に飛ばしつつ、喜蔵は家路についた。

――何だかよく分からぬ話だね。少し当てはあるが……あたしには何とも言えないよ。事情を話すと、弥々子はそう言って首を振った。己に甘い弥々子ならば何か教えてくれるだろう――密かに期待していた喜蔵は、気勢を削《そ》がれてしまった。

――一つ言えるのは、連判状などさっさと破棄することだね。一利なくて百害ありだよ。

去り際に言われた言葉は、無事家に着いた後も尚、耳の奥で響き続けた。

＊

翌朝――店を開けようと戸に手を掛けた喜蔵は、あることを思い出して固まった。

（……信じられぬ）

頰を抓《つね》るどころでは飽き足らず、思わず叩いたが、痛みは増すばかりだ。喜蔵は記憶力がいい。それなのに、今の今まですっかり「それ」を忘れていた。

「あら、お店開けないの？」

戸を閉め切った喜蔵を見て、居間から顔を出した深雪は不思議そうに問うた。

「用事を思い出した。少し出てくる」

喜蔵はずかずか店を突っ切って居間に上がると、深雪を通り越して歩いて行った。

「代わりに行って来ましょうか？　今日くま坂お休みだから――」

深雪の声は途中までしか聞こえなかった。裏口から外に出た喜蔵は、昨夕の妖怪たちとの追いかけっこよりも速いくらいの勢いで走って行った。

あっという間に又七の屋敷に着いた喜蔵は、胸に手を当てて呼吸を整えた。

「……又七さん。荻の屋の――」

喜蔵の口上は、がらりと開いた戸の音に遮られた。そこに立っていたのは又七で、喜蔵を見て「あ」と驚いた顔をした。

「おお、本当に喜蔵さんだ！」

「すごいなあ」と言いながら、又七は喜蔵の両手を取った。

（……何だ？）

又七の顔を見た喜蔵は、眉を顰めて怪訝な顔をした。連絡を寄越さなかったことをひどく怒っているのではないかと覚悟していたが、又七の顔に浮かんでいたのは満面の笑みだった。

「いやあ、あんたもちょうどいい時に来てくださった。さあ、入って入って」

「いえ、俺はここで……すみません、返事が遅れましたが」

「話は中で聞くから、早くお入りなさい！」

たじろぐ喜蔵を物ともせず――というよりも、まるで無視するように、又七は喜蔵の手を引っ張って、無理やり中に引き入れた。

「いえね、実はこれからあんたのところに行こうかと思っていたんだ。一寸だけでも寄って顔見せたらどうかってね。それが喜蔵さんの方から来てくれるなんてね……これはひょっとすると、ひょっとするかもしれないね」

うふふふ、と小娘のような笑いをする又七を眺めて、喜蔵は薄ら寒くなった。

「……顔を見せてとおっしゃいましたが、一体？」

「ああ。ほら、縁談のお相手だよ。今日、たまたまいらっしゃってね」

足を止めた喜蔵を、又七は不思議そうな顔をして振り返った。

「どうしたんだい？　ああ、緊張しているのかな？　大丈夫、私がついていますからね」

(よもや、縁談相手が来ているとは……)

それに、なぜか又七はすっかり荻野家が縁談を受けるとばかり思っている様子である。面と向かって断るなど、無礼極まる。ここで事情を話して又七の方から断ってもらおう
——そう考えた時には、又七は客間に入っていた。

平身低頭謝ることを覚悟して、喜蔵はやっと客間に足を踏み入れた。

「さあ、喜蔵さん。こちらへどうぞ」

敷いた座布団をぽんっと叩き、又七は言った。しかし、喜蔵は一歩足を踏み出した体勢のまま、身動きが取れなかった。見かねた又七が、そっと近づいてきて耳打ちした。

「ほら、そんなに緊張しないで。さあ、しゃんとして！」

「あの方は、お相手のご家族の方ですか？……女人にしか見えませんが」

耳打ち返した喜蔵に、又七は怪訝そうに首を傾げた。

「あの人が男に見えるなら、医者に連れて行かなきゃならないよ。可愛い子でしょ？」

又七の視線につられ、喜蔵も客間に座る女の方を見た。女は蚊帳《かや》の外で内緒話をされていることについて、まるで気にした様子は見せず、前を向いたまま姿勢よく端座している。

(まるで生人形のようだ)

喜蔵がこの部屋に立ち入ってから、女は微動だにしていない。針金でも入っているかのように、ぴっしりと固まっている。

(確かに……真面目で、およそ妙な真似はしなさそうだが)

歳の頃も確かに十八くらいだろう。美人ではないが、小柄で華奢《きゃしゃ》で、又七が言うように可愛らしい娘だった。だが――。

「……なぜ、女子なんです」

目の錯覚と疑える余地がないほど、相手はどこからどう見ても女子だ。女装した男――そう考えかけて呟いた喜蔵に、又七は呆れ返った表情をして、頬を掻きながら言った。

「……はあ？　それはそうだろう。だって、あんたは男でしょう？　男のあんたの相手なんだから、お相手は女に決まっているじゃあないか」

縁談が自分に来たものだということを、喜蔵はこの時はじめて悟ったのだった。

二、鬼と氷人《ひょうじん》

だっだっだっだっだ——。町内を駆ける軽快な足音に、道行く者は皆振り向いた。だが、音はすれども、肝心の走っている人間はいない。首を傾げる者たちの間をすり抜け、その姿を見せぬ者は一心に目的の地へとひた走る。

「——閻魔商人に縁談が来ましたよ！」

叫んだのは、突如荻の屋に飛び込んできた見目麗《うるわ》しき妖怪だった。後ろ手で戸を閉めてすっかり姿を露わにした桂男は、額の汗を手拭《てぬぐ》いで拭いつつ、ふうっと息を吐いた。

「閻魔に縁談？　妹御の間違いではないか？」

ぽろりとこぼした茶杓の怪ははっと口を噤んだ。深雪は己を指し、「あたし？」と首を傾げた。

「それは店主の勘違いでした。本当は、店主本人に来た話だったのです——そして今、店主はそのお相手と会って話をしているのですよ！」

「な、何だと!?」

店中から、素っ頓狂《すっとんきょう》な声が上がった。姿を露わにした妖怪たちは、「そんな面白いものを見逃すわけにはいかぬ！」と言って、一斉に戸に押し寄せた。

「痛たたた……！　私ごと引き戸を押したって、開きっこありませんよ……やめて！」

「ならば、どきなよ！　早くしないと見逃してしまうだろ!?」

生き生きとして言った撞木に、桂男は肩を竦めて首を振った。

「残念ですが、今から行っても間に合わぬでしょう。私が屋敷を出た頃には、話は大分終盤《しゅうばん》に差し掛かっている様子でしたから」

「えええ……」

不満と落胆の声が上がると、桂男は優しげな笑みを浮かべて言った。

「……ですが、私は彼らの会話のほとんどを知っています。店主が帰って来るまで、よかったら私が見た話をしましょう。皆さん、お聞きになりたいですか？」

「聞きたい！」

素直な声が重なり、場がどっと沸いた。ぽかんとしていたのは、深雪ともう一人だけだ。

「──ちょ、一寸待ってくれ！　店主っていうのは、まさか喜蔵のことか!?」

そんな馬鹿な──と驚きの声を上げたのは、作業場と居間の境《さかい》に腰かけていた男だった。

「おや、彦次さんではありませんか。いついらしたんです？」

「今さっき……ってそんなことはどうでもいいんだよ。なあ、本当なのか!?」

問うた彦次は、妖怪たちを掻き分けながら、戸の方に近づいていった。苦手な妖怪に触れているのを忘れるほど、混乱しているらしい。

「たまたま町で見かけた店主がどうもいつもと様子が違うので、心配して後をつけたのです。そうしたら、あんなに面白いことが……たまには仏心《ぼとけごころ》を出してみるものですね」

くふふふ、といやらしく笑う桂男を見て、彦次は呆然と呟いた。

「信じらんねえ……あの喜蔵が？……深雪ちゃんは知っていたのかい!?」

「いいえ……今はじめて聞きました」

目を見開く深雪を見遣って、しゃもじもじは笑った。

「そりゃあそうだ。何たって、あの閻魔は妹の縁談だと勘違いして、それを当人に言えずにいたのだから」

「あたしの縁談と勘違いしていたの……？」

深雪は困惑げに彦次を見遣ったが、

「あいつに縁談……夢じゃねえのか……!?」

彦次は彦次で未だ混乱している様子で、その視線には気づかなかった。

「まったく、閻魔のくせにとんだおっちょこちょいの小心者だ！　正に見かけ倒しだな！大体にして、あいつはいつも口ばかりだ。他人や他妖を怒る時だけ一丁前で、己には何の自信もない臆病者《おくびょうもの》さ。前差櫛姫もそう思うだろう？――ま、前差櫛姫……!?」

ここぞとばかりに喜蔵の悪口を言っていた堂々薬缶は、愛しの相手を見て突如慌てだした。荻の屋で誰よりも気の強い前差櫛姫が、棚の上で顔を伏せてわんわんと泣いていたからだ。

「前差、そう泣くな。まだ祝言を挙げると決まったわけではないのだぞ？」

硯の精の慰《なぐさ》めに、前差櫛姫は顔を伏せたまま首を横に振った。

「ひどいわ……あたしと喜蔵の仲を引き裂こうだなんて……なんて惨《むご》いの！　もしもその婚儀が決まったら、あたしは喜蔵の髷《まげ》に刺さって一生抜けなくしてやるんだから！」

泣き喚く前差櫛姫を横目で見遣りつつ、桂男は気を取り直すように一つ咳払いした。話し始める合図だと分かった妖怪たちは、騒がしい口をぴたりと止めた。

「お相手は初《はつ》と言うんですが、これが滅法《めっぽう》――いいえ、やはり順序立てて話しましょう」

棚に腰かけた桂男は襟元《えりもと》を寛《くつろ》がせながら、いささか勿体ぶって語り出した。

＊

半刻前――。

「……縁談というのは、俺へのものだったのですか？」

「だからそうだと言っているじゃないか……まさか、あんた……!?」

又七ははっとした顔をして、喜蔵の顔を覗き込んだ。

「……申し訳ありません。妹の方だと思っていました」

「……そんなことだろうと今思ったところだよ」

素直に述べた喜蔵に、項垂《うなだ》れた様子の又七はぽつりと答えた。それからしばらくの間、客間の入口で、二人はじっと立ち尽くしていた。

「……しようがありませんね」

「では――」

この話は立ち消えか――喜蔵はそう思ったが、

「私はね、一度引き受けた話を『間違いでした』で終わらせてしまえるほど、まぬけじゃない。それに、相手は親友のお孫さんで、最近ご不幸があったばかりだ。尚のこと、勘違いで放り出せるわけがないよ」

又七の口から出たのは、予想とは正反対の言葉だった。

「――正直に言います」

「……それは駄目だ！　あんたが今しようとしていることは、大変失礼なことなんだよ!?　妹さんのものだと勘違いした挙句、その場で当人に断わるだなんて……！」

喜蔵は前に踏み出したが、又七に右腕をひしっと摑まれ、慌てて止められてしまった。

「失礼は承知しています。大変申し訳ないとも思っていますが……貴方も、誰が誰にとはっきりおっしゃらなかった」

「わ、私のせいと言うのかい!?　あんたがちゃんと聞いていなかっただけだよ！」

「いいえ――別段貴方のせいにするつもりはありませんが、それは間違いありません」

「私のせいにしているじゃないか！　大体ね、仮に私が名前を言い忘れたからと言って、話をちゃんと聞いていれば誰に来た話かくらい分かるだろう!?」

最初は小声で話していた二人だったが、議論が白熱するに従い、普段の声よりも大きくなっていた。しかし、二人はそれに気づかず、しばらく言い争った。

「――すみません」

喜蔵と又七が我に返ったのは、女の高い声が響いた時だった。座敷の中央を見遣ると、横を向いていた女が、いつの間にかこちらに向きを変えて座っていた。身を突き刺すような真っ直ぐな視線に喜蔵は思わずたじろいだ。

「あ……お初さん……いえね、何でもないんですよ。この人、一寸内気なもんでね。もう、恥ずかしがっちゃって大変なんです。すみませんねえ……さ、喜蔵さん座って」

又七に腕を引かれた喜蔵は、渋々初の向かいに腰を下ろした。ここまで来たら、逃げるわけにはいかない。一つ息を吐き、喜蔵は少し顔を上げて、相手の様子をちらりと窺った。小柄でほっそりとした体軀《たいく》、すっと伸びた首に狭い肩幅は、まるで浮き世絵から抜け出てきたようである。薄い顔立ちで、口元にある黒子《ほくろ》が印象的だ。高そうな着物は品よく仕立てられており、姿勢がよく、佇《たたず》まいからして正しく良家の子女といった様子である。

「引水《ひきみず》初と申します」

「……荻野喜蔵と申します」

深々と頭を下げてきた相手に、喜蔵も同じように返礼した。

「まあまあ、そう固くならないで。何しろ、これは本番じゃあないからね。でも、たまたまこうして顔を合わせることになるなんて、お二人はどうも縁《えん》がおありのようだ」

　顔を上げた二人を交互に見遣って、又七は笑った。だが、喜蔵も初もにこりともしない。

「――ええっと、お二人は何かご趣味なんてありましたっけ？」

「ありません」

「特にはございません」

　双方から間髪入れずに返ってきた答えに、又七の笑顔はややひきつった。

「そ、そうだ、お初さんは芝居見物とかするんじゃないのかい？」

「興味がないので参りません」

「……数年前は琴《こと》を習っていたね。とても上手だったが、今もやっているのかな？」

「お褒め頂きありがとうございます。ですが、あれは誰がやっても音が出るものです。大した腕ではありませんでしたし、とっくのとうにやめました」

「そ、そうかい……ああ、そういえば――」

　身も蓋もない返答にもめげず、又七は喜蔵の代わりに色々問うた。しかし、初の答えは毎回簡潔で素っ気ないものだった。

「喜蔵さんは芝居なんて――行くわけないね……」

　初から色よい答えをもらうのは諦めた又七が、喜蔵に水を向けた。だが喜蔵の答えも、「俺には分かりかねます」とか「そのような無駄な真似はしません」というような、初といい勝負の、まるで話が膨らまぬものだった。

「……ほら、まだどうとも決まったわけじゃあないし、ただの顔合わせなんだから。この機会に、何でも気軽に訊いてしまえばいいんだよ」

「――では、俺から一つ話したいことがあります。実は、話を聞き間違え――」

「喜蔵さん！」

又七はくわっと口を開いて叱責《しっせき》の声を出した。これまで見たこともない物凄い形相で睨まれ、喜蔵は押し黙った。

「どうせならば、楽しい話をしなさいな。いや、どうしても恥ずかしいなら、私が色々話してもいいんだ。年の功と言うからね。まずは私の初恋話なんかを――何だい？」

又七は調子よく語りはじめた話をやめて、戸の向こうからした呼びかけに答えた。

「今ね、忙しいんだよ。そっちは、私がいなくったってどうにかなる……え、あの人が？そ、そうか……今すぐに行きますよ、と伝えておくれ。ほら、早く早く！」

妻の名を出された途端、又七はさっと顔色を変えて、慌てて立ち上がった。又七は有名な恐妻家である――ということを、喜蔵はこの前、近所の噂で知ったばかりだった。

「一寸だけ席を外させてもらいますよ。すぐに戻ってくるから、どうかそのままで――」

勝手に帰るなよ――という意を存分に込めた視線を向けられ、喜蔵は横を向いたものの、内心ほっとしていた。又七さえいなければ、この縁談は恐らく「なかったこと」になる。揉《も》めることなく、穏便に済みそうだと思ったのは、目の前に座る者の表情のおかげだ。

喜蔵はつい己の顔を手で撫でた。恐ろしい、鬼、閻魔――と妖怪たちにまで言わしめる顔つきらしいが、あまり自覚はない。

（どいつもこいつも、他人の顔を眺めて勝手に怖がる……）

これまでほとんどの者がそうだった。今ではからかってくる小春ですら、最初は腰を抜かさんばかりに怯えていたほどだ。唯一恐がらない深雪も、喜蔵の顔が怖いということは承知しているようである。喜蔵はちらりと目の前の娘に視線を向けた。初の顔は強張っていたが、それは恐怖からきたものには見えなかった。

（不満、不服……不承知といったところか？）

初の顔に浮かんでいるのは、氷のように冷ややかな無表情だった。愛想のかけらもなければ、愛嬌などとは程遠く、目が合うと逸《そ》らさず見返してくる。その目に宿っているのは、挑むような強さである。深雪や小春も眼力が強いが、この娘は彼らの更に上を行くようだ。このような目で見てくる者が、己のことを好ましいと思っているはずがない——喜蔵でなくとも、誰もがそう思うだろう。ほぼ確信していたからこそ、喜蔵は意を決して切り出した。

「この縁談、貴女から断ってください」

初はぱちり、と一度瞬きをしたが、特段驚いている様子はない。（やはり）とますます己の考えに自信を持った喜蔵は、更に言葉を続けた。

「どうやら、貴女もこの件に得心がいっていない様子。ご主人が戻って来たら、はっきりそうおっしゃってください」

初はうつむき、黙りこくってしまった。綾子のように突出して容姿が優《すぐ》れているわけでも、深雪のような愛らしさがあるわけでもない。だが、初は独特の雰囲気を放っていた。何かと印象が被るような気がしたものの、結局答えは見つからなかった。

「はっきり――つまり、本心を述べろとおっしゃっているんですね？」

顔を上げた初は、またしても喜蔵をじっと見据えて述べた。

「どうぞ、お好きなようになさってください。出来ることなら、今後俺に縁談など来なくなる程度には、悪《あ》しざまに言って頂きたいものですが」

「どなたか心に決めた方がいらっしゃるのですか」

思わぬ問いかけをされたものの、考える前に「いいえ」と口が勝手に答えていた。それを聞いた初は一寸だけ眉を顰めた。

「……承知致しました」

初の答えにほっと胸をなでおろした時、すらりと戸が開いた。

「いやはや、中座してしまって申し訳ない。少しはお二人でお話し出来ましたかな？」

又七は手をもみながら、にこにこと訊ねてきた。だが、その笑みは決して明るいものではなく、半ば諦めの境地に入っているように見えた。視線から察するに、又七も初の顔を見て、喜蔵と同じことを思ったのだろう。又七が席に着くと、初は頭を下げてこう答えた。

「私は、是非とも喜蔵さんに縁談をお受け頂きたく存じます」

「お、おお……そうか、それはいい！　実にいいことだ。いやあ、そうか……！」

　一瞬目を見開いたものの、途端に相好を崩した又七は、喜蔵の両手をぎゅっと摑んで言った。

「本当に良かった……あんたの祖父さんもこれで安心するだろう。深雪さんのことは心配いらないよ。私がすぐにいい縁談を見つけてあげるからね。あんたが懸念していたのは、それだろう？　私にすべて任せておけば大丈夫だから、大船に乗った気持ちで——何だい？　また呼んでいるって？　いや、私は今忙しいってあれほど……何、おかんむり？……すぐに、本当にすぐに行きますから！——とにかく、そう伝えて！」

　話の途中でまた小者がやってきて、又七に何かを告げて去って行った。

「すみませんね、こんな時にごたごたしてしまって……とりあえず、今日のところは意思の確認が出来たということでお開きにしましょう。それで構わないかな？」

　喜蔵が返事をするよりも早く、「はい」と初はきっぱり答えた。


「——店主の心の声はあくまで私の想像ですが、概《おおむ》ねこのようなものでしょう」

　桂男は語り終えると、商品の煙管《キセル》を勝手に手にし、火を付けた。店主こと喜蔵が見たら、烈火の如《ごと》く怒る光景だったが、今は誰も叱る者がいない。

「いやあ、たまげたなあ！」

　どんっと腹の小太鼓を鳴らした小太鼓太郎に、茶杓の怪は興奮した面持ちで頷く。

「真《まこと》じゃや。まさか、鬼に嫁が来るとは思いもよらなんだ！」

「逆だ逆。婿《むこ》に行くんだろうよ。由緒ある家に生まれた奴が、わざわざボロ道具屋に嫁に来るわけがない。どうも変な娘のようだから、奴にはちょうどよさそうだが……まあ、閻魔が縁談を受けようとも、断られようとも、俺にはまるで関わりのない話だけれどな」

空中ででんぐり返しをしながら、いったんもめんはケケと意地悪く笑った。

「……お主のように生まれついての妖怪ならばいい。だが、我らのように途中から妖怪として生まれ変わった者たちには、いささか障《さわ》りがあるのだぞ」

深刻そうな声を出したのは、未だ伏せっている前差櫛姫を慰めていた硯の精だった。

「あ奴が婿に入るのは悪いことではない。良縁ならば、喜ばしいことだろう。だが、ここがどうなるか……手前勝手だが、それが気がかりだ」

はっと息を呑んだ妖怪は、一匹や二匹ではない。喜蔵に縁談が来た——その事実を面白がることばかりに夢中だったが、よく考えると硯の精の言う通りだった。

「そうか……婿に入るということならば、この店は畳むことになるのか……」

釜の怪がぽつりと漏《も》らすと、「嫌だ！」としゃもじもじは悲鳴を上げた。

「そうなったら、俺たち兄弟は離れ離れになってしまうかもしれぬではないか！　そんなことあってはならぬ！」

「しゃもじもじ……兄は名案を思いついたぞ。今日からあの閻魔に取り入って、いざという時に売られぬように媚《こび》を売りまくるのだ」

「流石《さすが》は兄者！　それはよき考えだ！」

釜の怪としゃもじもじがこそこそと話していた声は筒抜《つつぬ》けだったが、皆はそれどころではなかった。付喪神たちは硯の精の許に寄り集まって、話し合いを始めた。

「……こんなことになろうとは露《つゆ》ほども考えておらなんだ。のう、硯の精どうする？」

「俺だってそうだ。硯の精はどう思う？　お前の意見が訊きたい」

硯の精に縋《すが》りつく付喪神たちを見て、撞木は呆れ声を出した。

「おいおい、あんたらと一緒にすんな。ここを閉めても、硯の精だけは一緒に連れて行ってもらえるさ。何たって、『売物ニ非《あら》ズ』だよ？」

そこでまたはっとした顔をした付喪神たちは、硯の精を見て、「裏切り者！」と叫んだ。硯の精は、店の中で唯一売り物ではない付喪神だ。『売物ニ非ズ』という札を書いて硯の精の前に置いたのは、他ならぬ喜蔵だった。

「付喪たちは～店を畳む前に二束三文で売り飛ばされる～売れ残ったら捨てられる～～」

泣きそうな顔をした付喪神たちに向けて歌ったいったんもめんは、作業場と居間の境に呆然と座っている男の許に飛んで行くと、相手の首に巻き付いた。

「……し、絞まる、絞まる!!」

彦次はいったんもめんの身体をばしばしと叩いて抵抗したが、当の怪は痛くもかゆくもない様子で、にやにやと笑いながら囁いた。

「幼馴染に先を越されて悔しいか？　もっとも、文無し借金持ちで女癖《ぐせ》の悪いお前には、いつまで経《た》っても妻など娶《めと》れぬか。顔だけはいいのだから、金持ちの娘っこでもたぶらかして、婿入りしてしまえばよいのだ。誰かに恨まれて刺されたら面白いからな」

やっとのことで拘束《こうそく》から逃れた彦次は、四肢《しし》を投げ出し、荒い息を吐いた。騒動の中話し合いをしていた付喪神たちは、「色魔絵師！」と言いながら、彦次の許に駆けて行った。

「お主も奴の婿入りが面白くないのじゃな!? ここは力を合わせて縁談をぶち壊そうぞ！」

「そうだそうだ！　普段から大層虐《いじ》められておるし、鬱憤《うっぷん》がたまっておるだろう？　ここで一度くらいあっと言わせてみるのも一興だぞ！」

硯の精を除く付喪神たちに必死な目で詰めよられた彦次は、その場に座り直し、ぽりぽりと頭を掻いて言った。

「……お前たちには悪いが、俺は縁談が成就するために協力するぜ」

「な、なぜだ……!?」

目を見開いた付喪神たちをそれぞれ見遣って、彦次ははっきりと答えた。

「そりゃあ、喜蔵が俺の幼馴染で親友だからさ。だから、あいつがこの縁談に一寸でも興味があるなら、俺は何としても奴を本気にさせてやりたい」

「店主は乗り気じゃあなかった！　なあ、嫌がっていたんだろう!?」

小太鼓太郎は戸に寄りかかっていた桂男を振り返って、大声で問うた。

「嫌がっておられましたが、あの方は大変意固地でしょう？　本当に嫌だったら、どんな真似をしても断っていたはず。だから、満更でもないのではと私は思いました」

　思わぬ答えに、付喪神たちは絶句した。その直後、「アタシたちただの妖怪は協力するよ」と撞木が述べると、一転して騒然となった。

「お前たちには血も涙も汗もない！　俺たち付喪神の苦しさを少しは味わえ！」

「あんたら慌て過ぎだよ。まだどうなるか決まってないだろうにそんなに騒ぎ立ててさ」

「捨てられるかもしれぬのだぞ!?　奴がいなくなったら、店がなくなるじゃないか！」

　釜の怪と撞木の言い合いにそろりと割って入ったのは、桂男だった。

「まあまあ……ほら、他の者に任せるかもしれませんよ？　たとえば、鬼姫とか――」

　付喪神たちは「あー！」と揃って声を上げて、深雪の姿を捜した。

「あれ？　鬼姫!?　どこに行った!?」

　桂男が語り終える瞬間までともにいた深雪の姿がない――そのことに気づいた妖怪たちは、顔を見合わせた。

「……あまりに存外だったので、驚いて泣いているのではないか？」

　硯の精の呟きに、堂々薬缶は首を振って反論した。

「鬼姫がこれしきのことで泣くものか。恐らく、相手に呪いをかけにいったんだろうな」

「ええ、鬼姫はそんなことが出来るのか!?　やはり、閻魔の妹……只者《ただもの》ではないな！」

「そりゃあ、深雪だぜ。あいつが最強だってこと、俺は最初から気づいていたぞ。目は喜蔵そっくりだし、奴より心が強いもん。腕っぷしがない分、頑固さで優《まさ》ってるしな」

「おいおい、そんな本当のこと言ったら追い出される――お、お前は!!」

小太鼓太郎は驚きのあまり転び、衝撃で小太鼓がどんっと大きな音を立てた。

「お、お、お、鬼姫が小春に化けた……!?」

しゃもじもじの叫びに、妖怪たちは皆目を見開き、あんぐりと口を開けた。

「深雪は人間だから化けない。俺は本物の小春さまだ!」

居間と作業場の境で、腰に手を当てて宣言したのは、にわかに現れた小春だった。金、赤茶、黒の斑模様をした派手な髪に、白地に鮮やかな花火が描かれた浴衣を着ているその姿は――相変わらず、人間の少年にしか見えない。

「よう、彦次。相変わらず女好きだな」

「……今の俺のどこを見てそう思ったんだ? まったく、来て早々それかよ」

頭の上に肘《ひじ》を載せられた彦次は、重みに呻きながら答えた。店内はしばらくざわざわしていたが、小春がこうして突然現れるのは一度や二度ではない。そして、これまでのように数か月振りに姿を現したのではなく、たった十三日振りの再会だった。

「……今回は随分と早く来たのう」

「飽きられるから、もっと間を空けてきた方がよいのではないか?」

あっという間に冷めた目をした妖怪たちは、素っ気なく言った。

「冷たい奴らだなあ。せっかく多忙の中寄ってやったというのに……もっと驚けよ」

ぶつぶつと文句を述べる小春に、撞木はふんっと鼻を鳴らして言った。

「暇妖怪。面白い話を聞きつけて来ただけだろう？」

小春は目をぱちぱちとさせ、「まあな」とにやりと笑った。

「どこから聞いてやって来たの？　小春ちゃんは耳がいいのねえ」

「あ、鬼姫！　呪詛《じゅそ》はもう終わったのか？」

居間からひょっこりと顔を出した深雪を見て、しゃもじもじは声を上げた。

「急に姿が見えなくなったから、こいつらが心配していたんだよ」

やっとのことで小春の肘を頭からどかした彦次は、小首を傾げた深雪を見上げて言った。

「あら、皆どうもありがとう。桂男さんの話が終わったから、お茶を入れようと思って台所に行ったの。そうしたら小春ちゃんがいて驚いちゃった」

彦次の前に茶を差し出しながら、深雪はにこにこと笑んで言った。

「お前、いつからこの家にいたんだ？」

彦次が呆れたように問うと、小春は天井を向いて「うーん」と記憶を探り出した。

「桂男が走って帰って来たくらいからかな？　例によって見回りをしていたんだが、何やら騒がしいからさ。一寸寄ってみたら……ぷっ」

突然、小春は耐えかねたようにひっくり返り、腹を抱えて笑いだした。

「まさか、こんな面白いことが起きるとはなあ！　俺ってばいい時に来た。我ながら引きが強い。いや、日頃の行いがいいからだな」

「日頃の行いがいいかは知らねえけど……また、何かあったのか？」

姿勢を正し、真剣な顔をして問う彦次を見て、小春は馬鹿にした声を出した。

「あのなあ、何かあってから来たんじゃ遅いだろ？　悪事を未然に防ぐため、俺はこちらの世をちょくちょく見回りしているんだよ」

「何だよ、じゃあお前よくこっちへ来ているのか？」

「たまにな。寄ってくれたらいいのに――とか言うなよ？　俺は俺で忙しいんだ」

深雪の顔をちらっと眺め、小春は唇を尖らせながら言った。深雪が眉を一寸顰めたことに、目ざとく気づいたのだ。

「お前がここに来た理由は何でもいい……こうなったからには、お前にも協力してもらう」

棚の上で立ち上がって高らかに言ったのは、堂々薬缶だ。

「あいつの縁談を阻止するって？　いやいや、俺はこっちに協力するよ」

小春はあっさり言うと、彦次の肩をがしっと摑んだ。

「お、俺たちがどうなってもよいというのか!?」

しゃもじもじが上げた非難の声に、小春はきっぱりとこう答えた。

「これを見ろ――これさえあれば、奴が俺たちの誰かを見捨てることはない！」

小春が懐を探って出したのは、喜蔵が深雪や妖怪たちに書かせた連判状だった。近づいて来た妖怪たちは、見覚えのある書面をじっくりと眺め、首を傾げた。

「お前たちが俺に命を預ける代わりに、俺はお前たちを守る。俺はお前たちを死なせぬように働くわけだが、幾ら俺でもそれを一人でやり切ることは出来ない。お前たちは己の身を守り、時には俺を守る。そんでもって、今回は俺が喜蔵の縁談を守るわけだが、命を預けたお前たちもそれを守る義務がある。喜蔵は俺に守られるわけだから、俺を守る義務がある。同じように、お前らのことを守る義務があるわけで……」

「……つまり、喜蔵は己を守っているお前らのことを守る義務があるわけで……」


「……つまり、一蓮托生《いちれんたくしょう》と申しているのか？」

　硯の精の呟きに、小春は「それだ！」と指を鳴らした。小春は自信満々に答えたが、妖怪たちは皆（それで本当に合っているのか？）と首を傾げた。

「……よく分からぬが、それがある限り、俺たちは捨てられることは本当にないのか？」

「大丈夫大丈夫」と軽々しく返事をする小春を、付喪神たちは胡乱《うろん》な目つきで見遣った。

「信用出来ぬ。だってお前は妖怪じゃないか」

「お前らだって妖怪だろ!?」

　小春と付喪神たちは、かしましく言い合った。

「……あいつの縁談相手の家は、大きいんだろう？　ならば、お前たちをどこかにいさせてくれるよう俺が頼むよ。もし嫌だと言われたら、俺のところに来ればいい。お前たちがそれを嫌だと言うなら、新しい居場所を見つけてやるよ。だから、協力してくれ」

　取っ組み合いに発展していた小春と付喪神たちは、彦次の言でぴたりと動きを止めた。

「なんだあ?-」と素っ頓狂な声を上げたのは、小春である。

「お前、妖怪の類《たぐい》苦手じゃねえか。こいつらがいたって、いいことなんて一つもねえぞ？」

「小鬼よりは役に立つわ！……だが、まことにどうしたのじゃ？　それほどまでにあの閻魔に縁談を受けさせたいのか？」

茶杓の怪が心底不思議そうに問うと、彦次は少し照れたような顔をして、首筋を撫でた。

「……まあ、いいじゃねえか！　お前たちは己の居場所さえ確保出来ればいいんだろう？証文を書いてやってもいい――だから、力になってくれ」

付喪神たちは顔を見合わせ、ぼそぼそと話し合った。

「――お主の案に乗ることにした。証文は書かずともよい。お主相手ならば、そんなものなくとも勝手に家に乗り込めるからな。我らを引き取るようになったら、毎日しっかり手入れをすることを約束しろ。まあ、お主は一寸脅《おど》せば何でもやってくれるな」

「……よ、よし！　兎《と》にも角にも、話がまとまったところで、作戦を立てようぜ！」

付喪神たちの総意を、硯の精は淡々と述べた。

彦次が膝を叩いた音が響いた時、

「……しょうがないわね。あたしが作戦立ててあげるわ」

言って真っ先に立ち上がったのは、それまで突っ伏して泣いていた前差櫛姫だった。

「喜蔵が他の奴と縁組みしてもいいのか？」

「いいわけないでしょ!?　喜蔵はあたしと一緒になるんだから！……でも、人間と妖怪だもの。そう簡単にいくわけないの。だから、これはあたしたちに課せられた試練よ。これを乗り越えたら、あたしたちは今度こそ夫婦になるわ！」

　彦次の問いに噛みつくように答えた前差櫛姫は、「耳をお貸し」と言って皆を自分の許に集めた。彦次も話し合いに交じったが、小春は居間と作業場の間から動かず、隣を見て言った。

「つい話に乗っちまったけれど、お前はこれで良かったのか？」

「もちろんよ」

　笑って答えた深雪は、ようやく冷めた茶を猫舌の小春に差し出した。


　彦次や妖怪たちが喜蔵のことをあれこれと話している頃、当人はといえば――。

「嘘……あ、あの人が女の人連れているよ！」

「あの人ってどこのどいつのことだよ……お、荻の屋の若旦那!?　こりゃあ、夢か幻《まぼろし》か!?　あ、お隣のご主人！　ほら、あそこ！　あそこ見てくださいな！」

「なんですよ、そんなに慌てて……!?　め、目がどうも壊れちまったみたいだ……！」

「いやいや……あんたの目は壊れちゃいませんよ。あそこにいるのは紛れもなく荻の屋の喜蔵さん！……横の娘さんは誰だ？　随分と身なりが良い、可愛らしい人じゃないか」

「いいとこの娘に見えるが……ま、まさかあの人の好い人か!?……あ！　こっち見た！」

　黙れ――という意を存分に込めて睨むと、喜蔵の噂話をしていた近所の連中は、慌ててそれぞれの店の中に入って行った。喜蔵が妙齢の女性と連れだって歩く様は、あまりにも信じがたい光景であったらしい。

「随分と人気がおありなんですね」

「……面白がられているだけです」

「では、あちらのお店の方々も面白がられているのでしょうか。私たちを見て何やら話しておいでですが」

初の視線を追うと、確かに小間物屋の者たちや、店に来ていた客たちまでがこちらを見てこそこそと話していた。もっとも、彼らも喜蔵の一睨みで散り散りとなったのだが――。

「手でも振って差し上げたらよろしいのに。恥ずかしいということでしたら、私が代わりに振りましょう」

初は言通り、本当に手を顔の横に上げようとした。ぎょっとした喜蔵は、思わずその手を摑んで小走りし出した。その方がよほど衆目を集めると分かったのは、人通りの少ない小路に出た時である。

「……すみません」

謝りながら手を放すと、「いいえ」と初は返事をした。ちらりと窺った横顔にあるのは、相変わらずの無表情である。喜蔵をからかって遊んだ様子もなければ、手を摑まれて恥ずかしがっている様子もない。

（――何を考えているのか分からぬ娘だ）

又七の屋敷にいた時からずっと思っていたことだが、喜蔵は改めてそうした思いを感じた。何を考えているか分からないと言われ続けてきたのは己だったはずだが、喜蔵からすると、今横にいる娘の方がまったく分からなかった。

――まさか一人で帰らないだろうね？　幾らあんたでもそんなことしないだろう？

帰りがけに又七に何度も念を押されたおかげで共に歩く羽目になったのだが、なぜそれを突っぱねることが出来なかったのか？――縁談を断り切れなかったことと同様に、よく分からなかった。

「何度も溜息を呑み込んでおられますね」

初の言に、喜蔵ははっと我に返った。

「お疲れのところ申し訳ありません。ここで結構です」

初の屋敷は曳舟《ひきふね》方面にあると聞いたが、今はまだ浅草の中心地を過ぎた辺りだ。しかし、初は「失礼します」と述べ、そのまま歩き出してしまった。喜蔵はしばしその場に立ち止まっていたが、（くそ）と呪いの言葉を吐き、初の後を追いかけ、横に並んだ。

「結構です、と申し上げたはずですが」

「……一度引き受けたことは最後までやり通さねば気分が悪いので」

「どなたかのお教えなのでしょうか？」

問われた喜蔵は、一瞬の間を空けて「亡くなった祖父です」と答えた。

「……きっと、お優しいお祖父さまだったのでしょうね」

柔らかく言われ、喜蔵は少し目を見張った。

「私の祖母は、私が生まれる前日に亡くなりました。だから、一度も顔を合わせたことがありません。ですが、私が生まれることを誰よりも楽しみにしていたのだと、祖父から聞いたことがあります。その祖父も亡くなりましたが、よく可愛がってもらいました」

そう語った初の表情は少しも変わらなかったが、どこか遠い目をしているような気がして、喜蔵は眉を顰めた。あまりに落ち着き払い、淡々とした様子だが、この娘はつい最近家族を皆亡くしたのである。これまでのどこか棘《とげ》があるような変わった反応も、強がりゆえなのだろう――そう考え直しはじめた喜蔵に、初は顔を向けた。

「やはり、お疲れなんでしょう。お顔がますます凶悪なものになっていますよ。ほら、あそこの子どもが貴方を見て怯《おび》えています」

無言で見返すと、「あら、怖い」と顔色も変えずに初は言った。

（……やはり、気に食わぬのではないか）

それならば、なぜ引き受けた？　という話になるが、考えても考えても、答えは出て来なかった。初が己と一緒になって得られるものは、恐らく何もない。

「……何も急ぐことはないのではありませんか？　もう少し落ち着いてから、縁談を探された方がいい。さすれば、良縁と当たるでしょう。少なくとも、今回よりはずっとよい縁と結ばれるはず」

考え抜いた末に出てきたのは、「寂しさゆえ」ということだった。安直だが、そのくらいしか考えられぬ。己と祝言を挙げて得られることと言えば、「一人になる時が減る」くらいなものだった。しかし、そうだとするなら、適任はきっと他にいるはずだ。

「俺と共にいても、明るい気持ちになどなりませんよ」

むしろ、陰鬱な気持ちになる——などと話していると、初はぴたりと足を止めて言った。

「つまり、私とは一緒になりたくないとおっしゃっているんですね？」

あまりに直截的な物言いに流石の喜蔵も少々怯《ひる》んだが、まっすぐ見つめてくる視線に嘘を吐くことは出来ず、素直に答えた。

「……今は妹と住んでいますが、それまで俺はたった一人で生きてきました。もしも、妹が嫁に行ったら、俺はまた一人になります。その時から、俺はまた一人で生きていくことでしょう。誰かと夫婦になるなど、考えたことはありません」

それから、二人の間に重苦しい沈黙が続いた。いつの間にか、どちらからともなく歩き出していたが、喜蔵は周りなど見ていなかった。

「屋敷はすぐそこですので、ここで」

初が言った時、喜蔵ははじめて己が初の屋敷の近くまで来ていたことを知った。田園に囲まれた長閑《のどか》な地で、初が指さした方には森らしき木々の群れが見えた。

「……では」

一言呟くと、喜蔵は急いで踵を返した。相変わらずまっすぐ見てくる視線から、早く逃れたかったのだ。歩き出してから少し経って、

「——考えたことがないとおっしゃるならば、これから考えてみてください。そして、ど

うか云《うん》とおっしゃってください」
私はそれまで諦めません——凜とした初の声が後ろから聞こえてきた。喜蔵はほとんど逃げ帰るようにして、家路を急いだ。

「……なぜここにいる?」

店の戸を開けて早々、喜蔵はうんざりした声を出した。対する相手は、「よう」と片手を上げて応えた。店内にはいるはずの深雪の姿が見えず、代わりに違う少年が寛いでいる。

「何だ、随分疲れてているじゃないか。大丈夫か?」

「お前を見たせいでどっと疲れが出たのだ」

喜蔵は膝に手を置き、ふうっと嘆息を吐いた。

「しばらく見ないうちに随分と老け込んだなあ」

呑気《のんき》そうに言ったのは、作業場と居間の境で寝転がっている小春だ。相変わらず派手な髪は、暑さのせいか頭の天辺《てっぺん》で括《くく》られている。ぼりぼりと腹を掻き、ふああっと大きな欠伸《あくび》をする様子は、人間の少年——というよりも、隠居老人のようである。

「どれだけ耄碌《もうろく》しているのだ。昨夕のあれは何だ?」

「昨夕のあれ?」

きょとんとした小春に、喜蔵はちっと舌打ちをした。

「しらばっくれるな。昨夕のあれはあれしかなかろう。ふざけていないでさっさと答えろ」

「はあ？　何だよ、昨夕のあれって？　昨夕といえば、俺はまだあちらの世にいたぞ」

小春は半身を起こし、胡坐《あぐら》を掻きながら答えた。

「……さては、また何か妙なことが起きているのだろう？」

ずかずかと近づきながら言うと、小春は「おわっ」と小さく悲鳴を上げた。

「……会って早々怖い顔すんない！　お前といい彦次といい、勝手に勘ぐり過ぎだぞ！」

「彦次？　なぜ奴の名が出る？……来たのか？」

じろりと見回したが、姿は見えない。すると、小春は「さっきな」とそっぽを向きながら答えた。

「留守中に勝手に上がり込みよって……来るならば来るで、もう少し待っていればよいものを」

そうすれば、このむしゃくしゃした気持ちをぶつけられたのに――と喜蔵は当たり前のごとく口にした。

「……行くぞ」

「どこに？　今日のお前はてんで肝心なこと言わねえのなあ」

問い返しつつ文句を言ってきた小春に、喜蔵は答えた。

「主人の留守に勝手に家に上がり込んだ不逞《ふてい》な男を締めにいくのだ」

またしても主語はなかったが、察しの良い小春はぴんと来たようだった。

「なるほど、お前は本当に根性悪い。でも、何で俺まで？」

「あ奴が一等怖がるのはお前らのお仲間だ。いつぞやのように命じておどろかせろ」

「……相変わらず妖怪使いが荒いな！　まあ、面白そうだからいいけれど。臆病な人間をおどろかすのは妖怪の務めだし？」

猫が身体を伸ばすような姿勢をしつつ言った小春は、そのままひょいっと身軽に起き上がった。片手を腰に、もう片手は店の左方を指差し、高らかに宣言した。

「しょうがないから暴れてやろう！　楽しみにしておけよ！」

「五月蝿い。そう叫ばずとも聞こえる」

二人が出て行ってしばらくすると、

「――もう行きましたよ」

居間から顔を出した深雪は、いささか小声で言った。店の商品である大長持《おおながもち》から彦次が出てきたのは、それからゆっくり十数えた後だった。

「……何で、俺が妖怪におどろかされなきゃならないんだ……」

「八つ当たり」という言葉が浮かんだものの、深雪は黙って苦笑した。縁談の件で苛立っているはずだととっさに隠れたあたりは流石幼馴染と言ったところだ。こうして心の機微《きび》が読め、勘もいいというのに、彦次はなぜかこんな扱いばかりされている。「奴が引き返してきたら不味い」と言って、彦次はそそくさと店から出ていきかけたが――。

「……彦次さん、どうしてあんなに真剣に縁談のこと考えてくれたんです？　何だか、まるで自分のことみたいでしたよね？」

深雪の問いに彦次は頭をぼりぼりと搔き、「うー」とか「あー」とかしばし唸っていたが、そのうち諦めたように嘆息を吐くと、店の壁にもたれかかってぽつりと言った。

「自分のことのようにか……確かに、俺はあいつの恋路をそんな風に思っているのかもしれねえ。俺、あいつの恋路を――初恋を、邪魔したことがあるんだ」

想像もしなかった答えに、深雪は目を見開いた。

「……お兄ちゃんの初恋って誰なんですか？」

常だったら、深雪はそんなことを問うたりしない。本人から聞くならまだしも、他人から訊きだすなど、不躾《ぶしつけ》であると思うからだ。だが、今回ばかりは訊かずにいられなかった。

（もしかしてそれが、お兄ちゃんがずっと彦次さんを怒っている原因なの？）

何とはなしにそう思ってしまったからだ。彦次は喜蔵に借りがある――それを、「金」だと二人は言っていたが、深雪にはどうもそうは思えなかった。

「お仙《せん》という女だ――あいつの従姉さ」

彦次の口から飛び出したのは、思わぬ人物だった。

「でも、その人はお兄ちゃんを……」

眉を下げた彦次を見て、深雪は皆まで言うのをやめた。仙は、喜蔵と彦次を長らく仲がいさせ続けた原因――今、ちょうど深雪の頭に過《よ》ぎっていた人物だった。

「……元々、喜蔵と彼女は姉弟みてえに仲が良かったらしい」

彦次はぽつぽつと語り出した。「らしい」というのは、彦次は喜蔵と長い付き合いであるものの、仙と会ったのはあの一件が起きた十四の時がはじめてだったからだ。

「どうも、お仙のおふくろさん――つまり、喜蔵の祖父さんの娘だな。この人と喜蔵の祖父さんが、あまり仲が良くなかったようなんだ。だから、お仙がこの店に来るなんてことはなかったたし、あいつとお仙が会う時は伯母の家と決まっていたんだ」

喜蔵は四つで母と生き別れ、父は碌《ろく》に働かぬ上、ほとんど家を空けていた。伯母は出来の悪い弟のことを忌み嫌っていたようだが、それでも一応は姉弟だ。弟の不始末で子どもが可哀想な目に遭っていることに、罪悪感を覚えていたらしい。だから、伯母は喜蔵をよく家に招いたのだ。しかしながら、子どもの面倒を見るのは不得手だったらしく、喜蔵を構っていたのはもっぱら娘の仙だったという。

「会ったことはなかったけれど、俺はお仙のこと知っていたんだ。喜蔵が俺によく『従姉さん』の話をしてきたんだよ。いつもからかわれていたらしい。『また従姉さんにしてやられた』と参った面して愚痴るもんだから、笑いを堪えるのが大変だったよ」

「参った顔、ですか？　お兄ちゃんのそんな顔、何だか想像出来ないわ……」

「そうだよな」と彦次は苦笑した。

仙の家に行く前、喜蔵は余った木片で、一寸した細工物を作るのが慣例だったという。

――お前、何でいつも一生懸命そんなの作っているんだ？

――別段一生懸命ではない。従姉さんが寄越せと言うから、仕方なく作っているのだ。

「お仙がどんなつもりで言っていたか知らねえけれど、喜蔵は律儀にこしらえていたよ。その時の顔もちっとも嬉しそうじゃなく、心底参ったって面しているんだが……」

上手に仕上がると、喜蔵は滅多に見せない笑みを浮かべていたという。

「当人は想いに気づいていないかもしれねえけれど……あいつのあんな顔、その時くれえしか見たことねえもん」

彦次はそう言って、ふと空を見上げた。今、二人は店の軒下にいるため、影に守られている。だが、一歩外に踏み出せば、照りつける太陽に身を焼かれてしまうだろう。額に手をかざし、目を細めている彦次を眺めつつ、深雪は言った。

「……きっと彦次さんの思う通りだと思います。でも、どうしてそれが破れたのが彦次さんのせいになるんです？　その一件は、彦次さんも騙されただけでしょう？」

仙は喜蔵のことをからかいながらも、いつも面倒をよく見ていた。聞くところによると、歳も五つ上で、本当の姉のようだったという。それなのに、喜蔵の祖父が死んだ途端、喜蔵の金を盗み出し、彦次をも巻き込んで、喜蔵を裏切ったのだ。

「お仙はそりゃあいい女でさ……でも、喜蔵の従姉と言うだけあって、変わってもいたんだ。どうも一寸――いや大分気が強くてな。それに輪をかけるようにして世話焼きな性分だったんだ」

――……もう、我慢出来ない！　あんた、一寸それ脱いで！

はじめて会った時、仙は開口一番に言うと、彦次の着物を剝《は》ぎ取ったという。

「俺はてっきり……でも、そうじゃなかった。あの人はさ、俺の着物に穴が空いていたのが気になって仕方なかったらしい。変だろ？　だって、俺のことを騙しに来たんだぜ？　それなのに、いきなり繕《つくろ》いものし出すわ、ついでに散らかっていた部屋を片づけ出すわ……すげえいい女だったのに、そんな妙なところしか頭に残ってねえんだ」

それらが一段落した後、仙は彦次に「箱を渡して」と言ってきたのだ。その箱とは、喜蔵が彦次に預からせていたものだった。中身が何であるか彦次も知らなかったが、喜蔵の大事なものであることは知っていた。それを渡せと言われたのだから、当然彦次は申し出を断った。

「最初は渡すつもりなんてなかったんだ。勝手に他人の物渡すなんて、幾ら何でも出来ねえって……けどさ、話を聞いているうちに、託した方がいいんじゃないかと思っちまったんだ」

――あの子、しっかりしているように見えるし、実際何でも一人でやろうとするけれど、本当は寂しがり屋で抜けているの。一人でなんてやっていけないんだから、うちの子になれって言っているのに、てんで聞きやしない。あたしが面倒看てやらなきゃ駄目なのよ。

仙は、そうしてずっと喜蔵を心配する言ばかり繰り返した。そろそろ、と言ってもまるで聞かず、最後は涙ぐみながら語っていたのだ。

「こんなに喜蔵を想っているなら悪いようにはしねえと思ったんだが……本当に馬鹿だよ

な。でもさ……あの人は金を奪ったけれど、使う気なんてなかったんじゃねえかって――俺は今でも考えちまうんだ。喜蔵が困って泣きついてきたら、『ほら、だからあんたはうちの子にならなきゃ駄目なのよ』とでも言って、後で金を返すつもりだったんじゃねえかなって……」

「……でも、彦次さんが企みに気づいてお金を取り返しに行った時、お金の三分の一は使われていたんでしょう？」

深雪の言に、彦次は項垂れた様子で頷いた。

「どうも、ちょうどその時、お仙の親父さんが危ない商売に手を出したらしくてな。金から指の数本かを持っていかれちまうかも、となっていたみたいなんだ」

つまり、仙は父を救うため、喜蔵の金を使ったようなのだ。

「もしかすると、お仙じゃあなく、親父さん本人が勝手に使ったのかもしれねえが……」

金を取り戻しに行った時、彦次は散々詰問《きつもん》したが、仙は口を噤んで、決して話そうとはしなかった。その後、彦次は再び訪ねて行ったが、その時すでに仙の一家は姿を消していたという。近所の者に訊いてみたものの、誰一人として仙たちの行方を知っている者はいなかった。

「……すまねえ」

「彦次さんのせいじゃないわ」

深雪は本心から思って述べた。ややあって、彦次は顔を上げた。そこにあるのは、常のような、お調子者で情けない表情ではない。苦しげで、哀しげなものだった。

「……お仙の方が喜蔵のことをどう思っていたのかは分からねえんだ。結構歳が離れていたから、恋情とは違うような気もするが……間違いないのは、互いに特別だったってことかな。喜蔵にとっても、お仙にとっても、それぞれ相手のことが大事だった」

しかし、大事にする仕方がまるで正反対だったのだろう。喜蔵は相手の迷惑になることを厭《いと》い、仙は頼ってこない相手に苛立ち——互いにすれ違った。そのきっかけをつくったのは自分だ——と彦次は思っているのだ。

「深雪ちゃんが言ってくれたように、すべてが俺のせいじゃねえかもしれねえ。でも、喜蔵が好きな女と幸せになってくれねえ限り、俺の中のこのもやもやは一生晴れねえ気がするんだ。俺は手前勝手だから、俺のために喜蔵には幸せになってもらいたいんだよ」

蹴った石が転がった先をじっと眺めつつ、彦次は語った。深雪もその石の行く末を見ようとしたが、それを遮るように人力車が通った時、独り言のように呟いた。

「……お兄ちゃんはついああいう態度を取ってしまうけれど、本当はとっくに許していると思いますよ」

そうでなければ、幾ら嫌がらせのためとはいえ、わざわざ家を訪ねはしないはずだ。

(そういう理由がなければ、関わりを持てないからじゃないの……?)

周りが思っている以上に、喜蔵は不器用なのだ。

「——しっかし、深雪ちゃんは本当に優しい娘だよなあ。喜蔵の妹じゃなかったら、嫁さんに欲しかったくらいだ。あ、これは喜蔵に言わないでくれよ!?　あいつに知られたら、本当に八つ裂きにされかねねえ……!」

にわかに口調を変えて言った彦次は、両腕を抱えてぶるぶると震えた。本当に恐ろしそうな顔をするので、深雪は思わず笑ってしまった。

「じゃあ、また寄らせてもらうから」

彦次は暇《いとま》を告げると、自宅とは反対方向へと歩き出した。今頃、小春と喜蔵は妖怪たちを使って、彦次の住まう長屋に恐ろしい仕掛けをしているのだろう。鉢合《はちあ》わせしないために、どこかで時間を潰す気らしい。後ろ姿を見送った深雪は、店番をしようと思って踵を返した。

「……そうですか、喜蔵さんの方だったんですね」

綾子は深雪たちのようには驚かず、妖怪たちのように笑いもしなかった。ただ、少し困ったような顔をしている。

「ごめんなさい。急に訪ねてきてこんな話をしてしまって……」

（嫌だわ、あたしったら……）

親しいとはいえ、それはあくまでご近所の中ではだ。いきなりこんな話をされたら、誰だって困惑するだろう。家に入る寸前に三味線の音色を聞いた深雪は、思わず裏長屋へやって来たのだ。戸惑う深雪の心持ちを察したのか、綾子は何も聞かずに中に招き入れてくれた。そして、深雪は桂男から聞いた話を、綾子にすっかり話したのである。

「私などでよければ幾らでもお聞きします。それに、驚くのは無理もありませんよ。だって、本当に急なお話ですものね。それに、喜蔵さんは深雪さんのご縁談だと間違えていたわけですし……きっと、喜蔵さんもよほど焦ってらしたんですね」

「……でも、どうしてあたしに言わなかったんでしょう？」

深雪にはそれが不思議でならなかった。最初から自分に話してくれれば、こんな風にこじれはしなかっただろう。

（だって、そんな話聞いたら、あたしは自分で大家さんに断りに行ったわ）

その時点で、喜蔵の縁談であると知れたはずだから、深雪はすぐにそれを喜蔵に伝えたに違いない。その後どうするかは喜蔵次第だが、受けるにしろ、断るにしろ、当人にばったり出くわして断れなくなった――などということにはならなかったはずだ。

「深雪さんがお嫁に行ってしまったら、寂しいと思ったのかもしれませんね」

「……引き受けるとは限らないのに」

「他人の心なんて分からないものです。それがたとえ血の繋がった妹であっても――いいえ、そうだからこそ、尚更分からないのかもしれませんね」

「直接あたしに話そうとは思わなかったのかしら……」

つい愚痴を言ってしまい、はっとした深雪は「ごめんなさい」と小声で述べた。顎《あご》に手を掛けて考え事をしている風だった綾子は、そのうち美しい面を上げて問うた。

「喜蔵さんが縁談されるかもしれないことについて、深雪さんはどう思っていらっしゃるんですか？」

「それは、もちろん――」

嬉《うれ》しい――そう答えようと笑顔を作った深雪は、綾子の真っ直ぐな瞳を見て口を噤んだ。

（本当にそれでいいの？）と問われているような気がしたからだ。

「……寂しいです」

しばし逡巡した後、深雪は本心を言った。綾子は眉を下げて、哀しげな顔をした。

「でも、兄が幸せになれるなら、その寂しさなんて吹き飛んでしまうと思うんです。たった二人の兄妹だもの……兄には幸せになって欲しい。それがあたしの一番の幸せです」

それもまた本心だった。いつまで経っても彦次が喜蔵に罪悪感を抱いているのは、きっと喜蔵がずっと不遇だったからだ。祖父がいて、従姉がいて、彦次がいて、その頃はまだ幸せだったのかもしれない。だが、一気に親しい人々を失った喜蔵は、それから長らく独りだった。今は周りに人が増えたが、それですっかり孤独が癒されたとは思えない。

（だって、あたしもそうだもの）

間違いなく、今は幸せだ。それでも、これまで経験してきた寂しさがそれですべて相殺されたわけではないということを、深雪は知っていた。

「……私も、喜蔵さんが幸せになれるなら力になりたいです」

綾子の呟きに、深雪は顔を上げた。綾子の顔にあったのは、穏やかな微笑みだった。

「私、喜蔵さんと深雪さんのご兄妹がとても好きなんです。お二人が寄り添って生きているのを見ると、嬉しくなるんです。喜蔵さんにも、深雪さんにも、幸せになって欲しい」

「綾子さん……」

深雪は思わず綾子の手を取り、きゅっと握りしめた。

「あたしも、綾子さんに幸せになって欲しいです。そして、出来ることなら……」

その後に続けようとした言葉を、深雪はごくりと呑み込んだ。綾子は不思議そうな顔をしたが、深雪が笑うと同じように笑みを返してくれた。

「……話を聞いてくださってありがとうございました」

「私でよければ、いつでも何でもおっしゃってください」

頷いて笑みを向けると、綾子も朗らかに笑い返してくれた。その後すぐに辞去した深雪は、綾子に見送られながら裏道を通って家に歩き出した。

（あたしったら、馬鹿ね。お兄ちゃんが誰かと一緒になるのは嬉しいけれど、すごく寂しい。でも、相手が綾子さんなら――なんて……）

深雪は赤らんだ頰を、両の手で挟んだ。十六年間も離れて暮らしていて、やっとのことで共に過ごすようになったのはつい半年前のこと――寂しく思うのも無理はない。だが、己のいいように他人の仲をどうこうしようなどと、一瞬でも思ってしまったことが恥ずかしかったのだ。陽が大分傾いた空を見上げ、深雪はふっと嘆息を吐いた。

（……幸せになって欲しい）

兄の幸せと比べて考えれば、己の寂しさなどちっぽけなものだと深雪は思った。

「……おらぬではないか」

彦次の長屋に着いた喜蔵は、勝手に戸を開けて中を見回した後、不機嫌そうに呟いた。

「……帰って来た奴が、長屋に入った途端に怯えだすような罠《わな》を作れ」

「えー」と不満げな声を上げた小春は、彦次の長屋に勝手に上がり、畳の上で寛いでいた。

「ここで奴が帰って来るの待つわけじゃねえんだろ？　俺たちが見られぬのに、そんなのやってもつまらねえじゃねえか」

「おどろかせた妖怪たちに、今宵《こよい》のことを今度訊ねればいい。奴の怯えぶりを伝え聞くだけでも肴《さかな》になる」

「下戸《げこ》のお前に肴はいらねえと思うけれど。ま、面白そうだからいいか」

然《さ》して悩んだ様子もなく、小春は「おおい」と声を出しながら、両手で招き出した。すると、どこからともなく、見覚えのある妖怪たちがぞろぞろと出てきた。

小春が妖怪たちと彦次をどうやっておどろかせるか相談している間、喜蔵はぼんやりと長屋向かいの川を眺めていた。

――これから考えてみてください。

わざわざ考えずとも、答えは決まっている。だが、喜蔵の頭の中には、その台詞を言った初の真剣な表情がずっと残っていた。妙に気になるのだ。その理由が、初に惚れたから

――ということではないのを喜蔵は確信していた。初の身の上には同情を禁じざるを得なかったが、同情だけで婿入り出来るほど喜蔵はお人よしではない。

「団子、団子！」

耳元で大声を出された喜蔵は、はっと我に返った。横を見遣ると、いつの間にか小春がいた。彦次の長屋には元通り、壊れた戸が無理やり閉められていた。その中には、先ほどの妖怪たちが大勢ひしめいているのだろう。

「家で夕餉を食いたかったら我慢しろ」

歩き出しながら、喜蔵はすげなく言った。

「あのなあ、俺は人間と違ってたくさん胃があるんだ。だから、今何を食べたって、夕飯も大いに食べられる。俺の腹はざっと三十はあって、それぞれ団子専用、白飯専用、魚専用、味噌汁専用、牛鍋専用……あ、牛鍋が食べたい！」

喜蔵の後を追いながら指折り数えていた小春は、突如大きな声を出した。それからしばらく喜蔵の周りをまとわりつくように歩き、「牛鍋牛鍋牛鍋牛鍋」と呪いのように言い続けた。いい加減鬱陶しくなった喜蔵は、そんな小春を足蹴《あしげ》にしかけたが、

「今回は何が起きている？」

ふと思い出したため、足を下ろして問うた。

「何がって縁談だろ？　お前、自分のことなのにもう忘れたのか？　この呆《ぼ》け若旦那《だんな》」

「……その件ではない。お前の話をしている。昨夕のあれは何だ？」

あの時、己に襲いくる妖怪たちを一瞬で蹴散らして消えたのは、少年にしか見えぬこの妖怪だった。だが、小春はまたしても怪訝な顔をして、「昨夕のあれ？」と不思議そうに復唱した。

「んんん？　お前、さっきも言っていたよな？　一体何のことだ？」

（真に耄碌したのか？）

本気で分かっていない様子の小春に、喜蔵は仕方なく口を開いた。

「昨夕、俺の前に現れたではないか」

「だから、俺は今日来たんだって。見間違いじゃないのか？」

「お前のような派手派手しい者を見間違えるものか」

（着物だけは違ったが……）

小春は今、白地に赤と黄と橙《だいだい》の、花火柄の浴衣を纏っている。昨年、綾子に作ってもらったものだ。しかし、昨夕の小春は、はじめて会った時に着ていた闇夜のような色をした着物姿であった。まじまじと小春を見ているうちに、喜蔵は違和感を覚えた。

（面や姿は確かにこいつだった――だが、こんな間の抜けた様子だったか？）

「確かに、こんな神々しい見目をした者はなかなかいねえよな。いかにも強そうで逞《たくま》しいもの。見間違えるはずなどない！――普通はな。誰かさんは普通じゃねえもの。本気で見間違えたか、はたまた夢でも見ていたに決まってる！　それに、夕方だったんだろ？　髪色も面も背丈も何もかもぜーんぶ同じだったと言えるか？」

ぐっと詰まった喜蔵を見て、「そら見ろ」と小春は笑った。

「見間違えか夢だ。夢の線の方があり得る気はするけれど。なんたって、こんな男前がそういるはずがねえもの」

「男前というのはどういう者を言うのか知っているか？」

悔し紛れに言うと、小春は己に指を差して言った。

「俺とか彦次のことを言うんだ。残念ながら、閻魔面のお前は入ってねえ。羨ましいか？」

「つまり、頭が悪い奴のことを総じて男前と言うのだな」

「俺の頭は悪かねえよ！　あいつと一緒にするな！……痛っ！」

両手を振り上げて吠えた小春は、勢い余って何もないところで転んだ。

（……見間違えか夢だ）

昨日、己を助けた者はもっと格好が良かった。それこそ、二枚目といってもいいほどだった——癪《しゃく》に障るが、喜蔵はそう思っていたのだ。「痛くて歩けないからおぶってくれ」と鼻を真っ赤にさせながらへらりと笑った小春を見て、喜蔵は嘆息を吐いた。

＊

縁談騒動の中ひょっこり現れた小春は、例の如く荻の屋に居ついた。「何をしに来た？」「さっさと用を済ませて帰れ」などと言ったのは、最初の数刻だけだった。縁談のことで頭が一杯で、それどころではなかったからだ。

——考えてみてください。

幾度となく頭をよぎる台詞を振り切るのに精いっぱいで、断る理由が浮かんでこない。だが、何も返事をしないわけにはいかないので、また考える。そして、初の顔と言葉が浮かんでくる——そんなことを繰り返していた。

喜蔵がこうして堂々巡りしていたのは、小春が常と違って、「調査しに行こう！」などと言わなかったせいもある。居間で呑気に寝ているか、「彦次のところへ遊びに行ってくる」と言って出掛けるくらいで、呑気そのものだった。うっかり連判状の件も忘れてしまいそうな平穏さだったが、時折思い出してははっと我に返り、涎《よだれ》を垂らして寝ている小春の姿を見ると、また忘れかけ——そんなことを二日も続けてしまった。

悶々としながら店番をしていた四日目の昼前——。

「こんにちは」

半分開いた店の戸から控えめに顔を出したのは、綾子だった。作業場にいた喜蔵は、「何が入り用ですか？」と声を掛けた。

「ご、ごめんなさい……今日は大丈夫です！」

別段謝ることでもないのに頭を下げてきた綾子に、喜蔵は改めて用向きを問うた。心なしか常よりめかしこんでいる気がしたが、基本的に綾子はいつも着物も化粧も質素である。

「用はもちろんこれです」

綾子は戸の横に置いてあった箒《ほうき》を摑むと、それをすっと上段に構えた。

「おお、綾子。お前見かけによらず、随分様になっているじゃねえか」

「本当？　今、薙刀《なぎなた》を習っているの」

小春の感心したような言を聞いた綾子は、はにかみつつ答え、箒を元通りに立てかけた。

（……あれは本気だったのか。おまけに、すでに習っているとは――）

小春がこれから危ない戦いに巻き込まれるかもしれぬ――という話をした時、「薙刀を習いに行きますね」と言っていたことを思い出して、喜蔵は呆れつつ感心してしまった。

小春の言う通り、構えた仕草はなかなか堂に入っていた。

「勇ましいねえ。後で、皆に披露してくれよ」

「あ、後で？　今日は本当の使い手の方々を見るのに、私なんてそんな……」

頰を挟み込むように両手を添えた綾子は、ぶつぶつと独りごちた。そんな綾子を呆気に取られた顔で見ていた喜蔵は、そのままゆっくりと小春の方を向いて訝しげな声を出した。

「……おい。今、何か不穏なことを耳に挟んだ気がしたが」

居間と作業場の間に寝そべっていた小春は、のそりと立ち上がって大きな欠伸をした。

「あいつはまだかかな？　別段いてもいなくても構わぬから置いて行くか。何しろ、あいつときたら、馬鹿な上に女好きで、阿呆で滅法怖がりだもの。もう百五十年以上生きているが、あんな情けないの見たことねえ。うん、置いて行こう置いて行こう」

「俺の姿が見えた途端、悪口言い始めるなよ……せっかく仕事早く仕上げてきたのにさ」

戸を跨ぐ手前で情けない顔をして立っている男を見て、喜蔵は怪訝な顔を凶悪にした。

「遅いぞ！　罰として、俺に牛鍋を十人前奢《おご》れ！」

「お、俺遅れてねえだろ……!?　絶対奢らねえからな！」

彦次の非難の声は聞かぬ振りをして、小春は居間に顔を突っ込んで言った。

「さ、面子《メンツ》が揃ったところで行くか。深雪も支度は整ったか？」

「大丈夫よ」と声が上がって間もなくすると、深雪が店に顔を出した。

「……今日はくま坂の日ではないのか？」

「替わってもらったの。さあ、お兄ちゃんお店閉めなきゃ」

深雪は作業場にいた喜蔵を無理やり立ち上がらせ、そのまま連れて行こうとした。この妹もまた、いつもよりどことなく洒落《しゃれ》込んでいるように見える。

「……閉めぬ。どこかへ行くようだが、お前らだけで行け。俺は行かぬ」

脳裏に「危険」という字が灯《とも》ったことを悟った喜蔵は、深雪の手を解いて憮然と答えた。

「外はいいお天気よ。たまにはお日様に当たらないと、身体に悪いわ」

「陽など浴びなくても死にはしない。陽を浴びすぎる方が身体に毒だ」

兄妹はそうしてしばらく腕の引き合いを続けていたが、

「ほら、さっさと行かねえと相手が来ちまう――じゃない。始まっちまうから行くぞ！」

途中で言い直した小春がそれをあっさりと止めた。お馴染みの手招きのせいだった。否が応でも手を招く方向に引っ張られるこの力を、喜蔵は心底憎んでいるが、未だ逃れる術《すべ》を知らない。そして、今日も小春の手招きに引きずられ、喜蔵は泣く泣く店の外に出たのであった。

「……俺は店に残る。誰かの飯代のせいで家計が苦しいのだ。金を稼がねばならぬ」

「この守銭奴《しゅせんど》！　金がなくなっても心配は無用だ。俺が近所中に物乞《ものご》いして来てやる！」

「……それだけは決してするなよ」

低く言うと小春は一寸だけびくりと肩を震わせたが、すぐに前を向いて機嫌よく口笛を吹き出した。深雪たちもその後に続いたが、三人でぼそぼそと何やら話し込んでいる。

「……盛り上がるといいな」

「……きっと大丈夫ですよ」

唯一聞こえたのがそんな台詞だったが、小春の手招きから逃れる方法ばかり考えていた喜蔵には皆目分からなかった。

一行が辿り着いたのは、荻の屋から歩いてすぐの浅草の中心地だった。約四か月前の明治六年三月二十五日にこの国最初の「公園」の一つと指定された地には、大きな土俵のような舞台が用意されていた。そこにはまだ誰もいないが、幕が張られた場所からは、竹刀《しない》を打ち合う小気味いい音がする。これから披露する見世物《みせもの》の修練を行っているのだろう。土俵の傍らには、「撃剣興行《げつけんこうぎょう》」とでかでかと記されていた。賑々《にぎにぎ》しさの原因は、土俵を囲い込むように座っていた客たちが出す楽しげな声だった。茣蓙《ござ》の上で弁当を広げている者を見て、「いいなあ」と小春は涎を垂らして言った。

「まだ昼飯には早《はえ》えよ。しかし、これじゃあ、よく見えねえなあ……」

「お前が遅れたせいだぞ！　罰として、牛鍋百人前奢れ！」

「だ、だから、俺は遅れてねえって！　お前は本当に食い意地張り過ぎだ！」

喚く子どもと男は放っておいて、喜蔵は深雪に話しかけた。

「おい……誰が見たいと申したのだ？」

喜蔵は正直、剣術の類があまり好きではなかった。数年前まで、世間ではごく普通に血《ち》腥《なまぐさ》い事件が頻発していたのだ。浅草の莢の屋からそう遠くない上野《うえの》の山で起きた戦は、たった五年前のことだ。夥《おびただ》しい数の死体を作り上げたのは、大砲の力によるところが大きかったが、戦に関わりのなかった者たちにとっては、刀も大砲も同じ武器である。

「剣術は人を斬るためのものだ。こうして面白おかしく見世物にして喜ぶのはどうも好かぬ」

「そうでしょうか？　新しい時代と共に、剣術だとて変わったのかもしれません。たとえ本質が変わらないとしても、こうして人々の笑顔を作ることが出来るならば、それはそれで素晴らしいと思いますけれど」

「つまり、これはお前の趣味――……」

応えた相手を振り返って見た喜蔵は、引き攣《つ》った顔で固まった。無表情で「はい」と返事をしたのは、初だった。着物も櫛《くし》も、この前会った時よりも華やかなものを身に着けている。

「――どういうことだ？」

灸《きゅう》を据えてやろうと振り返った時には、深雪と綾子と彦次は人混みに紛《まぎ》れて逃げ去っていた。小春だけがにやにやしている。喜蔵は怒りを何とか抑え込みながら、初に問うた。

「……なぜ、ここに？」

「昨日、又七さんのお宅に呼ばれて伺ったのですが、『呼んでいないよ』と又七さんはおっしゃいました。首を捻っていたところ、ちょうど訪ねてきたこの方がお誘いくださったのです」

――喜蔵が一緒に出掛けたいと言っているが、どこか行きたいところはないか？

初の言を聞いた喜蔵は、己の傍らにいる小春をぎろりと睨んだ。

「……覚悟は出来ているのだな？」

喜蔵はそう言いつつ小春に手を伸ばした。簡単に届く距離だったが、小春は素早い動きで喜蔵の手を避け、あっという間に横を走り抜けた。

「縁談の修練と思って上手くやれよ！　今日は特別に俺らが見守ってやるからさ！」

そんなものはいらぬ――という言葉は、わあっと湧き上がった歓声に呑まれて、風のように走り去った小春には届かなかった。

土俵のような舞台に現れたのは、屈強な身体をした男と、小柄で華奢な男だった。圧倒的な力の差がありそうに見えたが、いざ勝負が始まると、大方の予想は覆された。鮮やかに相手の胴を薙《な》ぎ払った小柄な男は、勝利を空に翳《かざ》すように竹刀を持つ手を振り上げた。その、見事な剣さばきには、ぶつぶつ言っていた喜蔵もつい見とれてしまったほどである。

我に返ったのは、聞き覚えのある声が会場に響き渡った時だった。

「そこの小さい兄ちゃん、天狗《てんぐ》に弟子入りしたのか？　太刀筋《たちすじ》が似ているぜ！」

叫んだのはもちろん小春で、子どもの冗談と思った会場にどっと笑いが起きた。沸き立つ会場の中には、手を取り合って喜ぶ深雪と綾子、少しおっかなびっくりな目をした彦次がいた。

「どうやら、謀《たばか》られたようですね」

初の冷静な言に、喜蔵は不承不承頷いた。

（気分を害したということで帰ってくれぬだろうか？）

そんな希望を抱いて傍らを見ると、ちょうど目が合った。

「私は、今日が本番でも構いませんが」

初は喜蔵をじっと見上げながら、やはり無表情で言った。

三、迷い家

「腹が減って死にそう。俺はそういう奇病の持ち主なんだ……早く飯を食べなければ死んじまう……！」

　小春がそんな馬鹿なことを言い出したのは、撃剣興行の演目が終盤に近づいた時だった。さっさと帰りたい——二人きりにされた喜蔵は無論そう思っていたが、「お帰りになるならばお一人でどうぞ」と言って、初は動こうとしなかった。流石の喜蔵も、妙齢の女性を一人置いて帰ることは出来ず、仕方なく皆と合流して見物していたのだ。喜蔵も皆も、小春の言がただの我儘《わがまま》だと勿論気づいていたが、「いかほど持ちそうですか？」と初は真面目な顔をして問うた。まさか真に受けるとは思わず、皆はぎょっとし、当の小春も、「え」と一瞬間の抜けた表情をした。

「私の家は、ここから四半刻と掛かりません。大したものは出来ませんが、それで命が助かるのならば——」

「——いいい！　行く！　決まりっ！」

申し出を喜んで受け入れた小春は、皆を見遣ってニッとした。笑みを返さなかったのは、喜蔵と当の初だけである。（さては端《はな》から企んでいたな）と喜蔵は当然疑ったが、

「……おい、お前いつ家に行く約束したんだよ？　この後は適当に飯屋でも行くのかと思ってたが……」

「約束などしてねえよ。流石に最初から家に押しかけるのは、無礼なことくらい分かる。俺だって、まさかあっちからそんなこと言ってくるとは思ってなかった」

彦次と小春のこそこそ話を盗み聞きし、存外な事実を知る。怒りの矛先《ほこさき》をどこへやったらよいか分からなくなった喜蔵は、前を行く彦次の草鞋《ぞうり》をわざと踏みつけた。

当人が近いというだけあって、然して時を要さず初の住まう地に着くことが出来た。村に入った途端、それまで続いていた民家の群れはついと消え、田園が広がった。

「いいところねえ……」

道すがら、深雪は辺りを見渡しながら呟いた。

（……確かに）

喜蔵は内心頷いた。改めてじっくりと眺めてみると、そこは非常に美しい土地だった。陽の光を浴びて、田畑に植えられた草がきらきらと輝き、道の両端に流れる水路には、めだかやふなといった小さな魚が生き生きと泳いでいる。西の方角には水車があり、その近くに数軒の農家が点在していた。畑仕事をしている数人が初の姿を認め、笠《かさ》を取って頭を下げた。

「村の方々には、昔からよくお世話になっているんです。父と母の一件があってからは、特に……――あの奥です」

西の方角――木々が鬱蒼《うっそう》と茂っている辺りを指して初は言った。この前、喜蔵が送って行ったのは、その森が見えた辺りまでだ。遠目からだと難儀そうに見えたが、いざ通ってみると、二十歩も歩けば抜けられるものだった。ただし、そこは急な坂道であった。

「わあ、立派なお屋敷ですねえ……！」

開けた道の先にあった屋敷を見て、綾子は感心したように言った。

「いや、立派っちゃあ立派だけれども……」

小春が途中で止めた言葉の先を、喜蔵は容易に想像出来た。否、綾子以外皆同じことを思ったに違いない。敷地と思《おぼ》しき範囲は広大で、建物自体も大きい。造りそのものや装飾も、大層立派だった。この屋敷に住まう者たちは、周りからさぞや羨望の眼差しを受けているはず――だが、それは数十年前だったら、の話である。

壁の木材は、どこもかしこも黒ずんでおり、縦に流れる木目に反し、横一文字に細長い傷が入っている様が目についた。屋根の瓦《かわら》は陰鬱なものに変色し、ところどころひびが入って割れている。屋根の上には、なぜか烏が十数羽止まっており、見慣れぬ人間を警戒してか、鳴き声一つ上げず、じっと見下ろしていた。山深い地にあるうらぶれた古刹《こさつ》の寺社――というような佇まいである。

「……高市がいなくてよかった。あいつが床を踏み抜いたら、引っ張り上げるの大変だもの」

「そのまま放っておけばよい。半月くらいしたら自然と抜けるだろう」

小春と喜蔵がぼそぼそと悪口を述べていると、

「構造はしっかりしていますので、ご心配には及びません」

二人の大分前を歩く初が、屋敷の門を開け放ちながら言った。

「……おいおい。あの娘、お前と張るくらい地獄耳《じごくみみ》だな」

小春は呆れたように喜蔵と初を見比べながら、門の中に入って行った。深雪と綾子もそれに従う。喜蔵も仕方なく歩き出そうとしたが、ふと脇を見て顔を顰めた。なぜか彦次は門にしがみつき、がたがたと身を震わせている。

「……はばかりならはばかりと申せ。さっさと中に入って、いの一番に厠を借りろ」

「お、俺は尿意を我慢しているわけじゃあ――うわ!?」

驚きの声を上げた彦次は、足を動かしていないというのに、にわかに前進しだした。戸からひょいっと姿を現した小春が、「ひひひ」と笑って手招きしていたのだ。

「うわわわああ！　い、嫌だああ!!」

悲鳴を上げながら引っ張られて前に進む彦次のまぬけな様を見て、喜蔵は嘲笑を浮かべた。

（……言の通り、頑丈そうではある）

中に入った喜蔵は、玄関の土間の右端にある大きな柱を見て、先ほどの初の言に同意した。喜蔵の両腕で輪を作ったよりも大きい円柱が、天井まですうっと伸びている。深雪と綾子の二人は土間に立ち、初は一人廊下に上がって喜蔵たちを待っていた。

「彦次さん、随分と真っ青な顔をされていますけれど、大丈夫ですか？」

深雪の問いに、彦次は縦になのか横になのか分からぬほど激しく首を振った。

「こちらへどうぞ」

初は言うと、廊下を静かに歩き出した。すでに履き物を脱いでいた綾子と深雪が、慌てて後に続く。立ち尽くしている彦次の襟元を摑んだ喜蔵は、そのまま引きずるようにして廊下に上がった。「帰る！」とごねるかと思ったが、うつむいて口を噤んでいるだけだった。

「おい、お前まで何だ」

喜蔵は非難の目で後ろを見遣った。小春はまだ土間にいる。なぜか、例の柱に耳を当てて、首を傾げていた。痺《しび》れを切らした喜蔵は、項垂れた様子の彦次の襟元を摑み直し、ずるずると引きずりながら三人の後を追った。

まだ昼間だというのに、屋敷の中は妙に薄暗い。廊下には明かり取りの小窓が幾つかついているものの、ほとんど陽の光が差し込んでいない。道なりに進むと、曲がった先の廊下の左右に、幾つかの部屋があった。襖《ふすま》の数は六つ——どこも閉まっている。

「どちらにいらっしゃいますか？」

どの部屋にも聞こえるくらい大きな声で言ったが、初たちからの返事はなく、物音一つしなかった。もう一度呼びかけたものの、結果は同じだった。

「……いい歳をして、隠れ鬼でもしているのか？」

皮肉げに漏らすと、彦次の身体が大仰に跳ねた。襟は離したのに、なぜか喜蔵の後ろに張り付くように歩いていたのだ。怪訝《けげん》に思って見ると、彦次は更に顔を青くしていた。

「ここで突っ立っていてもしようがない。不躾極まりないが、開けて回るしかない」

「さっさとやれ」と顎で命じられた彦次は、「何で俺が」と情けない声を出したが、結局は喜蔵の意に従った。しかし、どの襖も開かなかった。仕方なく喜蔵も同じように襖に手をかけたが、びくともしない。

（……内側から鍵を掛けているのだろうか？）

だが、喜蔵たちが来ることを知っていて、そうする理由が見当たらぬ。襖と見せかけて、鉄の戸で出来ているのだろうか？　首を捻った喜蔵は、彦次が両腕を抱え込んで震えているのに気づき、眉を顰めた。

「さっきから何だ？　厠なのか寒いのか知らぬが、まっすぐ立っていられぬのか？」

「厠でも寒いんでもねえよ……お前はまったく気づかねえのか――」

途中で言葉を止めた彦次は、なぜか驚愕の表情をしていた。怪訝に思った喜蔵は、彦次が見ていた方――廊下の突き当りを見遣った。そこには誰もおらず、柱が立っているだけだ。玄関の土間にあったものと同じ白色で、大きさも変わりないように見えた。柱の後ろに出来た隙間は影になっており、真っ暗だった。

一瞬、暗闇の中で何かが光った――そんな風に感じた喜蔵はそちらに足を踏み出したが、

「や、やめろ！」

慌てたような声を上げた彦次に、腕を引っ張って止められた。

「そっちに行ったら駄目だ！　あ……ほら、他人の家でそう歩き回っては失礼だろ!?　とにかくやめろ！　絶対やめろ！　だって、よう――用事！　そうだ、用事を思い出したんだ！　不味い不味い。なあ、早く深雪ちゃんと綾子さんを捜して、皆で帰ろうぜ!!」

「火急の用があるならば、一人で帰ればよい」

あまりの勢いに負けてそう言うと、「駄目だ！」と彦次は頭《かぶり》を振った。

「俺一人じゃ帰れねえ！　皆一緒じゃないと駄目だ……！　な、早く帰ろう!!　深雪ちゃん！　綾子さん!!　どこにいるんだ!?　おーい!!」

喜蔵の腕を摑んだまま、彦次は大声で言った。空いている右手で頭を叩いても、「返事をしてくれ!!」と叫ぶのをやめない。

「二人ともどこだ……くそっ！……あ、小春!!　そうだ、小春！　おーい、小春!!!　お前どこ行ったんだ!?　なあ、お前だったらどうにかしてくれるだろう!?……も、もちろん俺の用事の話だぞ!?　なあ、小春！」

（……こいつは一体どうしたのだ？）

ひどく焦った様子の彦次をねめつけながら、喜蔵は顔を顰めた。普段だったら、こうし
（……何だ？）

て怖い顔をすれば、洗いざらい打ち明ける男だ。だが、彦次は喜蔵のことなど目にも入っておらぬ様子で、視線はあちこちを彷徨《さまよ》っていた。

「小春……――うあああああ!!」

彦次は突然悲鳴を上げると、その場に伏せた。

「おい、一体何を騒いでいる……」

彦次の背に手を掛けようとした喜蔵は、ふと背筋に悪寒を覚えた。ただでさえ薄暗い廊下が、その時ますます暗闇に包まれ出したのだ。嫌な気がした喜蔵は、恐る恐る顔を上げたが――

「こちらへどうぞ」

そう言って、近くの部屋の襖から顔を出したのは初だった。それと同時にふっと明るくなった廊下を見回して、喜蔵は首を傾げた。

「お初さん……深雪ちゃん、綾子さん！　無事だったか……よかったよかった!!」

廊下に伏せ、一人涙ぐんでいた彦次を見て、深雪は笑った。

「嫌だわ、彦次さんったら。たったいま離れたばかりなのに」

「……そんなはずは――だって、俺たちが屋敷に入ってから、四半刻の半分近くは経つぜ!?　どこの部屋の襖にも鍵が掛かっていたから、中にも入れなかったし」

一瞬呆けたような顔をして反論した彦次に、綾子は首を傾げて言った。

「でも、本当についさっきですよ？　それに、このお部屋の襖には、鍵はついていませんし、戸を開けられないように引っ張っていたなんてこともありませんが……」

喜蔵は半開きになっていた部屋をちらりと覗き込んだ。綾子の言通り、鍵はついていなかった。鋼鉄で出来ている――ということもなく、襖自体もよくある尋常なものだった。部屋の中を見回したが、特段の異変は見られない。しかし、襖が開かなかったのは事実だ。そして、深雪たちには喜蔵たちの声が聞こえなかったらしい。

「どうも、何かおかしい……」

そう呟くと、「何がおかしいのでしょうか」と初は喜蔵をじっと見上げた。喜蔵は少々怯みつつ、口を開いた。

「……何がも何もない。ここは――」

「飯飯飯飯飯飯飯飯飯飯飯飯飯飯――!」

突如、幼くも力強い声が廊下に響き渡り、皆は声のした方を一斉に見遣った。

「腹が減り過ぎて動けない!」

そう言いつつ元気に廊下を走ってきた小春は、蹲《うずくま》ったままの彦次の背にどんっと座り込んだ。

「ぐえっ、小春っ……! 手前《てめ》え、どこに行っていたんだよ!? ずっと呼んでいたんだぞ!!」

小春を己の背から横にどかしながら、彦次は喚くように文句を言った。

「腹が減りすぎて、玄関で動けなくなっていたんだ。はあ……死にそう」

よよよ、と泣く振りをして廊下にしゃがみ込んだ小春は、またしても物凄い勢いで腹を鳴らした。それを見遣って、「支度をしてまいります」と初は言った。

「ですが、その前に、足りぬ食材を揃えなければなりません。一緒についてきてもらえませんでしょうか」

初の視線の先にいたのは、深雪と綾子の二人だった。二人は共に驚きの表情を浮かべたものの、すぐに笑顔になって頷いた。これほど広い屋敷なのに、使用人はいないのだろうか？――心の中に浮かんだ疑問は、声に出ていたらしい。初は喜蔵をちらりと見遣って、小さな声で言った。

「……色々ありましたので、皆には一旦里に帰ってもらいました」

火事で主人とその奥方が亡くなったのだ。本来ならば、傍で初を支えるべきところだが、もしかすると、使用人たちも火傷《やけど》を負ったのかもしれぬ。

「俺も一緒に行きます！　荷物持ちになりますよ！」

彦次が勢いよく挙手して言ったものの、初の答えはつれなかった。

「顔色がよろしくありませんよ。部屋でお休みになっていてください」

「そ、そんなことありません！　俺はこの通り、元気一杯ですから……！」

彦次は跳ね起きて腕まくりしてみせたが、初はすでに踵を返していた。

「き、喜蔵と小春が邪魔だと言うならば、こいつらはここに置いて行きますよ！」

「お前がいるなら喜蔵は大丈夫だよな!?」と彦次は小春に小声で問うたが、当妖は頭の後ろで両腕を組み、ニヤリと笑うだけだった。

「お、お前は一体何考えているんだ！　お前がしっかりしてくれなきゃあ、俺たちは……」

彦次が小さな声で喚いている間に、初たちは外に出て行ってしまった。

「……また暗くなって来たような気がする」

廊下を見渡して呟くと、彦次は耐えかねたように怒り出した。

「お前、さっきから何しているんだ！　なぜ素知らぬ振りをする!?　おまけに一人でどっか行っちまうし……俺たちを守ってくれるんじゃなかったのかよ!?……ね、寝るな！」

激昂《げっこう》する彦次をよそに、小春は他人様の居間で腕を枕にし、すっと寝入ってしまった。

「起きろ！　呑気に寝ている場合じゃねえ！　お前もこいつ起こすのを手伝ってくれ！」

「断る」と喜蔵が即答すると、彦次は泣きそうな顔になった。それでも、何とか起こそうと試みた彦次だったが、小春は何をしても目を覚まそうとしなかった。腹の虫の音と、鼾《いびき》が交互に聞こえて、妙な旋律を作っていた。

「……分かったよ。もう知らねえからな!?　俺は先に帰るぜ！」

いよいよ堪忍袋の緒が切れたらしい彦次は、勢いよく立ち上がって襖の方へ歩いて行ったが――。

「……うわああああああ!!!」

叫び声を上げると同時に、開いた襖の前で尻餅をついた。

「何がうわあああだ。五月蝿い、黙れ」

眉を顰めて言った喜蔵は、固まってしまった彦次を足蹴にし、襖の前に立った。

（────……なるほど）

喜蔵は、この時やっと彦次の様子がおかしかった理由を悟った。柳女《やなぎおんな》に蛇骨婆《じゃこつばばあ》、屏風《びょうぶ》のぞきに河童、黒坊主《くろぼうず》に狂骨《きょうこつ》、ぬらりひょんに舞《ま》い首《くび》……──戸を開けた先の廊下には、一目見て妖怪と分かる者たちがひしめいていたのだ。気味の悪いことに、そこにいる皆が皆、部屋の中を覗き見るように首を前に突き出している。

「やはり、そいつは気づいておったのだな。やたらと目が合うので、おかしいと思っていたのだ。気づかぬ振りをし続けて、そのまま皆で外に出てしまおうと思ったのか？」

そう言った目目連《もくもくれん》の視線の先にいたのは、畳の上で足を投げ出してへたり込んだ彦次だった。顔色は青から白になって、今やどす黒い。

「そいつが婿候補というならば、まだ得心も行くところだが……こ奴なのだろう？」

笑般若《わらいはんにゃ》が指差した先にいたのは、喜蔵だった。矛先が変わって驚く間もなく、妖怪たちの集団の中から、一匹の妖怪がぬっと姿を現した。

「力があろうとなかろうと、所詮は人間……妖《あやかし》を差し置いて婿になるなど、笑止千万。邪魔者は一人でもいない方がいい。この家の婿になるのは、俺たち妖怪の誰かだ！」

喜蔵をねめつけて言ったのは、後頭部に一つ目のついた後眼《うしろめ》だった。腕を持ち上げた瞬間、喜蔵の後ろにいた彦次が「ひっ」と声を上げた。喜蔵はすぐさま襖を閉めようとしたが、なぜか思うように腕が動かない。手が駄目ならば足でと思ったものの、こちらも同じだった。その間に、後眼は喜蔵の顔に鋭い爪を近づけてきた。

「……ふん」

後眼は不満げに鼻を鳴らした。伸ばした爪は喜蔵に届く前に、敷居の辺りでぱんっと、何かに弾かれてしまったのだ。

「……だが、この部屋の結界もじきに解ける」

再び伸ばした後眼の爪は、言の通り、少し喜蔵に近づいた。

「あれほど強固だった結界が、これほど弱くなるとは……ふふふ。ふた月近く前までは屋敷に入ることさえ出来なかったが、今は廊下中好きに行き来できる。この部屋の結界が解ければ、残りの部屋の結界もじきに解けるだろう」

後眼は忍び笑いをしながら、何度も喜蔵に向かって爪を伸ばしてきた。その度に跳ね返されるものの、どんどん距離は縮んでいく。

「き、喜蔵……早くそこからどけ……！」

（……どけるものならば、さっさとどいている）

後ろからの声に、喜蔵は内心苛立たしげな声を返した。腕や足のみならず、声も出なくなってしまっていたのだ。後眼の妖気が恐ろしくて、固まってしまったわけではない。喜蔵がそうなってしまっていた原因は、目の前にいる後眼ではなく、もっと後方――ひしめき合う妖怪たちの更に奥にあった。

（……誰だ？　どのような妖怪だ？）

己に向けられた鋭い視線は、赤い光を帯びていた。まるで、小春が怒った時の目の色のように、物騒で美しい色だった。

（……馬鹿猫、何をしている!?）

己を守るのではなかったのか——顔面すれすれまで達した爪を眺めて、喜蔵は呪いの言葉を吐いた。

「——そら、届いた」

「やめておけ。殺されるのは主《ぬし》らの方だ」

しわがれた声が響き、後眼の手はぴたりと止まった。

後眼の斜め後ろに立っていたのは、真っ白な怪だった。風貌は人間に近いものの、異様にのっぺりとした顔をしている。顔つきは曖昧《あいまい》で、目鼻口はかろうじてついているように見えるほどおぼろげだ。眉がないせいで、余計に表情は窺えぬ。肌の色も髪の毛の色も着物も、すべて白で揃えられているが、唯一袴の裾付近だけ、赤い染みのような模様が入っていた。模様は膝下くらいにしかないものの、他が真っ白なため、そこだけ浮いているように見えた。幽霊と見紛《みまが》う姿かたちだが、足はあるし、透けてもいない。

「そこをどいてくれ」

その怪の言を聞いた途端、後眼はすっと姿を消した。それに呼応するかのように、他の妖怪たちもあっという間にどこかに消えた。そして、喜蔵の前に立ったその妖怪は、部屋の中に入ってこようとしたが――

「断りなしに入る気か？」

「ここは主の屋敷ではなかろう」

「まだな。だが、お前の前に突っ立っている閻魔が婿に入ったら、俺の屋敷も同然！」

聞き捨てならぬ台詞に振り返った喜蔵は、己の身体が動くことと、己の身体すれすれに鋭利なものに伸ばされていたことに気づいてはっとした。

「……助けるならば、さっさと助ければよいものを」

「毎度すぐに助けてもらえると思うなよ？　人間はすぐ図に乗るからいけねえ」

馬鹿にするように笑った小春の右手の爪は、喜蔵の横を通り抜けて、敷居を跨ごうとしている妖怪の胸すれすれまで届いていた。

「無駄なことはしたくねえから、そっちから来てもらおうと思ったんだ。この屋敷の中で一等強い奴を倒しちまえば、それで終わるからな――さあ、さっさと戦うぞ！　俺に負けたら、他の奴らも連れてここから去れよ！」

敵をおびきよせるための狸寝入りだったらしい。にやっとして跳ね起きた小春は、爪を己の方に引き、相手に突撃しようとしたが、

「それは出来ぬ相談だ」

あまりにあっさり断られたため、転びそうになって足を止めた。

「私と他の妖らは、まるで別の意思を持って動いている。そのため、私が命じたところで、

誰も動かぬ。せいぜい、少しの間大人しくしているだけだろう。他の者から恐れられているのは、私の力が彼らよりも強いせいだ」

「……お前は一体何者だ」

喜蔵は思わず問うた。彦次はやっとのことで顔を上げ、目を瞬かせた。妖怪は「秋霜《しゅうそう》」と己の名らしきものを口にした他には何も言わない。小春は顎に手をかけてしばし考え込んでいたが、「入れ」と言って顎を引いた。

「ただし、妙な話をしたり、妙な真似をしたりしたら、即殺す！　分かったな!?」

小春の言を聞いた秋霜は、音も立てずに部屋の中に入り、端座した。こ奴には結界がきかぬのか、と喜蔵は眉を寄せた。

「じゃあ、聞いてやるからさっさと話せ」

座敷の真中にどさりと腰を下ろしながら、小春は言った。

「……お、お前はいつでもどこでも偉そうだな……」

小春の斜め後ろに座った彦次は、びくびくとしながら呟いた。喜蔵は誰もいなくなった廊下を見据えていたが「お前も座れよ」という小春の言に従い、彼の隣に腰を下ろした。座につくや否や、秋霜はおもむろに口を開いた。

「この家の先祖はお前と同じく、鬼だった」

座敷はしんと静まり返った。

「……な、何言っているんだ!?　それじゃあ、お初さんも妖怪ってことになるじゃねえか！　そんなことがあるわけ――」

「五月蠅い奴だなあ。もうほとんど混じっちゃいねぇから落ち着けよ」

立ち上がって慌てだした彦次を、小春は宥《なだ》めるように遮った。

「お、お前……それも知っていたっていうのかよ？」

呆然として言った彦次に、小春は呆れた顔をして答えた。

「妖怪には妖怪の匂いが分かるんだよ。それがはるか昔に混ざった血だとしてもな」

「いつから気づいていたのだ？」

憮然とした喜蔵の呟きに、「さあな」と小春は肩を竦めながら答えた。

「はっきりそうと分かっていたわけじゃねえもの。何かちらちら匂いがするなあと思っていたくらいだから、初のその先祖とやらの話はずっと昔なんだろう？」

小春に水を向けられた秋霜は、こくりと頷いて話し出した。

「初の先祖がこの地に来たのは、今から四百年も前のことだ――」

＊

約四百年前――この地は、今のように鮮やかな緑と美しい水に囲まれてはいなかった。人はもちろん、獣《けもの》も住処にせぬほど、見渡す限り茶一色で、ひどく荒れ果てていたのだ。幾ら雨が降っても、大地は枯渇し続け、そこかしこに地割れが走っていた。畑を耕す民で、この辺りに住もうと考える酔狂な者は当然おらず、外の者もこの地を一目見れば同じ感想を抱いた。それでもごく一部の者――財力も民も動かす力もある者は、この広大な地を我が物にしようと考えた。それらの者たちに共通していたのは、皆が皆同じ失敗をしたことだ。土台作りをし、家を建てるまではいいのだ。だが、あと少しで完成という段になると、決まって地震に見舞われ、屋敷が崩れ去る。

――あの地は何かある。地の呪いだ。

隣村のみならず、遠くの町にまでその噂が伝わったのは、無理もないことだった。なぜなら、屋敷が粉々に崩れ落ちるほどの地震が起きたというのに、周辺は一切揺れないのだ。危うきには近寄らず――当時の人間たちは、分を弁《わきま》えていた。労力をかけても報われぬならば、開墾《かいこん》などする必要はない。両隣の村が栄えていることもあって、まるでこの地だけぽっかりと穴が空いたような不思議な空間が出来上がっていた。物好きな人間さえも近づかなくなった頃、この地を見下ろして一人頷く者がいた。

「……私はこの地を水で潤《うるお》そう。空に浮かぶ雲や飛ぶ鳥や虫をも映し出す、鏡のような美しき地にするのだ」

誰ともなしに宣言したのは、水旁神《みずつくりのかみ》という水を司る女神だった。元々は、南の地にいたが、国のほとんどを水で潤わせたため、こうして移動してきたのだ。出来るだけ、潤し甲《が》斐《い》のある干からびた地を探していた水旁神にとって、この地は正しく理想郷であった。

ここを潤すと決めたその日から、水旁神は毎日毎刻休むことなく地に力を注ぎ続けた。

神の身は人間や妖怪とは違い、ひどく剛健だ。滅多なことでは死なない。疲れを感じることさえないのだから、水旁神は何の苦もなく、それをやり続けた。

「……大丈夫か？」

ある日、水旁神は己に話しかけてくる者の声を聞き、我に返った。だが、返事をすることは出来なかった。何だかおかしいと思って周りを見回すと、枯れた大地はどこにもなくなっていた。見渡す限りが、水溜まりだったのだ。力尽きて寝入ってしまったらしい。

「これはあんたがやったのか？　この地一帯が水に沈み込んだぞ」

そう言って笑った男を見て、水旁神は訝しみながら訊ねた。

「私を助けたのか？」

「助けたというほど大げさなものではない。水溜まりに仰向けで浮いていたから、ちょいと引っ張ってきただけだ」

男の言を聞いた水旁神は、ゆっくりと身を起こして辺りを見遣った。今、己が寝ていたのは、男が載せたであろう板の上だった。男はその板を引き、腰まで浸かった水をかき分けながら歩いていた。空を飛ぶ鳥に「私はどれほど眠っていたのか？」と問うと、「八日」という答えが返ってきた。その間ずっと、男は水旁神を守っていたという。

「……酔狂な妖だ。見返りに何を求める？」

「お前たちがすることは気まぐれなのだろう？　そのようなものはいらぬ——否、一つだけあるな。幾ら神といえど、死なぬわけではない。だから、もう無茶はするな」

水旁神は驚いて男を見たが、男はにっこりと笑っただけだった。

「温かい……」

ふと湧き上がってきた気持ちを口にした水旁神は、「どうした？」と心配げに覗き込んくる男の視線を避けるようにして立ち上がると、板を軽く蹴り、空に飛んだ。高く上がった水旁神は、見下ろして歓喜の笑みを浮かべた。己が望んだ通り、澄んだ水の上に、空も雲も鳥も虫も、すべてがそのまま映り込んでいたからだ。水旁神はしばし下を眺めていたが、一つ頷くと、地に降りていった。そして、己を見上げていた男の許に戻ると、こう言った。

「助けてくれた礼にこの地をやろう」

男が何か答える前に、再び空に上がった水旁神は、そのままどこかへ消えてしまった。残された男は途方に暮れるしかなかったが、そのうち段々と身体中から喜びが溢れだした。男――萬鬼《なきり》は、人間によく似た見目をしているが、その実正真正銘の鬼だった。妖怪の世にも飽きた。たまには人間の世でも見に行こう――そのような軽々しい心一つでこの地を歩いていただけだったのだ。

（神とは知らず助けたが、これは随分ともうけてしまった）

水に浸かった地を見回して、萬鬼は一人笑みを浮かべた。

萬鬼がその地を「引水《ひきみず》」と名付けたのは、水旁神との出会いから一年後のことだった。この時になって、ようやく水が引いたのである。一年もの間、萬鬼はたった一人でこの地に力を注いできたが、当人の予想よりも整備に時を要してしまったのは、流石神の為した所業というべきだろう。ほどよく湿った地を眺めていた萬鬼は、喜びもせず思案にくれていた。

（緑を増やし、畑を耕し、屋敷を建てる……これでどのくらいの時を要するか？　これをあと半年で出来るだろうか？）

どう考えても時が足らなかったが、萬鬼は諦めようとは少しも思わなかった。それは、水旁神と出会う半年前のある出会いがきっかけだった。

――土産《みやげ》に人間を一匹持って帰って来てくれ。出来れば、若い女がいい。若い女の肉が一番美味《うま》いと言うからな。

あちらの世を出る時、萬鬼は知己の鬼からそう頼まれた。恩がある怪だったため、萬鬼はその頼みを聞いてやろうと考えていた。こちらの世の見物にも飽きて、そろそろ帰ろうかという時、ある女が萬鬼の目に留まった。それは、隣村の庄屋の娘で、光り輝くように美しい女だった。萬鬼はこれまで妖怪相手だとて恋情を抱《いだ》いたことがなかったが、一目見て惚れてしまった。だが、恋を知らぬ萬鬼は、それをこう勘違いした。

（……あの女の肉がとても美味いから目についたのだ。あの女を連れて帰れば友は喜ぶ）

それから、萬鬼は幾度もその女・うらを攫《さら》おうと画策した。だが、目の前まで行くと、言葉に詰まってしまって手が出せなかった。（今度こそ）と思っても、指一本触れられず、目も碌に合わせられなかった。己は一体どうしてしまったのか、と萬鬼はひどく悩んだ。

——意気地がない方ですね。はっきりとおっしゃってください。

十度顔を合わせた時、うらは萬鬼の腕を摑み、まっすぐ見据えて言った。萬鬼の頭上には、四本の角が生えていた。妖怪と分からぬわけもなかったが、うらはまるで恐れていないようだった。俺の知己の飯になれ——などと言えるはずもなく、萬鬼は困惑して固まってしまった。うらはそんな萬鬼を訝しむような目で見ていたが、そのうち呆れたように嘆息した。

——……分かりました。貴方の許へ嫁ぐとお約束します。

萬鬼はうらの言の意味が分からず——否、意味は分かったからこそ、理解が出来なかった。

——ただし、二年しかお待ちしません。私も年頃ですので、それを過ぎたらよそに嫁入りします。貴方がどういう方か存じ上げませんが、それまでに家の者を得心させるような支度をなさってください。

何を馬鹿なことを申しているのだ——萬鬼は心底そう思った。何しろ、萬鬼は妖怪なのだ。しかし、気づけばしっかりと頷いていたのである。そんなところに水旁神から土地をもらったものだから、萬鬼は勢いづいた。

うらとの約束まであと半年と迫っていたが、まだまだ終わりが見えぬ。それでも、黙々と嫁を受け入れる支度をしていたのは、日増しにうらへの想いが強くなっていったからだ。うらのことを考えるだけで胸が躍り、他のことはどうでもよくなってさえいた。それが恋というものであると知ったのは、ちょうど期限のその日だった。

「決して出来ぬと思って言ったことだったのに……毎日泥だらけになって苦労されている貴方を見て、いつからか貴方の許に嫁ぎたいと心底思うようになりました」

よく晴れた日、緑と水に囲まれた美しい地の奥に建つ、大きな屋敷の前に立ったうらは、涙を流しながらそう言ったという。

二人が住まうことになった屋敷は、引水村全体を見回すことが出来る、小高い丘の上に建てられた。それは、無論萬鬼が建てたものだったが、彼一人の力によって成ったものではなかった。期限に間に合わぬかもしれぬ――建設中に萬鬼は幾度となくそう思ったが、実際のところ、つい三日前まで全体の五分の三程度しか出来ていなかったのだ。諦めてしかるべきところだったが、萬鬼は寝る間も惜しみ、働いた。どうしてもうらを嫁にもらいたい――強すぎる想いは、どうやら天にまでも届いてしまったらしい。

数十日不眠不休だった萬鬼は、この日の朝、気を失うように眠ってしまった。ハッと目を覚ました時に目の前にあったのは、完璧に造り上げられていた屋敷だった。それから、萬鬼は、誰とも分からぬ相手に生涯感謝し続けたのである。

＊

「……夢物語にしか思えねえんだが、それ本当か？」

秋霜の語りを聞いた小春は、訝しんでいるのを隠さず述べた。

「仮に本当だとしても、悪い話じゃねえじゃねえか。何でそれが呪いなどという物騒な話になるんだ？　話が戻るが、お初さんはほとんど普通の人間じゃねえか。小春だってそう言っていたし、俺もお初さんに妖気など感じたことは一切ないぞ……？」

恐る恐る述べた彦次に、秋霜は頷いた。

「初はほとんど人間だ。そのせいで、この家を守る力が足りぬ」

「この地は元々水旁神とやらが拓《ひら》きかけたと申したが、その神に何か関わりがあるのか？」

腕組みをしてうつむいていた喜蔵が問うと、秋霜は得たりとばかりに笑んだ。

「水旁神がこの地に舞い戻ってきたのは、うらが輿入れした二年後のことだった。折しも、うらは身籠《みごも》っており、あとひと月もせぬうちに子が生まれるという時だった」

――人間と一緒になるとは聞いておらぬ。

水旁神はうらの姿を見て呟くと、すっと右手を上げた。人差し指の先をくるくると回したかと思えば、ゴゴゴゴゴ――という凄まじい音が村中に鳴り響いた。何が起こったのか皆目分からなかったが、外で悲鳴が聞こえてきたため、萬鬼は慌てて土間に向かった。戸を開けた萬鬼は、外の景色を一瞬眺めただけで、そこを固く封じてうらの許へ戻った。

――一体どうなさったのです？

うらに問われた萬鬼は、首を振ることしか出来なかった。萬鬼が見たのは、己が付けた名とはまったく正反対の地だった。水旁神がこの地を水で潤した時のような水溜まりが――否、その時よりももっと深い水溜まりが村を覆い尽くしていたのだ。田畑も、移り住んで来た農家も皆、その水に飲み込まれ、一寸した丘の上に建つこの屋敷の前まで流されてきたのである。助けようという気にもならなかったのは、彼らがすでに死んでいると分かったからだ。その夜のうちに、引水村は水没した。

「じゃ、じゃあ……その時、この屋敷も一回沈んだのか!?　萬鬼たちも……!?」

「否――沈まなかった。その時、あれほど荒ぶっていた水は、なぜかこの屋敷だけ避けるようにして溜まりとなったのだ。だから、この屋敷は四百年前からずっとこの地にある。そして、その水没でこの家の者だけは誰も死ななかった」

彦次の問いに秋霜が答えると、今度は小春が訊ねた。

「たかだか妖怪が、神の逆鱗に触れて無事でいられるはずがねえ。その萬鬼とやらは、神にもうち勝つ特別な力でも持っていたのか？」

小春も喜蔵と同様、腕組みをしていた。右の手の人差し指が左腕を打つ様からして、少し苛立ち始めているようだった。

「稀有《けう》といえばそうだろう」

——私が婿に取ろうと思っていたのに。

散々村を荒らした後、水旁神はそう呟いて姿を消したという。

「……神が妖怪に惚れるだあ!?　何だよ、そいつは絶世の美男子だったのか？」

頭を抱えて唸った小春に、秋霜は首を振った。萬鬼はごく普通の姿かたちをしていた。ただ、幾ら人間に似た見目といえど、妖怪は妖怪だ。妖力を持ち、頭には四本の角が生えていた。そう長くはなかったものの、真っ白な角だったので、誰から見ても目立つものではあったらしい。

「よくそれで他の人間たちにおかしく思われなかったな？　幻術でも使っていたのか？」

「そのような力はない。他の者とて、はじめて萬鬼と会った時には皆『化け物が来た』と恐ろしがった」

それでも、萬鬼が人々に交じって生活出来たのは、ひとえに彼の性質にあったという。萬鬼はうらを娶ると決めてから、この絶望的な土地を自然あふれる住みやすい場所に変えた。それだけではなく、行き場がなく困っていた流浪の者たちに、田畑を与え住まわせてやったのだ。それでいて、重い税を課すこともなく、困ったことがあれば力を貸してやった。村人たちが萬鬼を慕うのも、無理はないことだった。

「妖怪のくせに人好きする奴というわけか……妖怪の風上にもおけぬ奴だな！」

小春はそう怒ったが、（お前に他妖のことは言えまい）と喜蔵は思った。彦次も口には出さなかったものの、同じことを考えたようで、微妙な顔つきをして小春を見ていた。

共になろうとして土地をやった水旁神からしてみれば、萬鬼の行為は裏切りでしかなかった。しかし、その裏切りを知っても尚、水旁神の萬鬼への想いはすっかり消えはしなかった。憎しみと愛情の間を彷徨った水旁神は、この屋敷以外の地を水に沈めることにしたのだ。外の水がすっかりなくなったのは、それから四十年後のことだった。それまでは何をしても引かなかった水が、一気に宙に上がり、空に虹を作って消えたという。

「それは、うらが死んだ時だった」

「……それまで生きたということは、天寿を全うしたのか？」

頷く秋霜を見て、喜蔵は首を捻った。うらが死んだことで水が引いたならば、水旁神の恨みはうらへのものだったということだ。うらが死んでその恨みは果たされたかと思うところだったが――。

「お前が言うところの屋敷の呪いというのは、まだこれからの話なんだろう？」

さっさと話せ、と小春は淡々とした声で言った。

（こいつは何に苛立っているのだ？）

喜蔵は気になりつつも、続きを話し出した秋霜に集中することにした。

＊

萬鬼はうらの死後も生き続けた。最初こそ悲しみに暮れて泣いてばかりいたが、水旁神の呪が解けてからというもの、引水の地にはまた流浪の民たちが住まうようになった。彼らも萬鬼のことを慕い、懸命に働いたため、村はあっという間に復興を遂げたのである。

そして、萬鬼にはうらが遺《のこ》した子や孫たちがいた。一向に老けぬ萬鬼と違って、皆は人間と同じように歳を重ねていったため、萬鬼よりも早く死んでいった。幾人もの子孫を見送った萬鬼は、やがて決意した。

「この先、この家に妖の血を入れることは罷りならぬ。いかなる婚儀においても、相手は人間とする――この誓いを破りし時、引水家は滅亡するだろう」

親類一同を屋敷に集めた萬鬼が宣言した時、一族は三十人にも増えていた。無論、彼らは萬鬼が妖怪であることも、己たちの身に妖怪の血が少なからず流れていることも承知していた。そのため、萬鬼の言葉を聞いた一同はひどく驚いた。

「……お言葉ですが、私たちも妖の血を引くもの。いつか、そうした者に惹かれてしまうことがないとは断言できませぬ。命をかけるほどの恋であった時にのみ、妖との婚儀をお許し頂くわけにはまいりませぬか？」

曾孫《ひまご》が意を決して述べたが、萬鬼の答えは変わらなかった。愛しい者たちを何人も見送って生きて行かねばならぬ辛さを知っていたからこその言だったが、これが思わぬ波紋を呼ぶこととなる。萬鬼がそう宣言した翌日、萬鬼の玄孫《やしゃご》であるよのが自害したのだ。

十四の少女が死んだとあって、家の者たちは皆、遣る瀬無い哀しみと痛みに襲われた。「どうしてこのようなことになったのでしょう?」と問われても、萬鬼には皆目分からなかった。だが、その日の夜、萬鬼はよのの死の真実を知ることになった。

「……お前が妙なことを言ったせいだ……お前のせいでよのは命を絶ったのだ!!」

夜半過ぎ、萬鬼の枕元で叫んだのは、よのと密かに恋仲だった波多《はた》という妖怪だった。波多は手元に鋭利な得物を持っていた。妖力は萬鬼の方が数段も上なので、抗えば何なく返り討ちに出来ただろう。しかし、萬鬼は自責の念からそれをしなかった。

静かに命が終わる時を待っていたが、それは一向に訪れなかった。異変を感じて目を開けると、波多は得物で喉《のど》を突いて死んでいた。波多が流した血は畳を濡らし、川のように流れて廊下に出て行った。萬鬼はそれを追ったものの、結局どこまで流れて行ったのか分からなかった。屋敷のほとんどに血の筋がついていたからだ。

「……この身に宿りし憎しみは、血となって流れ出た。この家のあらゆる場所は、呪に侵され、元通りになることはなくなった。否――たった一つだけあるとすれば、この家に妖怪の血が混ざることだろう。それも、俺の血が混ざった者でなくてはならぬ。だが、俺はここで死んでしまった。血を分けた家族もいない。すなわち、この家が真っ当になる日など来はしないのだ。この家が絶えるその日まで、せいぜい、後悔し、苦しめ……!」

死んだはずの波多の笑い声が、屋敷中に響き渡った。萬鬼が死んだのは、それから四日後のことだった。波多の血に呪われて殺された――のではなく、寿命だったのだ。

その後、残された家の者たちは、短期間に亡くなった三人の供養を念入りに行った。その間に様々な災難が振りかかった。家の裏手にあった蔵から火が出たり、五人いた曾孫がたった数日のうちに揃って病で亡くなったり、幾日も激しい豪雨に見舞われ近くの川が氾《はん》濫《らん》したり――そうしたことが起きるたび、（よのと波多の呪いだ）と皆内心思ったが、口に出す者はいなかった。四十九日を過ぎても喪に服し続け、ようやく日常が戻ったのはそれから数年後のことだった。

事の発端となった萬鬼の発言は、この先も守り通すことに決まった。そもそも人と妖怪は相容れぬもの――時代が流れていく中で、それがますます顕著《けんちょ》になっていくことは皆も気づいていた。何より皆、萬鬼のことを神のように敬っていたのだ。彼の遺言となってしまったそれを破ろうと言う者は、一人もいなかった。

――我らが家に伝わりし妖の血のことは、よほどのことがない限り、口外法度《こうがいはっと》である。

誰ともなしに言ったその言葉が、引水家において暗黙の了解となった。

＊

「……で、初はいつ出て来るんだ？」

ふああと欠伸をしつつ言った小春を、喜蔵はねめつけた。

「お前はどうしてそう緊張感がないのだ？」

「だって、他妖の話を長々聞かされるのなんて飽きるじゃねえか」

「少しは忍耐力をつけろ」と言い返しつつ、喜蔵も秋霜の話がどこに向かって行くのか分からずいささか混乱していた。最初聞いた限りでは、微笑ましい恋の話かと思いきや、急に人死――妖死が続き、血腥い様相を呈《てい》してきたからだ。

「それから、この家の人たちはどう過ごしたんだ？　皆、無事に過ごせたのか？」

心配そうに言った彦次を見て、小春と喜蔵は顔を見合わせた。

「ほら、少しはこの優しさを見習え」

「飽きた、と平気で言うお前に言われたくはない」

いつもだったら口喧嘩《げんか》が始まっていたところだったが、小春も喜蔵も秋霜の答えが気になったため、口を噤んだ。

萬鬼が死に、長らくの供養が終わってから三百年近くもの間、この家に特段変わったことは起きなかった。その時立てた誓いは遵守《じゅんしゅ》され、妖怪の血もどんどん薄れていった。それでも、何代かに一人は先祖の血を色濃く受け継ぐ者が出た。とはいえ、人よりも勘が鋭かったり、多少の妖術が使えるという程度であったという。

「では、ほとんど他の人間と同じような家になったのだな？」

喜蔵の問いに、秋霜は「否」と答えた。

「この家に住まう者たちは、ほとんど他と変わらぬ人間となった。だが、家自体は別だ」

この家は呪われている——秋霜の言に、彦次はがたりと身を横に崩してしまった。

「呪いねえ……この流れで行くと、水旁神か？　よのか？　それとも、波多か？」

あわあわとしている彦次を呆れたように半目で眺めつつ、小春は秋霜に問うた。相変わらず腕組みと人差し指で叩くのをやめぬ様子からして、ずっと苛々としているのだろう。そんな小春を横目で眺めつつ、秋霜は言った。

「——次にことが起きたのは、初の祖父がこの家の当主だった頃——今から三十年前のことだ。滅多にないほどの大雨が数日降り続いたある日、丘の上にあるこの屋敷がなぜか浸水した。水は、廊下の端から端まで一寸《いっすん》程溜まるとすぐに引いたが、それから数日後、萬鬼の子孫と名乗る妖怪が現れたのだ」

秋霜が述べた言葉に、三人は思わず目を見開いた。

「萬鬼の子孫!?　な、何だそりゃあ……また、面妖な展開になってきたな！」

「萬鬼が他に女を作っていたのか？　それとも、うらと共になる前のことか？」

訳が分からぬ、と顔を見合わせた彦次と喜蔵をよそに、小春は言った。

「……やっと本題に入ってきやがったな？　今度こそ最後まで話せよ」

秋霜は頷き、すぐさま語り出した。小春の身から抑えきれぬ妖気が出ていることに、気づいたのだろう。顔を青くした彦次がこちらを見てきたが、喜蔵は気づかぬ振りをして耳を澄ました。

＊

「水旁神という傍若無人な神が訪れる以前、ここは何もない乾いた土地だった。はるか昔——まだ、人妖がごく普通に入り混じっていた時代に、ひどい戦があったせいだ。この屋敷で自害した波多のように、この地には大勢の恨みが籠った血がそこら中に染み込んでいる。水害にあってもこの屋敷だけ飲み込まれず済んだのは、この屋敷そのものがこの地の鎮守《ちんじゅ》となっているからだ。この屋敷の下には、三途《さんず》の川へと通じる水脈がある。それは、善にも悪にも結び付くものだ。萬鬼の力を継ぐ俺たちは、これまで長きに亘《わた》り、地の呪い、水脈の暴発を封じてきた。だが、萬鬼の力は段々弱まってきている。このまま行けば、この家は遠からず滅《めっ》する。人間の血を入れるのを止め、妖の血を入れるのだ。強い血が入れば風向きは変わるはず——さすれば、崩壊だけは避けられるだろう」

己を婿に入れろ——三十年前のある日、萬鬼の子孫を名乗る相手がこの屋敷にやって来て、当主の宗兵衛《そうべえ》にそう告げた。この家の者には妖怪の血が混じっている——その事実は変わらずに語り継がれていたが、家を建ててからすでに四百年近く経っている。その妖怪が語った話は、まるで御伽噺《おとぎばなし》のように宗兵衛の耳に届いた。

「……この家の者は、すでにただの人と変わらぬ存在になった。なにより、ご先祖の言葉がある。そちらが真にご先祖の血脈であろうと、この話を受け入れるわけにはいかぬ」

「この家がなくなってもよいのか？　困るのはお前らだ」

　相手はそう言い募ったが、宗兵衛は聞く耳を持たなかった。無関係な妖怪の言いがかり――と思ったのだ。これまで、そうしたことがなかったわけではなかった。人と馴染み、人に近づきながら生きてきた彼らは、妖怪たちの恨み嫉《そね》みの対象となることが多かった。しかし、そうした妖怪たちは脅してはくるものの、直接襲うような真似はしなかった。だから、今回もいつもと同じなのだと思って追い返したのだ。

　しかし、一旦は引き下がったものの、その妖怪は翌日もまたこの家にやって来た。また追い返してはその翌日も来て、三度追い返しては四日目も来る――。

　それが九十九日続いたある日、宗兵衛はとうとう妖怪の振る舞いに堪えられなくなってしまい、たまたま手近にあった鉈《なた》で、相手の首を斬りつけてしまった。何ということをしてしまったのか――動揺する宗兵衛に、すでに虫の息のはずである妖怪はこう言ったという。

「……先祖の血を引いておらぬ者に我が殺せるはずがない」

　その言葉を聞いた宗兵衛は、（露見していたのか）とはっとした。宗兵衛は入り婿で、萬鬼の血を継いでいるのは初の祖母の静《しず》の方だったのだ。引水家の血筋を引く者は、才の差はあるものの、それぞれ異なる力を持っていた。静の場合は、主に先を見る力である。もっとも、何もかも見えるわけではなかったため、この日に妖怪が襲撃してくることは分からなかった。おまけに、この時、静は病で臥《ふ》せっていたため、応対が難しかった。静は一族の中で、恐らく一等萬鬼の血を濃く受け継いだ者だったが、その代わりか、幼い頃から病弱だったのだ。

「お前に我は殺せぬ」

再び同じような台詞を口にした妖怪は、半分取れ掛かった首を厭わず、むくりと起き上がって宗兵衛に飛びかかった。

「――うわあああああ」

夫の悲鳴に気づいた静は、急いで床から出て、声のした方に向かって行った。静が目にしたのは、妖怪に襲われていた宗兵衛の姿だった。

静が我に返ったのは、己の足を摑んで止めようとした夫の手の温もりのおかげだった。いつの間にか、静は鉈を手にしており、足元にはばらばらになった妖怪がいたのだ。ほとんど原型を留めていなかったが、なぜか血の一滴も流れてはいなかった。そのうち、その残骸さえもすっとどこかに消えた。それなのに、気配が消えず、訝しく思っていると、

「今まで守ってきてやったのに、恩を仇《あだ》で返すとは……」と低い呟きが聞こえた。

「……次にこの家に娘が生まれし時、我は蘇《よみがえ》る。六を五度繰り返した年の今日に、我はここでその娘と祝言を挙げる――この呪《じゅ》からは決して逃れることは出来ぬ」

妖怪は不吉なことを告げるだけ告げて、今度こそ去って行った。

＊

「そして、それから静は――」

「一寸待て！」と秋霜の説明を遮ったのは、身を乗り出した小春だった。

「切り刻まれても血が出なかっただあ!?　おまけに蘇るって、そいつ一体なんていう妖怪なんだ？　聞いたこともねえぞ、そんなの」

「最後まで話せ」と言っておきながら、どうしても聞き捨てならなかったらしい。喜蔵も小春に倣い、秋霜に言った。

「見間違えただけで、本当は血が流れていたのではないのか？」

「否、確かにその者は血を流すことがない」

きっぱりと答えた秋霜に、喜蔵と小春は共に訝しむ顔をした。

「そして、幾ら斬られても死ぬことはない――もっとも、相手が萬鬼であったらそれを為せるだろう。もしくは、とうに死んだ静が壮健な身であったならば可能だったかもしれぬ」

「……つまり、その妖怪は、それほど強い怪だということか」

喜蔵が呟くと、秋霜はなぜか口元に笑みを浮かべた。

（何だ、今の顔は――）

喜ぶ場面でもないのに、秋霜は嬉しげな顔をした。気になって口を開きかけた時、

「なあ……六を五度繰り返した時、と言ったよな？」

ぽつりと言った彦次に、喜蔵ははっと目を見開いた。秋霜を見遣ると、彦次の問いに肯定の頷きを寄越した。

「……六を五度繰り返す——今年ってわけか。あちらの世では六は魔を表す数字だ。存分に呪が籠っていそうじゃねえか」

呟いた小春は、手の爪をギリッと噛んだ。爪はいつの間にか元の長さに戻っていたが、それでも深爪の喜蔵よりは大分長い。あまりにギリギリと噛むので、喜蔵は小春の手をばしんと弾いた。「何だよ」と小さく言い返したものの、噛むのはやめたようだった。

「でもさ……本当にその妖怪は蘇るのか？　はったりだったりしねえか？」

「ふた月前からすでに蘇っている」

彦次の問いに、秋霜は明瞭に答えた。三人ははっと息を呑んだ。

（ふた月前といえば——）

嫌な予感に襲われた喜蔵に、秋霜はまたしてもこの場に相応しくない笑みを浮かべて言った。

「その時、その者は初の両親を手に掛けたのだ」

（やはり——）

両手をぐっと握りしめた時、彦次の驚愕した表情と、小春の怒りに満ちた表情が横目に

映った。

＊

不吉な予言を受けて以来、引水家は訪れるかもしれぬその日に向けての対策を話し合ってきた。もっとも、あの一件の後にすっかり気が弱くなってしまった宗兵衛は、それには参加出来なかった。

「あの時何が起きたのかまるで覚えていない……だが、思い出そうとすると息が出来なくなるのだ」

単なる気の病ではないことは、皆承知していた。何しろ、無理して思い出そうとすると、宗兵衛の身体が血で覆われるのだ。しかし、その血は、宗兵衛の身から出たものではなかった。どこから来たのか分からぬ血でまみれる度、宗兵衛は正気を失いかけた。

「どうかお休みになってください。このことは私に任せてください」

夫を説得した静は、弱い身体に鞭打《むちう》って、この家が助かる方法を考えた。それは、もっぱら息子の兵衛《ひょうえ》と、数年後に嫁入りした満《みつ》の三人で行われた。静たちはあらゆるところに知恵を借りに行き、何でも試した。神も仏も時には魔物にすら頼ってみたものの、どれもこれも芳しい結果には繋がらなかった。宗兵衛が無理をして思い出そうとした結果、謎《なぞ》の血が出現する以外は、何も起こらなかったのだ。果たして、呪いは現《うつつ》のものとなるのか？

——兵衛たちが疑いつつあった頃、一等必死になって調べていた静が倒れた。

「——孫娘のことをある者に託しました。きっと、あの娘の助けとなってくれるでしょう……。引水家を滅亡させてはなりません。どんな甘言《かんげん》を述べられようとも、決して妖怪の血を入れては駄目……家の守りが壊れてしまったら、あの娘の命が危ない——ご先祖のおっしゃる通り、あの娘は必ず人間の婿と添わせて……」

そう言い残し、静は力尽きた。残された兵衛たちは、途方に暮れるしかなかった。だが、兵衛にはまったくといっていいほど妖怪の力はなかった。妖怪の血を引いているという己の血筋も呪いのことも半信半疑だったが、静の死の翌日生まれた己たちの子が女子と分かった瞬間、とてつもない恐怖が生まれたのだ。どこかで誰かが己たちの子どもを見張っている——そんな気がしたのである。三十年前の一件のため、二人は子を生《な》すことを躊躇していた時期もあった。だが——。

——そのような遠慮はいりません。生まれた子が女子であったら、私たちで守ってやればよいのです。あのような横暴なことをする妖怪に、私たちの大事な孫が負けるわけがありません。尊い命を守るためならば、私たちは何でもするでしょう?

生前、静に諭されて、二人は考えを改めたのだった。その静はもうおらず、初が十になった時、宗兵衛も亡くなった。これまでも散々策を講じてきたが、どれも効果をあげているとは思えなかった。

「相手の正体も分からぬのに戦うなど愚《ぐ》の骨頂《こっちょう》。それでは、その者には勝てませぬ。貴方がたから動き、その者の思惑を潰してしまえばよいのです」

　初が十五になった時、参拝した社寺にいた占の者に告げられた言葉を聞き、兵衛たちは考えを改めた。それから、彼らは縁故《えんこ》を頼り、初の縁談を進めた。由緒《ゆいしょ》ある家の娘ということで、大方の相手は喜んでその縁談を受けた。しかし、いざ婚儀というところまで話が進むと、なぜか破談になってしまうのだった。

　理由を訊ねても、相手方は怯えるばかりで答えてはくれない。だが、皆が皆して同じように避けるため、兵衛たちは次第に気づき始めた。例の妖怪はすぐ近くにいる――そして、初の縁談を邪魔しているのだ。しかし、それでも彼らは諦めなかった。何としても、初を人間の男に添わせてやらなければならぬからだ。しかし、二人の願いは空振りするばかりで、縁談が無事まとまることはなかった。

　そして、ふた月前――兵衛たちはある決意をする。

「――初。お前を養女に出そうと思っておる。よいな？」

　父の問いに、初はすんなりと「はい」と述べた。父は泣き、母はもっと泣いた。初がよその家の者になれば、あの妖怪も諦めるかもしれぬ――それが、これまで散々抗ってきた兵衛たちに出来る、最後の策だった。

　いざ養家へと旅立つという日――初は別れの挨拶をしようと、両親の姿を捜した。あちらの棟もこちらの棟も、おまけに庭までも捜したというのに、二人の姿はどこにも見当たらない。使用人たちの姿もそこにはなかったが、これは家族水入らずで最後の日を迎えようと、三日ほど休みを与えていたからである。少しでも長く共に過ごそう――初も両親もそう話し合っていたので、両親の姿が見えぬことに初は嫌な予感がした。そんな時、表戸を叩く音がした。

「お迎えに上がりました」

養家の使いの者だと思った初は、急いで玄関に向かい、戸を開いた。

「入ってもよろしいでしょうか？」

問われて「はい」と頷くと、ギギギギーと音を立てながら戸が開いた。

「……お前が花嫁か――」

誰かの声が聞こえたと思った瞬間、大勢の妖怪たちが屋敷の中に突入してきた。初は何が起きたか分からず、その場で固まっていた。これまで、あの妖怪以外の妖怪たちが屋敷の中に入ってきたことはなかったのだ。最初は賑やかに楽しそうにしていた妖怪たちだったが、「……入れぬ！」「こちらも駄目だ!!」と喚いた。結界に阻《はば》まれ、好きなように動けなかったのだ。

「――これがあの伝説の萬鬼の力か……流石に凄まじいものだ。だが、こうして一歩でも屋敷の中に立ち入ることが出来たということは、奴の力もこの屋敷自体の力も弱まっているということ――ならば、我らにもこの家をものにする機会がありそうだ。そこの人間――お前を殺して、我らがこの家の当主となってやる！」

そう言って、妖怪たちは一斉に初に向かってきたが、初に触れようとした瞬間、妖怪たちははるか後方に吹き飛ばされてしまった。驚いたのは妖怪たちだけではなく、初も同じだった。そんな時、にわかに低い声が響いた。

「――この娘は先祖と先々代に匹敵する力を持つ者だ。お前らごときが敵うものではない」

そこに立っていたのは、一見人間にも見える男だった。だが、そうでないことは明白で、妖怪たちはこぞってその場から逃げ出した。どうしようかと思案していると、「初よ」と呼びかけながらその男――萬鬼の子孫と名乗った妖怪は近づいてきた。

「この家はもう駄目だ。すっかり、力が弱くなってしまった。早急に妖怪の血をいれなければ、滅びてしまう。我と契《ちぎ》りを交わすのだ」

初が「否」と答えることが出来なかったのには、訳があった。

「お前の両親は我の手のうちにある」

信じざるを得なかったのは、その妖怪の手の中に、初が両親に渡した手作りのお守りが握り込まれていたからだ。

そうして、翌日、初はその妖怪と婚儀を執《と》り行うこととなった。婚儀の支度がたった半日で整ったのは、初がいつ婿を取ってもいいように、両親が揃えていたためである。白無《しろむ》垢《く》も豪奢《ごうしゃ》な屏風も、艶《つや》やかな漆《うるし》で塗られた杯も、すべては初の幸せのために備えられたものだった。

「……父上、母上――ごめんなさい」

　彼らが己を想って揃えてくれた物を前に、初は一人呟いた。婚儀の刻限まで、あと少し――真っ白な着物に身を包んだ初は、相手が待つ儀式の部屋へと歩き出した。部屋から一歩出ると、廊下には妖怪たちがひしめいていた。皆、初を見ると一瞬身を引くが、その後にやりと笑って言った。

「目出度《めでた》きこととなり、目出度きこととなり」

　何一つ目出度きことなどない――初は内心そう思いつつ、口には出さずに前に進んだ。渡り廊下を通り過ぎ、婚儀の部屋へと入ろうとした時、初は廊下の物陰から声が漏れていることに気づき、足を止めた。

「……今回は負けだが、いつかあれになりかわって、この屋敷を乗っ取ってやる」

「否、それは無理だろう。何しろ、あいつは妖怪の中の妖怪だ。あれほど悪賢い者はおらぬ。本当はあの娘の家族などとうに殺しているのに」

　それから、初はその場にしばし立ち尽くし、ようやくのことで中に入って行った。懐に隠し持っていた短刀を婿となる妖怪に刺したのは、誓いの杯を交わす時だった。昔、祖母がそうしたように、初も相手の元の姿が分からなくなるほど、全身をくまなく刺した。

「……愚かなことを」

　初の手がやっと動きを止めた時、塵《ちり》と化した相手は、くぐもった声を出した。

「お前は確かに力があるが、いささか若すぎる……我を殺すことすら出来ぬ者に、この家を守り抜ける術はない……我とここで婚儀を交せば、他の妖怪たちにこの家を狙われることもなくなったというのに――これで、お前を守る者はいなくなった。次に我が蘇る時、我がお前を守るか否か……己で己の首を絞めたな――」

そうして、その妖怪は姿を消した。

「……殺した！　娘が婿を殺した！　これで、俺たちにも出番が回って来たというものだ」

呆然と立ち尽くす初の前に現れたのは、廊下に集まってきた妖怪たちだった。

「今はまだ結界がお前には強くて触れられぬ。だが、あともう少しでこの屋敷も、この娘も、私たちに抗えなくなるだろう。見る見る力を失っていく様を見届けなければ――そして、私たちのうちの誰かがこの家の主となるのだ！」

その時、誰かが叫んだ言葉は、徐々に真になりつつあった。屋敷の中で、妖怪たちが移動できる範囲は日を増すごとに広がって行った。初に手を出そうとする者はいなかったものの、周りをうろつくことはやめず、脅しは毎日続いた。初は何とか堪えていたが、ある日再び例の妖怪が姿を現してしまったのである。

「初よ、わしと祝言を挙げるのだ。この家を潰すわけにはいかぬ」

初はもう一度、隙をついて相手に短刀を突き立てた。そうするしか出来なかったのだ。だが、それから三日後、相手はまた初の前に現れたのである。

喜蔵は懐紙を取り出し、それを隣に座る男に押しつけた。黙って受け取った彦次は、それで勢いよく洟《はな》をかんだ。初の両親が死んだというくだりから、ずっと目をしょぼしょぼとさせて、鼻水を啜《すす》っていたのだ。

「みっともねえなあ」

呆れたように言ったのは小春だった。

「……だって、あんまり可哀想じゃねえか。そんな目に遭っていた素振りも見せねえでさ」

「それにしたって、泣き過ぎなんだよ。こいつなんか、てんで泣いてねえぜ？」

小春に指差された喜蔵は、「誰が泣くものか」と返し、眉を顰めてふいっと顔を逸らした。しかし、その実、胸のうちは乱れていた。

（……気味の悪い心地がする）

ざわざわと落ち着かなかった。己の心の中がそんな風になる理由などないはずだ。相手は、出会ったばかりの赤の他人である。

「……あの娘はこの世でたった一人だ」

秋霜がぽつりと零した言葉に、喜蔵ははっとして顔を上げた。

「呪いがなければ、この先誰かと生きることもあるやもしれぬ。だが、呪いは決して消えはしない。この屋敷には日々大勢の妖怪たちが集ってきている。はじめは初を殺して当主になりかわろうとする者ばかりだった。しかし、力では敵わぬと知ってからは、婿になろうと企んでいる。増えていく妖怪たちの数に押されて、屋敷の中の結界はどんどん弱まっていった。そのうち、屋敷中のどの部屋にも皆が自由に出入り出来るようになるだろう。屋敷中に張り巡らされた結界は、水旁神やその他の侵入者の立ち入りを禁ずるために、萬鬼が作ったものだ。萬鬼の血筋の者は、その才に大小はあっても、彼と同じく結界を作ることが出来る――否、その者たち自身が結界と言えるかもしれぬ。つまり、侵入者たちにとって、あの娘が最後の結界となるわけだが、それもそう長くは続かぬだろう。もはや、結界など意味をなさぬほどこの家はおかしくなっている」

「長くは続かぬって……つまり、その後は……」

言葉を濁した彦次に続いて、あっさり言ったのは小春だった。

「死ぬ。それか、その妖怪の嫁として生きていくか。相手はどうも初のことを憎からず思っている気がするが、初の方はなあ……すでに何度も相手を殺しているわけだし、またやるんじゃねえか？　そんでもって、最後は返り討ちに遭う」

「……お前は何だってそんなひどいことを平気で言うんだよ！」

彦次は小春に向き直って、畳をどんっと叩いた。唇を噛んで悔しげな顔をする彦次を眺めつつ、小春は淡々とした調子のまま続けた。

「このままではそうなるのが道理だ。お為ごかしを言ったって、今の真は変わらない」

「今の真は変わらぬ――その通りだ」

ぽつりと述べたのは、秋霜だった。表情らしき表情を浮かべてはいないものの、声がどこか寂しげであったような気がして、喜蔵は眉を顰めた。話し始めた時から一貫して、秋霜は静かで落ち着いている。廊下に蠢いていた妖怪たちとは、まったく異なる性質に見えた。

「なぜ、お前はこの話を俺たちにしたのだ？」

喜蔵は、ずっと気になっていたことを問うた。ぐずぐずと鼻水を啜る音だけが部屋に響き渡っている状態がしばらく続いた後、秋霜は彦次を見遣って、呟いた。

「そこの者が初を哀れに思ったように、私も同じことを思ったのだ」

（やはり――）

そう思った喜蔵とは反対に、彦次は「ええ!?」と言って思わず立ち上がった。

「で、でもお前もお初さんを狙っている妖怪なんじゃないのか!?」

「あの娘を見ているうちに、段々と哀れでならなくなってきた。誰かが救ってやればよいのにと思って見守っていたが、それは無理な話だった。この家にかかった呪いは凄まじいものだ。妖怪でも、手に負える者はほとんどおらぬ。ましてや、人間では話にもならぬ」

「人間が駄目だって!?　じゃあ、一体どうしたらいいんだよ……」

八方塞がりの現状を憂いて頭を掻きむしった彦次に、秋霜は言った。

「私の力を持ってすれば、この屋敷に妖怪たちが近づくこともなくなるだろう。今、この家は、これまで保たれてきた均衡が崩れかけている。元々の地に染み込んだ憎しみ、水旁神の力、萬鬼の祈り、波多の血の呪、集まりくる妖怪たち、そして、初たち子孫の存在――陰と陽、生と死が互いに入り混じり、どちらの道へ進むべきか、決めかねているのだ。風向きを変えるためには、私のように邪心もなく、力がそこそこある妖怪がこの家に入るべきと私は考えている」

「へ？　お、お前が婿になるって言うのか……!?　確かに、他の妖怪はお前を怖がっていたようだから、言うことは聞くかもしれないが……でも、それは――」

「私はこの家を――あの娘を助けたいのだ」

率直な答えを聞き、喜蔵と彦次は互いの顔を見遣った。そこには、共に困惑の色が浮かんでいる。偽りとしか思えぬところだが、声の響きは真剣そのものだった。

「……お前と一緒になることで本当にあの人は助かるのか？　萬鬼もお静さんも『人間の婿を取らねば滅亡する』と申していたのだろう？　お前が婿に入ったところで、崩れかけた均衡が良くなるとは思えぬが」

「……彼らの知らぬ理《ことわり》というものが、妖怪の世には存在する。萬鬼は長らく妖怪の世から離れていたので、忘れてしまったのだろう。妖怪の力は絶対だ。強ければ強いほど、物事に及ぼす影響は強い。私の力を持ってすれば、萬鬼が危惧《きぐ》したこの家の滅亡は、必ずや止められるだろう」

明言した秋霜を、喜蔵はまじまじと眺めた。おぼろげな表情であるが、やはりそこに嘘は見えない。疑り深い喜蔵でも、（真だ）と思ってしまうほどだった。

（たとえ相手が妖怪であっても、確実に命が助かるというならば――）

「――下手な嘘っぱちだなあ。苛立つ心を何とか抑えて待ってやっていたというのに、つまらんつまらん！」

小春はそう言って、乾いた笑いを漏らした。一体何が嘘なのだ――そう問おうとした時には、小春は秋霜に飛びかかっていた。五つも数えぬうちに、秋霜はその場にばたりと倒れ込んだ。一目見て死んでいるのが分かったのは、首と胴体が離れていたからだ。喜蔵がごくりと唾を飲み込んだ時、彦次がどたっとその場にひっくり返った。

「……お、お前……!?　なな何だって、好い妖怪を殺しちまったんだ……!?」

彦次が覚束ない口調で述べると、秋霜の前に立っていた小春はくるりと振り返って「いいようかい？」と片言で反芻し、小首を傾げた。

「好い妖怪だろ!?　だって、お初さんのことを心配して、無関係なのに婿にまでなろうとしていたんだから……妖怪たちのことだって追っ払ってくれたじゃねえか」

小春は秋霜の首を持ち上げると、それをひょいっと彦次に投げた。

「ひ、ひえええええ!!　首が……!!　血塗《ちまみ》れ……」

金切り声を途中で止めた彦次は、恐る恐るその首を摑んで眺めた。

「……血が流れてねえ……というか、まったく出てねえ……あれ!?」

はっとした顔をして、彦次は小春を見遣った。胴体の方にツカツカと歩いて近づいて行った喜蔵は、秋霜の胴体をじろじろと眺めた。

「こちらも一切血は流れておらぬな……」

呟いた喜蔵は、もっとじっくり眺めようと屈み込んだが、

「……私はまた蘇る——次はどうなるか……」

微かな声が響いた瞬間、胴体は見る間に消えてなくなってしまった。彦次の持っていた首も同様で、喜蔵が振り返って見た時には手の上からなくなっていた。

「……な、なあ、もしかして今の奴って——」

己の震える手のひらを眺めつつ、彦次は恐る恐る声を絞った。

「さっきの話に出て来ただろ。初の両親を殺《や》った張本妖だよ」

ちっという舌打ちが聞こえたと思ったら、襖や窓が割れる音と怒号——その直後、客間に流れ込んできたのは、先ほど廊下に潜んでいた妖怪たちだった。

「……先ほどよりも多くなっている」

部屋一面に広がった妖怪たちを眺めて、喜蔵はぽつりと言った。

「な、何落ち着いているんだ!?　も、もう、俺はこんなのばっかり嫌だあああ!!」

彦次は半泣きで廊下に出て行こうとしたが、すぐに戻ってきた。一寸廊下に出ただけで、背には泥田坊《どろたぼう》、首筋には蛇の怪をつけている。喜蔵は己に向かってきた提灯の怪を躱《かわ》し、廊下を覗いた。部屋ほどの大妖数ではないものの、数匹の妖怪たちが暗闇の中で立ってい

る。目が合う寸前に、喜蔵はさっと部屋の中に踵を返した。廊下を駆け抜けて出て行かなかったのは、部屋の中で小鬼が一人悠々と立っていたからだ。

「秋霜が姿を現した時、『初の両親を殺した奴が来た』とお前らがこそこそと話してくれたおかげで、俺は最初から奴を警戒することが出来た。礼の代わりに、一度だけ見逃してやってもいいぜ？　お前らは無論、俺が物凄く強い鬼だって知っているんだろ？」

ぐるぐると腕を回し終えた小春は、腰に手を当てて偉そうに言った。

「青鬼の庇護《ひご》の下、でかい面している小鬼だろう？　奴のおかげで随分強くなったと聞いていたが……」

後頭部の目でじろじろと小春を眺めた後眼は、ふんっと鼻を鳴らして言った。

「やはり、さほどの妖力は感じられぬな。話が大きくなって伝わっていただけだろう」

そうだそうだ、と頷いたのは、朱《しゅ》の盆《ぼん》と蝦蟇《がま》だった。

「さっさとそこの小鬼と人間を殺って、奴が蘇る前に初と祝言を挙げよう」

「ここは力を合わせることにしようかのう。誰が婿になるかは、その後じゃ」

わいわいと沸き立つ妖怪たちを眺めて、小春ははあっと嘆息を吐いた。

「……お前らが人の力を借りて強くなろうとする理由が分かったぞ。どうしようもなく弱っちょろいからだ」

「小鬼が遠吠えしておるわ。負ける前から負け惜しみとは情けない——行くぞ」

後眼の合図をきっかけに、妖怪たちは一斉に小春に飛びかかった。

（……!!）

巻き上がった風に押された喜蔵は思わず壁に手をつき、寄りかかった。小さな頭からにょきっと角が生え、口元から鋭い牙《きば》が覗き、十ある手の爪がそれぞれ刀と見紛うばかりに伸びる――それは、何度も見たことのある光景だった。小春が変化する時、いつもそうなるからだ。鳶色の目のままということは、まだ本気ではないらしい。強い相手と対峙した時ほど、小春の目は真っ赤に染まるのだ。だが――。

「は、話が違う……!!」

小春が一寸力を出しただけで三匹が逃げ、二匹がその場に倒れ込んだ。

「何言ってんだ？　お前らが勝手に俺の力量見誤っただけだろ？　俺は最初から『物凄く強い鬼』と名乗ってやっただろうに」

震え出した後眼に、小春はにやっと笑いかけた。

「だ、だが、今お前が纏っている妖気と、先ほどまでのそれはまるで別妖のもの……！」

「『そう妖気を垂れ流すな。普段は一割程度に抑えておけ』――青鬼に命じられているんだよ。それも修業なんだと」

げんなりとした様子で言った小春は、何気なく手を前に動かした。「ぎゃっ」と悲鳴を上げたのは、隙に乗じて逃げようとした朱の盆だった。小春の爪に捕まえられて、バタバタと手足を必死に動かしてもがいている。朱の盆を廊下に勢いよく放った小春は、周りをじろりと見回して、低い声で言った。

「……さて、誰から来る？　皆でかかって来てもいいぜ。もっと力を出すからさ」

小春の目がじわじわと赤くなり出したのを見た妖怪たちは、ごくりと唾を飲み込んだ。

「だ、駄目だ……逃げるぞ!!」

後眼が叫ぶと、妖怪たちは一斉に散り散りとなった。

「誰が逃がすか！　喜蔵！　そのぶっ壊れた襖を手で押さえていろ！」

お前になど指図される覚えはない――そう思いつつ、喜蔵はとっさに壊れかけた襖を嵌《は》め直し、壊れた部分を己が身で塞ぐようにして立った。そして、そのまましばらくの間、小春の妖怪退治を見守る羽目となった。

四、終世の誓い

まるで、嵐が去った後のようだった。

生けてあった花は散らばってぐしゃぐしゃになり、鴨居《かもい》や壁のあちこちには傷がつき、剝がれ落ちていた。部屋の左奥には、異形の者たちが折り重なって山を作っている。原形を留めぬほど荒れ果てた部屋の中、少年一人が仁王立ちしている姿は、実に奇妙な光景だった。押さえていた襖から手を離した喜蔵は、膝に手を置き、深い息を吐いた。

（……随分と強くなってやしないか？）

否、間違いなくそうなっている――小春の戦い振りを振り返り、喜蔵は確信した。出会った時は心に迷いを抱えていたせいか、持っている力の半分も出し切れていないようだった。それから、青鬼の下で修業し、他の妖怪たちと戦う中で、小春は徐々に力をつけていった。その成長振りに喜蔵は驚いていたものの、今回は驚きよりも違う感情が湧いてしまった。

相手は己がよく知っている小春だ。妖怪といえど、人間以上に情が深い――それははじめて会った頃から、喜蔵の中では紛れもない真実だった。だが、暴れ回る小春の姿を前にして、喜蔵はどこか違和感を抱いた。小春は誰一人殺しはしなかった。相手が動けなくなる程度までしか傷つけず、皆に手加減を施していた。秋霜への攻撃は遠慮がなかったが、それはあの妖怪が死ぬことがないと知っていたからだろう。今の小春は、常と同じ優しすぎるほどの情で溢《あふ》れている。だが――。

（……恐ろしい？　まさかな）

ただの小鬼だ――そう常のようにすんなり呑み込めなかったのは、身のうちのどこかが震えていたからだ。その震えの原因は、当たり前のように恐怖心から来たものだった。だが、それは強くなった小春が残忍に見えたせいではなく、それによって小春がどこか遠くに行ってしまったような気がしたからだ。人間と妖怪――その違いをまざまざと見せつけられて、怖くなったのである。

（否……これはただの気のせいだ）

ようやく身を起こした喜蔵は、己の勘違いを確認するため、意を決して口を開きかけたが――。

「……流石に疲れたあ」

へなへな、と崩れ落ちるようにして、小春はその場に座り込んだ。同時にぐぎゅるりゅるぎゅる……ぐううう――と腹が鳴り出す。

「腹が減っては戦が出来ぬのに、やっちゃったじゃねえか！　飯を寄越せ、飯飯飯飯!!!」

小春は喚きながら、畳の上で手足をばたつかせた。小春の見目は、人間でいうと十三くらいだ。こんな振る舞いばかりするせいで、下手すると十にも満たぬ幼子のように見える。先ほどのは、やはり思い違いだったのだろう――深く吐いた息は安堵からだったが、そんな喜蔵を見て、小春は不思議そうに小首を傾げた。

「お前も腹減ったのか？……しかし、そいつらどうすっかな」

のろのろと身を起こした小春は、妖怪たちの許に歩いて行った。妖怪たちは皆、目を瞑《つむ》って失神している様子である。

「……面倒臭いから殺すか。せっかく助けてやったけれど、どうでもいい気がしてきた」

「ひいい！　た、助けてくれ……!!」

妖怪たちは揃って悲鳴を上げた。寝た振りをしていたらしい。

「ここで放免してやったら、また悪さするだろ？　すると、また俺がお前らをやっつけなければならなくなる。なぜなら、この辺の治安を守っているのはこの俺さまだからだ。二度手間なんて御免だから、うん――やっぱり殺そう」

小春の脅しは嘘だと丸わかりだったが、「二度とこの家に関わらぬこと」と、「有事の際は小春に従う」という証文を、妖怪たちは自ら書いたのだった。

「破ったら本当に喰らってやるからな。さっさと出て行け」

小春の口から許しの言葉が出るや否や、妖怪たちは目にも留まらぬ速さで去って行った。それを見届けてから、喜蔵は部屋の隅で頭を抱えて蹲っていた男目掛けて、妖怪の誰かが落として言った硬い毬《まり》を投げつけた。

「——痛っ！　な、何……誰だ、俺を喰らおうとしているのは……!?」

声を上げた彦次は、頭をさすりながら勢いよく半身を起こした。

「……あれ？　や、奴らは!?　あんなに大勢いたのに……ど、どこに行った!?」

どうやら、彦次は妖怪たちが逃げて行ったことさえ知らなかったらしい。しっちゃかめっちゃかになった部屋を見回して、呆気に取られたような表情になった。

「良い身分だなあ。逃げ惑って震えていただけのくせに、一等疲れたような面しやがって」

物を横に押しのけ、空いた場所に寝転んだ小春は、馬鹿にしきった顔で言った。

「お前らとは何だ？」

冷ややかな声が上がり、彦次ははっと口元を押さえた。

「し、仕方ねえだろ……俺はお前らと違って、尋常な人間なんだから！」

「ほうら、罰が当たった。やはりな、一人だけ働かない奴には報いがあるんだよ」

ぎゃははは、と品のない高笑いと、喜蔵に仕置きをされた彦次の情けない悲鳴が轟いた時である。

「ただいま戻りました——……一体、どうしちゃったの？」

驚きの声を上げたのは、戸の前に立っていた深雪だった。

「あ、嵐でもあったんですか……!?」

深雪の後ろからひょっこり顔を出した綾子は、部屋中をおろおろと見回して言った。深雪も部屋と廊下を見比べて、しきりに首を傾げている。出掛ける前に入った部屋だとは信じられなかったのだろう。そのくらい、部屋は荒れ果てていた。

「……深雪たちは、結界に阻まれることはないのか。侵入者と見なされなかった？　大家の又七も屋敷がおかしいなんてことは言っていなかったようだから、こっちも侵入者じゃないとなると……そうか、婿になる可能性がない奴らには、結界が利かねえのか！」

合点したように手を打った小春を見て、喜蔵は彦次を殴る手を止めて問うた。

「先ほども奴らが散々申していたが、その結界というのはどこにあるのだ？　秋霜の口振りでは、この屋敷のありとあらゆる場所に——という様子だったが」

「いまいち信じがたいが、奴の言ったことは嘘じゃねえみたいだな。この家のあちこちに、結界があるんだろう。もっとも、それを張っている大本がどれなのかは分からねえ……萬鬼はすでに死んでいる。だから、力を何かに託しているはずなんだが——」

「お、おい！」

小春の声を遮ったのは、戸の方を指差した彦次である。深雪の後ろに重なるようにして、初が立っていた。

「ここも、ついに破られましたか……」

ちらりと部屋を見回して、初はぽつりと言った。深雪と綾子は不思議そうな顔をして首を傾げ、小春はついっと片眉を持ち上げた。焦った様子で口を開いたのは、彦次だった。

「……で、でも、あれでしょう？　まさか、奴らが俺たちを襲うわけねえと思ったから、今日ここに呼んでくれたんですよね？　そうだ、そもそも俺たちに妖怪が見えないと思ったからか！」

「喜蔵さんはこの家に婿入りされるかもしれない方――そんな方とご一行を、奴らが放っておくわけがありません」

初があまりにあっさり述べたため、彦次は無理やり笑った顔のまま固まった。

「つまり、俺たちが襲われると分かっていて置いて行ったのか？……そんな、まさか……」

信じられぬと頭を抱えた彦次に追い打ちをかけるように、「ご無事で何よりでした」と初は言った。

「俺、俺！　俺のおかげで皆無事だったんだぜ。やはり、俺ってば妖怪の中の妖怪だな。そいつが助かったのはぜーんぶ大妖怪である俺のおかげだ」

手をぶんぶんと振り上げて笑ったのは、小春である。

「……喜蔵さんは『大妖怪を従えている』という噂があると奴らは言っていましたが、やはり坊やのことだったのですね。最初はそちらの彦次さんかと思いましたが、あまりにも怯えていらっしゃったので、すぐに違うと気づきました」

項垂れていた彦次は、「面目ない」となぜか謝ってますます身を縮ませた。

「本当に面目ないぞ！　ちっとは俺を敬え！　お前も俺に感謝しろよ！」

小春はそう言うと、ずっと下を向いて黙っていた喜蔵の背をばしばしと叩いた。

「……確かにその小鬼がいたから助かった」

皆のはっと息を呑んだ音が聞こえた。喜蔵の声に怒りが籠《こも》っているのが、ありありと分かったのだろう。しかし、喜蔵はそれに構わず、低い声で続けた。

「言い換えれば、その小鬼がいなかったら俺たちは助からなかったということだ。俺の力を試すのに、他の者を巻き込むことを何とも思わなかったのか？」

喜蔵の怒りの籠った言を聞いて、おずおずと声を出したのは彦次だった。

「喜蔵……何もお前の力を試したわけじゃないって。きっと、何か理由が――」

「大妖怪を従えているという奴らの噂自体が嘘であったとしたら、皆死んでいたかもしれぬ。自分の家さえ助かれば、皆が死んでもよいと思ったのか？」

彦次の言を遮り述べた喜蔵を、じっと初は見下ろしている。己でも鋭い目つきになっている自覚はあったが、初は決して目を逸らさなかった。言い訳や弁解を待っていたが、初が述べたのはたった一言だけだった。

「ごめんなさい」

これまでのように深々と頭を下げることはなく、喜蔵をまっすぐ見つめたまま初は言った。相変わらず変化のない涼しい顔をしており、まるで怯えた様子もない。

（……一体何なんだ、この女は）

これまで関わった人々とは丸きり違う反応をする初に、喜蔵は少々たじろいでしまった。

こんな風にまじまじと見つめられることなど、血縁以外で喜蔵は経験がない。しかし、初がそうして見てくるのは、何も喜蔵に好意があってのことではないのだ。それが欲しいわけではないが、婚儀の道具としてしか思われていない事実に、喜蔵は苛立ちを覚えた。

「……あんたは自分の勝手ばかりだ」

一瞬だけ初の瞳が揺れたようにも見えたものの、喜蔵は構わず述べた。

「この縁談はお断りする」

「……で、でもお前、それじゃお初さんは――」

彦次の言葉は己が閉めた戸の音に遮られた。廊下を歩き出した喜蔵は、来た時よりそこが幾らか明るくなっていることに気づく。しかし、目を凝らすと、何者かが蠢いている気配がした。小春が追っ払ったにも拘《かか》わらず、また新たな妖怪が現れたのかもしれない。

「……うろちょろしおって、鬱陶しいこと極まりない」

独りごちた途端、怪しい気配が消えたので、喜蔵は眉を顰めた。屋敷の外に出た途端、熱気に包まれ、夏であることを思い出した。屋敷の中が妙にひんやりしていたせいだろう。

(……それも、妖怪たちのせいか――)

そう考えかけた喜蔵は、ぶんぶんと首を横に振り、家とは別の方向へと歩き出した。

(随分とまあご立腹だったたな……否、傷ついたのか)

喜蔵が外に出て行くまでこっそり後をつけて見守っていた小春は、喜蔵が森を歩き出したところで、屋敷の中に引き返した。

「……喜蔵は素直じゃないから、ああ見えてそんなに怒っていないんだ。あ、俺ももちろん怒っていないですよ！　そりゃあ、一寸は驚きましたが、別段何ともなかったし、事情が事情なんですから仕方ないですよ！　人間の婿を取らなければ家が滅亡するなんて言われたら、誰だってこれくらいしますって……うん、俺だったらもっと無理やりしてる！」

荒れ果てた客間に戻ると、騙されたはずの彦次が懸命に初を庇うような発言をしていた。呆れかけた小春だったが、畳の上に蹲る相手を見て、彦次の必死さの理由が分かった。

「慣れねえことされて困ってんのか？　お前はいつも畳に額を擦り付ける方だものな」

「馬鹿！　呑気なこと言ってんなよ！」

軽口を叩くと、彦次が慌てて叱咤《しった》した。初は畳の上に手をつき、土下座したままだ。言葉だけでは埒《らち》が明かないと思った彦次は、初の顔を怖々覗き込むようにして言った。

「なあ、勘弁してくれ……俺も小春も、もう行っちまったが喜蔵も、あんたにそんな風にして欲しいだなんて思っちゃいないんだ」

「そいつの言う通りだ。詫びたいのならば、俺の言うことを一つ聞け」

近づきながら言うと、初は少しだけ顔を上げた。

「美味い飯十人前！　あ、そっちの三人分もだから、十三人前くれ！」

「――承知しました」

細い頤《おとがい》を引いて頷いた初は、素早く身を起こし、部屋から出て行った。口を挟む隙がなくぽかんとしていた深雪と綾子は、互いに顔を見合わせはっとした。

「あ、私たちも……」

二人が慌てて初の後を追って廊下に出て行くと、彦次はずるずると脱力し、その場にしゃがみ込んだ。そんな彦次の頭に腕を載せ、小春はにやつきながら言った。

「お前、さっきは随分と格好つけていたなあ。本当は怖くてたまんないくせに。あの娘が気に入ったのか？　喜蔵の代わりに婿に入ってやれば？」

「馬鹿言うな……俺は喜蔵みたいに恐ろしいのが平気じゃねえし、妖怪を倒す力もねえ」

（あいつにも無理だけれど）

己を振り払いもせず嘆息を吐く彦次を見下ろしつつ、小春は内心思った。幾ら喜蔵が妖怪も驚く閻魔顔で他人より肝が据わっていても、身体や力はごく尋常な人間だ。大勢の妖怪に襲われた時、彼らを一網打尽に退治する力など持ち合わせてはいない。

壊れて開け放たれた戸の向こうに、人影が見えた。

「随分早いな。もう手伝い終わったのか？」

訊ねると、座敷に入って来た深雪と綾子は、顔を見合わせて言った。

「それが、もうほとんど出来上がっていたのよ。手伝いなんていらないくらいだったわ」

「買い物も、ご近所の農家の人にお葱《ねぎ》を分けてもらっただけなんです」

外にいたのは四半刻の三分の一にも満たなかったと聞き、「そりゃあ変だ！」と彦次は目を見開いた。

「俺たち優に半刻はここにいたぜ!?　お初さんの話を聞いて、妖怪たちと戦って……」

「さっき、ちらりとお話しされていたことですよね？　一体何があったんです？」

綾子の問いに、彦次は小春をちらりと見た。「お前が話せ」と目で言い、小春は部屋から出て行った。来た時ほどではないが、廊下は薄暗かった。

（……今のところ、妖怪はいねえ。喜蔵に驚いて逃げた奴も戻ってきてねえな）

鼻で妖気を嗅ぎながら歩いた小春は、数か所ある部屋の襖に手を掛けた。どこも開かなかったが、そのうちの二部屋はガタガタと動いたので、じきに開くようになるのかもしれぬ。念のため、もう一度手を掛けてみると、左側の真ん中の襖が開いた。

「あれ？　ここは開くじゃねえか。こっちは廊下か……」

そこは反対の棟に通じる廊下だった。頓着なく歩いて行くと、今までいた棟のように左右に部屋が分かれていた。部屋数は一つ少なかったが、厠や台所などの水回りはこちらの棟にあるらしい。左右の奥にはそれぞれあの大きな柱が立っていた。

（この柱には何かある——でも、何だ？）

小春はまた柱をぺたぺたと触り、小首を傾げた。玄関先、先ほどの棟の奥、こちらの棟の左右奥——計四本の柱にこうして触れたが、「これだ！」という答えは未だ見つからない。だが、何とはなしに気になる。

「どうかされました？」

台所から出てきた初に声を掛けられ、小春は慌てて柱から身を離した。

「屋敷中、お好きに調べてくださって構いません」

決まりが悪くなって頭を掻いた小春に、初はぽつりと続けた。

「その柱、この屋敷が建った当初からずっと屋敷を支えているんですって」

「……へえ、道理で。えらいしっかりした柱だよなあ」

確かに屋敷も大きいが、それにしたってこの柱は巨大である。丈夫には違いないだろうが、見目はあまりよくない。柱の存在感が異様にあり過ぎるのだ。

「小さい頃、その柱でよく祖父が背を測ってくれました」

懐かしむような声に、小春は（おや）と思った。

（何だ、こんな声も出せるんじゃないか。顔つきは——変わらねえけど）

「笑ってみろ」と言おうとしたものの、すぐに無理だと悟って断念した。身近に例があるように、無理なものは無理なのだ。

「なあ、あんたの祖母《ばあ》ちゃんは随分俺たち寄りの人間みたいだったが、この家の奴らは祖母ちゃんのこと気味悪がっていなかったのか？」

「私はよく祖母にそっくりと言われてきました」

小春は苦笑して、「飯だ飯！」とはぐらかした。最初に通された部屋は片づけてもどうにもならぬほどだったので、小春たちは隣室で飯を食べることとなった。

「……美味い!!」

一口食べた瞬間、小春は思わず叫んだ。

「あら、本当。すごく美味《おい》しい！」

「とっても美味しいです。見た目も綺麗ですけれど、食べると更に美味しい」

今度は深雪が言い、それに続いて綾子も頷いた。

「うん……これまた美味い！　お前、料理上手だなあ。いや、正直期待していなかったから、余計に美味い。てっきりお前が殺った妖怪の肉とか入っているかと――汚《きたね》えなあ！」

ぶーっと吸い物を吹き出した彦次を見て、小春はさっと身を避けた。

「殺してはいませんし、入れてもいません。妖怪の肉は美味しいんですか？」

「お、俺はそんなもん食ったことはありませんよ!?」

じっと見ながら訊ねてきた初に、彦次は顔の前で手を振って、慌てて否定した。

「分かった分かった。今度美味そうな妖怪がいたら、土産に持ってきてやる」

「そんなもんいるか！……決して持ってくるなよ!?」

小春はもぐもぐと咀嚼しながら、適当に頷いて返事をした。

(それにしたって、美味いわ。どれもこれも外れなしと来た)

海老《えび》や椎茸《しいたけ》が具の煮凝《にこご》りに、針生姜《はりしょうが》と茗荷《みょうが》が薬味として入った白瓜《しろうり》の冷やし汁、蓼《たで》で漬けられた茄子《なす》に、卵の黄身が詰められた玉子《たまご》蓮《はす》、番茶で炊いた飯に塩焼きした鮎《あゆ》が載せられた鮎飯――夏の旬をすべて取り入れたような献立は、見栄えも彩りも味も完璧だった。

心を尽くした品を前にして、小春はすっかり先ほどの件を忘れかけてしまったほどだ。

「――最初はもう一寸くらいは優しかった。あいつの傍にいるから、俺にひどくする癖がついたんじゃねえか？」

　ぶつぶつと己への愚痴を雰している彦次を見て、小春はにやっと笑った。

「その理屈だと、一等近くにいる深雪の根性が最悪ということになるな」

「あら」という顔をして目を見開いた深雪を見て、彦次は慌てて言った。

「深雪ちゃんはいい娘《こ》だよ！　喜蔵と血が繋がっているなんて未だに信じらんねえもの」

「でも、喜蔵さんだっていい人じゃありませんか」

　取り成すように言った綾子に、彦次と小春は一斉に反論した。

「綾子さんこそいい人すぎる！　あいつはちっともいい人なんかじゃありませんよ！　俺あ昔からあいつにひどく虐められてきたんだ……思い出すだけで泣きたくなる！」

「……綾子、お前そんなこと本気で思っているのか？　だとしたら、一寸おかしくなっているんだよ。この暑さだし……飯たくさん食って、気をしっかり持ってな？」

　ごほんっと咳払いしたのは、深雪だった。

「――お初さんがいるんですから、ね？」

　にっこりと笑って諭されて、小春と彦次は「はい」と小声で返事をした。

「お二人とも、喜蔵さんと仲がいいからこんな風におっしゃるんですよ。本当はとてもいい人なんです。仕事熱心だし、妹さん想いだし……少し不器用でいらっしゃるけれど、本当は情に厚い方だと思うんです」

　黙って飯を食べていた初に、綾子は気遣わしげに言った。

「綾子さんは、喜蔵さんのことがお好きなのですか？」

　顔を上げた初がそんなことを問うたものだから、綾子は一瞬固まった。彦次はまた飯を吹きそうになり、深雪も驚いて目を見開いた。

（ほう、これはこれは――）

　何やら面白い予感がする――小春はそう思ってにやつきだしたが、

「……もちろん好きですよ？　近所の者として親切にしてくださる方ですもの。それに、大好きな深雪さんのお兄さんですし……いつもお世話になっていますから」

　綾子は存外あっさり答えた。言葉を選ぶようではあったが、それは初への配慮だろう。

「そうですか……」

　頷いた初を見て、小春は首を傾げた。綾子が喜蔵に気がないのは、今の言い振りで明らかなはずだが、どこか哀しげに見えた気がしたからだ。何となしに気になり、小春はしげしげと初を見遣った。何を思っているかは分からなかったが、とりあえず初がとても華奢であることは分かった。手首など、折れてしまいそうなほどか細い。

「なあ、話は変わるが、お前もっと食った方がいいんじゃねえか？　そんな痩せっぽちじゃ、生きていくの大変だろ。力がなけりゃあやっていけねえぜ」

「この先無事に生きていけるかどうか分かりませんから、これでいいのです」

　初の発言に、彦次は思わず小皿をひっくり返し、綾子はむせ出した。深雪は眉を顰めて、哀しそうな顔をした。そんな皆の様子を見て、「冗談です」と初は言った。

「いや、まったく冗談になってねえぞ」

「久しぶりに使ったので、作法を忘れてしまいました」

「冗談に作法なんかいらねえから」

「では、修練が足りないのでしょう」

「それこそ無用だって」

思わず冷静に突っ込むと、くすくすと笑いが漏れた。横を見遣ると、彦次も深雪も綾子も口角を上げて笑いだしていた。

「お初さん、面白いんですね。料理上手だし。俺はてっきりもっと――いや」

言いかけてやめた彦次は、焦ったように咳払いをした。「怖い」とか「堅物」とか、そういう類のことを思ったのだろう。

「はじめの印象とまったく違いますものね……何だか、似ていらっしゃいます」

そう言って微笑んだ綾子に初は首を傾げたが、

「喜蔵?」

「お兄ちゃん?」

彦次と深雪は同時に呟き、顔を見合わせた。

「何だ、お前らもそう思っていたんだ?」

小春は驚いて問うた。皆もそう感じていたとは思いもよらなかったのだ。

「だって、似ているもの……ねえ、綾子さん?」

「ええ、本当に。でも、お顔立ちとかではなくって……い、いいえ、別段喜蔵さんが怖い顔をしているとか、閻魔さまみたいだとか、そういうことではありません！」

慌てた綾子が墓穴を掘ったため、小春は思わず噴き出した。

「今、あいつがいればよかったのに。未だに綾子から怖いと思われていると知ったら、あいつきっと落ち込むぜ。もちろん、物凄く怖い顔つきでな」

「怖いのは嫌だが、俺もそれは見たかった」

げらげらと笑いながら彦次が言った時、「似ていませんよ」と初は呟いた。

「いや、似ていますって。こう、物言いとか淡々とした様子とか、醸し出す空気とか」

「俺も同じことと思っていた。どこがどうというより、こう人間が似ているというか……あいつほど口は悪くないし、あいつよりずっと品がよくて大人しいのに、不思議だよな」

生まれも育ちもまるで違う二人だが、どこか通じるものがある――そう感じていたのは小春と彦次だけではなかったらしい。深雪も綾子も、うんうんと頷いて深く同意した。

「似ていません」

再び言った初に、小春は笑って答えた。

「大丈夫、あいつと違ってあんたの面は可愛らしいから――」

「いいえ――まるで似ていません」

きっぱりと答えた初は、眉を顰め、首を横に振った。噛みしめた唇は、色を失くしている。その場が、しんと静まり返った。

「……あいつのことが嫌なのか？　まあ、確かに恐ろしいものなあ……だが、それなら祝言の件考え直した方がいいんじゃねえか？　いつだか知らねえが、時がねえんだろう？」

「……喜蔵さんがおっしゃったとおり、私は身勝手です」

苦しげな声を出した初に、「あいつも身勝手だぞ」と小春は思わず答えた。

「小春の言う通り、喜蔵は昔から身勝手でしたよ。お初さんの比じゃないですよ。俺が一体何度あいつの身勝手さに振り回されたことか……あいつは本当に勝手なんです！」

彦次は非常に実感の籠った言い振りをしたが、初はまた首を横に振った。

「……皆、少なからず身勝手なところがあるのではないでしょうか？　私もそうです」

綾子が小声で述べると、「あたしも」と深雪は同意した。

「誰にも迷惑をかけたくないと思って生きてきましたが……きっと、気づかないうちにたくさん勝手なことしてきたと思います」

そこで、初ははじめて頷き、ゆっくり顔を上げた。

「そうかもしれません……ですが、私はその上嘘つきですから」

にこり――とまでは行かぬまでも、初は微かに笑んで答えた。

（……さっきのあれ、やはり気にしていたのか）

――あんたは自分の勝手ばかりだ。

喜蔵に言われた時、初の顔は歪んだように見えた。もっとも、それは特別に目の良い小春にしか分からぬほど一瞬のことだったが――。

「でも、お初さん。それは——」

「ありがとうございます。こんなに楽しい食事は久しぶりでした」

綾子の言を遮った初は、丁寧に頭を下げた。上げた顔は、やはり無表情だった。


「何でここにいるんだ？」

「……それはこちらの台詞だ。またつけてきたのか？　気色悪い奴め」

一刻半後——高輪《たかなわ》にある寺の墓所で、小春と喜蔵はばったり出くわした。日が傾き出した境内で、二人はしばし呆気に取られたように見つめ合った。

「誰がお前なんてつけるか！　大体、俺は初の家で飯食ってから来たんだ！　お前がここにいるなんて知るわけねえだろ！」

「……もう呼び捨てか。随分と仲良くなったのだな」

苦々しく言った喜蔵に、小春は腕組みをして、へへんと偉そうに笑った。

「初は物凄く料理上手だぞ。初にまた食わせてもらうんだ。そんで、初はさ——」

しつこく名を連発してくる小春を、喜蔵はぎろりと睨んだ。それを面白がって、小春はますます饒舌《じょうぜつ》になる。

初の屋敷を出てから、喜蔵は又七の家を訪ねて行った。

——はいはい、破談ね——は、破談になったって!?

破談の件を伝えると、又七は驚愕の表情で、しばらくうんうんと唸っていた。

――喜蔵さん。まだあちらから破談についての話は来ていないから、これで駄目になったと思わないでくださいよ。大丈夫、私に任せておけば万事うまくいくからね……！

玄関先まで見送ってくれた又七は、去って行く喜蔵に向かってそんな言葉を掛けてきた。聞かなかった振りをしつつ歩き始めたものの、胸の中がすっきりしなかった。又七に語ったようにまったく趣味のない喜蔵は、心の靄《もや》を晴らす術を知らない。出来るのは、無心になるまでひたすら歩くことくらいだ。そういう時に喜蔵が向かう先は、先祖が眠る菩提寺《ぼだいじ》だった。そこで眠る祖父は、喜蔵が人生の中で唯一甘え、叱られもした人物だ。

（俺に縁談が来た――もっとも、もう破談になったが……）

あんたが生きていたらどう思っただろうか？――そんな問いかけをしていた時に現れたのが、今喜蔵の傍らで得意そうな顔をして話す小鬼である。

「――初の作った料理は本当に美味かった。お前、初に習ってこいよ。大丈夫、初は優しいから教えてくれるって。お初に俺が食べてやるからさあ」

「そんなに気に入ったなら、お前があの人のところに婿入りすればいい」

ぶつぶつと言いながら、喜蔵は足元に生えている雑草を引っこ抜いた。いつもは墓前に屈みこんで時を過ごすのが常だったが、流石に日差しの強い今日のような日にそれは出来ない。墓から少し距離がある木の下に座る喜蔵に対し、小春は木陰から少し離れた場所――つまり、西日が燦々《さんさん》と降り注ぐところに立っていたが、まるで平気な様子である。

「縁談はもう断ったのだ。とやかく言われる筋合いなどない」

「甘い甘い！　あれで終わるわけねえだろ。あんな捨て台詞一つで解決したら、この世のことは大抵何でも罷り通ることになる。違うか？」

顔を横に逸らした喜蔵を見て、小春は溜息混じりに言った。

「しようがねえ奴だなあ……お前の本心を言ってやる。実は、まだ迷っているんだろ？」

小春を一瞥した喜蔵は、視線を墓の方に向けて両手を合わせ、こう言い始めた。

「――貴方の飼い猫はまったくもって不調法だ。鳴き声が五月蠅くて敵わぬし、胃に穴が空いているらしく、幾ら食っても足りぬと抜かす。猫のくせに、人様のことに土足で踏み込んでいき、勝手に荒らして『よいこと』をしたと勘違いし、満足している愚か者だ。そちらに一旦預けるので、どうか躾《しつ》け直してください」

「俺を黄泉《よみ》の国に送る気か！　この鬼!!――鬼は俺だけれど……大体な、墓に向かって話してもしようがないんだぞ！　魂《たましい》などとっくのとうにどこかへ行っているんだからな！」

毛を逆立てるようにして喚く小春に、喜蔵は冷笑を浴びせながら言った。

「魂など信じておらぬし、本気で語り掛けてなどいない。このようなことを真に受けるとは、随分と純真な妖怪だな。お前のような奴を『妖怪失格』と言うのだろう？」

「お前っ……本っ当に腹立たしいなっ！」

頬を膨らませて怒った小春は、その場で地団太《じだんだ》を踏んだ。

「図星を指されたからといって、そのような怒り方をするなど、まるで餓鬼《がき》だな」

「……どっちが餓鬼だよ！　図星を指されたのもお前の方だろ！　お前、よくここへ来るじゃねえか。それも、迷った時や心が苦しい時にな。死んだ祖父さんに話聞いてもらってるんだろ？　そのくらいお見通しなんだよ！」

びしっと指を差された喜蔵は、ふんと鼻を鳴らして言い返す。

「見当違いも甚《はなは》だしい。俺は墓の掃除をしに来ているだけだ。そのついでに休んでいる」

反論してこぬのを不審に思い見上げると、小春はまた腕組みをして、溜息を吐いていた。

「……こんなに線香焚《た》いているくせに、何が『ついで』だ？　もくもくもくもく、鬱陶《うっとう》しくてしようがねえ！　お前の祖父さんだって、『前が見えない』と困惑しているぞ！」

「『魂などとっくのとうにどこかに行った』と言ったくせに、何を申しているのだ？　大体、俺が焚いた線香は、とっくに消えて煙も出ていない——何だ、これは」

そこでやっと、喜蔵は異変に気づいた。いつの間にか、辺りに靄が立ち込めている。

(否、靄じゃない……霧か……？)

真っ先に思い浮かんだのは、青い空に浮かんでいる白い雲だった。だが、雲がこんなところに降りてくるわけがない。しかし、靄や霧にしては、圧倒的に質量が多かった。

「煙《けむ》い煙い！　鼻が曲がる——あれ？　臭くねえ……でも、煙が——火事か!?」

漂っている物体が煙ではないことにやっと気づいた小春は、忙《せわ》しく周りを見回した。

「火事ではなかろう。炎は見えぬぞ」

「確かに……それに、やっぱり臭いがしねえものな。でも、だったら一体何だって——」

途中で言葉を止めた小春は、丸い目を更に見開いた。

「何だ、その間抜けな面は――」

小春に倣って後ろを見た喜蔵は、言葉を止めた。小春の硝子玉《ガラス》のようによく出来た目が今にも零れ落ちそうになっているが、恐らく喜蔵も似たようなものだろう。

「逸馬《いつま》……」

半月前も、小春はその名を口にした。弥々子がその名の者に化けて、店に来た時だ。

（……では、あれも弥々子か？　だが、何か違う……）

小春と喜蔵の視線の先には、荻野家の墓がある。二人が注視していたのは、その少し手前に現れた三人の男女だった。

*

墓前に屈み込んだ二人の男女は、ようやくのことで顔を上げた。男は少々強面《こわもて》だ。顔立ち云々よりも、眉間に寄せられた皺や、浮かべている表情が厳《いか》めしい。男の傍らにいる女は、丸顔で色が白く、明るい目をしていた。女と男は正反対の見目をしているが、夫婦であることは一目瞭然だった。寄り添うように佇む姿は、番《つがい》の鶴《つる》のように仲睦まじかった。

「随分と長いこと祈っていたね」

二人の男女――息子夫婦を後ろから見守っていた逸馬は、穏やかな口調で言った。

「たくさんお話ししたいことがあったのです」

振り向いたふさは、にこりと笑って述べた。逸馬とふさがはじめて会ったのは、ひと月前のこと。平蔵《へいぞう》は真面目で優しいが、強面で不器用だ。無口で、いつも怒っているような顔をしているため、

――荻の屋の息子は、腕はいいが愛想がない。あれじゃあ嫁取りなど無理だね。

などと言われることも多々あった。心配した近所の者が見合いの話を持ち掛けてきた時、平蔵は黙ってふさを連れてきたのである。

「すべて話せたかい？」

「はい」

声が重なり、夫婦は顔を見合わせて笑い合った。

「嫁に来て、養父にはじめて連れてこられた場所が墓場だなんて驚いただろう？」

「少し……でも、私はとても嬉しいです。私のことを家族と認めてくださったということでしょう？　そうでなければ、こうして皆さんに紹介いただけないと思って……」

「……出来れば、皆に貴女を会わせてやりたかった」

「私もお会いしたかったです。特に、お義母《かあ》さんには……平蔵さんからよくお話を伺っていたので、一度や二度くらいはお会いしているような心地がしています」

平蔵は「たまにですよ」と呟き、そっぽを向いた。苦笑しつつ、逸馬は言った。

「幸《こう》は喜んでいるはずだ。貴女のような優しい嫁が来てくれるなど、思ってもみなかったことだろう。幸が生きていた頃は、その子は今にも増して引っ込み思案だったからね」

「いい歳をした息子を捕まえて、引っ込み思案などとおっしゃらないで頂きたい」

即座に反論してきた平蔵を見て、逸馬は肩を竦めて言った。

「すまぬ。勘違いだった。そうでなければ、このような素敵な娘と出会えるはずがない」

「……もうやめてください」

平蔵は憮然として言ったが、耳が少し赤らんでいた。そんな平蔵を見遣って微笑んだふさは、逸馬に顔を向けて言った。

「お義父《とう》さんとお義母さんは、いつどのように出会われたのですか？　お訊きしたかったんです。お義父さんは、今でもお義母さんを大事に想っていらっしゃいますでしょう？　想い続けるのも、想われ続けるのも、素晴らしいことだとずっと思っていたのです」

期待に満ちた目をして問うたふさに、逸馬は複雑そうな表情で答えた。

「……私がまだ若い頃――商売を始めて間もない頃に出会ったのだ。恥ずかしい話だが、その時の私は右も左も分からなくてね。目利きはおろか、金勘定も碌に出来ぬ有様だった」

親友に騙され、家族を失い、武士の身分を剝奪《はくだつ》され――逸馬は死ぬことを考えたが、とある不思議な出会いから「生き直そう」と決意した。そんな時に始めたのが古道具商だったが、はじめから順風満帆というわけではなかった。

「あまりに商売が下手で幾度となく騙された。この仕事を始める以前にも同じようなことがあってね……私はこうしてまた騙されて生きていくのか、と悩んだ時もあった」

以前のように、一等親しい相手に騙されたわけではない——そう考えて己を慰めたが、所詮気休めでしかなかった。心も商売も完全に駄目になってしまう前に、違う生き方を考えなければならぬ——そう思い始めていた矢先、荻の屋に一人の女が訪ねてきた。

「初回は店を隅々まで見回しただけ。二度目は私に色々と品について訊ねるだけで、何も買わずに帰ったんだ」

それだけでも首を傾げる事態だったが、三度目は度肝を抜かれた。逸馬が接客する様子をじっと見ていたその相手は、客がまだ店にいるにもかかわらず、怒りながらこう言い放ったのだ。

——商売する気はあるのですか？　せっかく良い物が置いてあるのに、貴方の腕はあんまりです。商品の並べ方から、金銭のやり取り、何から何まで駄目なことばかり。これでは、ここにある品が可哀想だわ。店は一旦閉じて、うちで勉強してください。

「母さんがそんなことを……？」

平蔵の顔には、（信じられない）と書いてあった。平蔵が知っている幸は、明るく優しい母だった。記憶の中の母とのあまりの乖離《かいり》ぶりに、混乱した様子である。

「それで、お義父さんはどうなさったんです？」

「行かない——と断ったのだが、いつの間にか幸の言う通りにしていたよ」

幸の家は、隣町で代々呉服屋を営んでいた。店も大きく、働いている者の数も多く、それにも増して客の数が多い——逸馬からすると、夢のような商売をしていた。どうしてこれほど己の店と違うのか？――そんな疑問も抱けぬほどの差がそこにはあり、逸馬はただただ呆然とした。

――しっかりと話を聞いて、一つも聞き漏らさず、すべて覚えて帰ってください。

逸馬が店にいたふた月の間、幸は様々なことを教えてきた。幸は女だてらに大変商才がある娘で、逸馬が店に来る以前にも店の者たちを指導していたというが、わざわざ他店から引っ張って来て教え込んだのは、逸馬がはじめてだったという。（一体何のために？）と疑問に思っていた逸馬だったが、修業を終えて暇を告げた時にその答えが判明した。

「私をお嫁にもらってくださいませ……そう言われたのだ」

ぎょっとした平蔵とは対照的に、ふさは目を輝かせて言った。

「まあ……！　もしやお義母さんは、お義父さんを見初めていたのでしょうか？」

「私なんかのどこが良かったのか分からぬが、どうやらそうだったらしい」

顔を真っ赤にしながら、逸馬は何とかそう答えた。

「……ですが、母さんは大店《おおだな》の娘だったのでしょう？　よく、嫁入りが許されましたね」

「それが難しい問題だった。揉めに揉めて、勘当同然で私の許に来たんだよ」

しばし考え込んだ顔をした後、「やはり、信じられません」と平蔵は呟いた。

「……ですが、母さんが父さんをとても大事に想っていたのは知っています。子どもの俺相手に、貴方への惚気《のろけ》ばかり言っていましたからね」

「私も言っていたのだから、おあいこだろう？」

そう言うと、平蔵とふさは顔を見合わせて笑った。

「おかげで、私は思い描いていたよりもずっと幸せな人生を歩んで来られた。命を救われた思いがしたよ……人生をかけて恩返ししようと思っていたが、叶わなかったな」

それだけが心残りだ――と逸馬は呟いた。それに対して返事などありはしない。幸はもうとっくのとうに死んでいるのだ。

「――父さん」

呼びかけに、物思いに耽っていた様子の逸馬ははっと顔を上げた。心配そうな顔をしている平蔵とふさを見て、「何でもない」と逸馬は笑った。ふさは墓の方を向いて手を合わせた。

「私は平蔵さんと終世共に生きてまいります」

その言葉を聞いた平蔵は、同じように手を合わせて述べた。

「……俺もこのふさと終世共に生きていきます」

逸馬は二人に背を向け、唇を噛んだ。その後、三人は墓石を磨いて綺麗にし、幸が好きだった花を墓前に添えた。

「先に帰っていておくれ。二人きりで少し話がしたいんだ」

そろそろ帰ろうという頃、逸馬は笑って言った。寄り添うように連れだって歩き去って行く夫婦の姿を見送った逸馬は、墓の前に立って口を開いた。

「私はまた余計なことを言ってしまったのかもしれません。どうして私はこうなのでしょう……己が正しいと思う方に突っ走り、知らず知らずのうちに大切な者を傷つけてばかりいました。その挙げ句、皆死んでしまった」

私が殺したようなものだ――呟いた時、逸馬の目にじわりと涙が浮かんだ。袂《たもと》でごしごしと目元をぬぐった逸馬は、顔を上げて無理矢理笑った。

「申し訳ありません。また弱音を吐いてしまいました。貴女を前にすると、なぜだか心のうちをさらけ出してしまう……甘えているのでしょうね。お恥ずかしい限りです」

逸馬は顔を赤らめたが、火照《ほて》りは涼しげな風であっという間に冷めた。秋から冬に変わるこの季節、墓所は段々と寂しい光景に変わり始めていた。色の変わりかけた木々を眺めながら、逸馬はぽつりと言った。

「どうして……人は死ぬのでしょうか。想い合った者たちが同時に死ぬことが出来たらよいのに――そんなことを考えてしまいます。……いいえ、貴女のおっしゃる通りだ。それでは、この世から人がいなくなってしまいますね」

この世の誰しもに、想い合った相手がいる――返ってきた答えに、逸馬は深く頷いた。逸馬の目の前には、いつの間にか女が立っていた。逸馬よりずっと若い――まだ二十歳かそこらの娘である。

「やはり、人は独りでは生きていけないのですね……たとえ、あの素晴らしい義娘が早くに逝《い》ってしまうとしても、あの子は彼女と夫婦になることが出来て幸せでしょう。その想いだけで、生涯を過ごしていけるほどに――。私が妻のことを忘れぬように、あの子もそうなるのですね？……——姉上！」

逸馬が差し伸べた手は、相手に届くことはなかった。

「……貴女に触れられぬことなど何十年も前から知っているのに、私は未だにその事実に慣れていないようです。私は貴女の涙を拭って差し上げることも出来ない」

悔しげに述べた逸馬は、眼前で静かに泣く女に、届くことのない手を再び差し伸ばした。

「『忘れて欲しい』などとはおっしゃらないでください。貴女はこうして目の前にいる。私は貴女のことも、生涯忘れることはありません」

*

霧がすっかり晴れ、互いの姿が見えた時、小春と喜蔵は自然と顔を見合わせた。

「……なあ、お前も今の見たか？」

「……ああ」

小春の問いに、喜蔵は素直に頷いた。すると、その瞬間、小春は墓の後ろに移動していた。あまりの素早い動きに付いていけなかった喜蔵は、目を白黒させるしかない。

「……やはり、知ってる匂いだ」

そう呟いた小春は、墓石を一通り調べると、辺りを忙しく見回り出した。

「誰を探している？」

「百目鬼《どうめき》だよ！　こんなことする奴、他にいるか！」

百目鬼というのは、身体中が目だらけの妖怪で、人の世では多聞《たもん》と名乗っている。もっとも、元人間であったためか、今もそうとしか見えぬ容姿をしている。幻術を用い、幻の中に相手を引き込む力を持っているが、その全容を知る者はいないという。謎の多い妖怪で、なぜだか小春や喜蔵にちょっかいを出すのが好きらしい。これまでも度々悪さをされ、二人はその度振り回されていた。

「では、匂いというのは奴のことか？」

「……違う」

むすりとして答えた小春を見て、喜蔵は首を傾げた。

「幾ら普段から気配が薄い奴だからといって、百目鬼にだって匂いはある。だが、今はてんでない。まるで、ここに来ていないみたいだ」

「端からいなかったのではないのか？」

「だったら、今の何なんだよ!?　あんなの、一体誰が俺たちに見せたって言うんだ!?」

（……随分と動揺している）

苛立ちを隠せぬ様子の小春を見下ろし、喜蔵は思った。喜蔵の曾祖父である逸馬――先ほどの幻の中に出てきた人物に、小春は浅からぬ縁がある。その時、小春はただの猫で、逸馬は小春の飼い主だった。ごく普通にある人と獣以上に強い情で結ばれていたらしい――当人の口振りや、弥々子から聞いて、喜蔵はそのことを知っていた。

「逸馬が――お前の曾祖父さんが話しかけていた相手、見えたか？」

「……少し妹と似ていたな」

幻の中には、逸馬と喜蔵の祖父と祖母がいた。だが、喜蔵の祖父母が去ってから、逸馬は墓に向かって話しかけ始めた。その時、にわかに墓の横に女が現れたのだ。逸馬たちと違って、はっきりと見えたわけではない。うすらぼんやりとした――それこそ、さっきまでこの辺りに漂っていた靄だか煙だかのようにおぼろげな風に見えた。

「あれは逸馬の姉だ」

「――なぜ、お前がそれを知っている？　お前が以前語った話では、お前と曾祖父さんが出会う前にその人は亡くなっているはずだったが……」

小春は一寸黙し、低い声で語り出した。

「……前に、百目鬼の屋敷で幻を見せられた時、出てきたんだ。逸馬もな……だが、逸馬とは話が出来なかった。他の奴らもそうだ。話どころか、俺のことなど見えていなかった。でも、逸馬の姉だけは俺のことが見えて、しかも話も出来たんだ」

――どうか、あの人を助けてあげて。

彼女は小春にそう言った。

「あの人？　それは一体誰のことだ？」

「……分からん」

呟いた小春は、その場にしゃがみ込んで頭を抱えた。

「……分からん、分からん、分からん!!　何だってこうすっきりしないんだ!　奴が絡むといつもこうだ!　謎かけばかりしてきやがるくせに、答えを用意してやしない!」

百目鬼の仕業かどうか定かでないと思ったものの、小春があまりに苛立っている様子なので、喜蔵は口を噤んだ。そのうち、小春も黙り込み、しばしの沈黙が降りた。

「……成仏出来ずにいるのだろうか?　俺は死んだことがないから分からぬが」

ようやく小春が腰を上げた時、喜蔵は墓を眺めながらぽつりと言った。

「成仏出来たか出来ていないのか知らねえが、今ここに邪悪な気配はない。幻の中で会った時もそうだった。仮に今も成仏出来ていなくとも、別段悪いもんじゃねえからいいだろ」

「今はおらぬのか?」

辺りを見回しつつ、喜蔵は言った。小春と関わるようになって妖怪たちが見えるようにはなったが、それは向こうが喜蔵の前にわざと姿を現しているからだ。彦次のように、隠れている者を見つけだしてしまう力は、喜蔵にはない。

「いないな。もう、匂いもしない」

「曾祖父さんの匂いもしないのか?」

「あいつは大往生だろ。何の悔いもなく死んだはずだ。何度も死のうとする馬鹿だったが、根は楽観的だからな。一度決めたことは滅多なことで曲げないし、それを馬鹿みたいにやり通す奴だ。だから、満足して死んでいったんだろうよ」

小春は冷たくも聞こえる声で淡々と言った。墓をじっと眺めている表情は、喜蔵が見たことのないものだった。倣って墓を見遣ったが、それは何の変哲もない、ただの墓でしかなかった。喜蔵がいつも手入れしているおかげで、他の墓石よりも美しくはあったが――。

(終世を誓う、か……)

強面の祖父が、祖母の前では無防備に笑っていたのを見て、喜蔵はしみじみとその言葉を嚙みしめた。祖父たちにとっては、何ということもないものだったのかもしれない。だが、喜蔵は今そうして誓い合える相手がいない。これからもいるとは思えなかった。それなのに、引っ掛かりを感じた。まるで、己の中にそれを誓い合いたい者がいるかのように。誰も信じず生きて行くと決めて、それを実践してきた。一年前の出会いでその決意は揺らいだが、払拭《ふっしょく》されたわけではない。誰かと夫婦になり、妻を守って生きるなど、考えられなかった。だが、祖父母の言うように、夫婦で支え合って生きていけたならば――。

「……そんなことは夢のまた夢だ」

呟くと、小春が顔を上げてこう言った。

「そう、これは夢だ。だから、帰りに牛鍋を食べて帰ろう。銭が掛からず、十杯は食える!」

眉間に皺を寄せた喜蔵は、無言で小春の頭をぱしんと叩いた。

＊

翌朝――前日に起きた不可思議な出来事を引きずってしまったかのような事件が、今度は荻の屋で起きた。

「――喜蔵さん。こんなこと言いたかないが、小春ちゃんにご飯あげていないんでしょう？　小春ちゃんが可哀想ですよ！」

「……飯は一日五食も――否、きちんと三食やっています。奴は毎食あれくらいは優に食らうのです」

喜蔵は居間でたらふく飯を食らっている小春を指差し、苦々しく言った。喜蔵はすでに朝餉を食べ終えていたが、大食らいの小春はいまだに食事中である。（こちらに出て来い）と合図を送ったものの、飯に夢中で気づいていないようだ。店の中でわいわいと騒ぐ近所の者たちのことすら目に入っていない様子で、喜蔵は頭を抱えたくなった。

――あんたのところの小春ちゃんについて話がある！

そば屋の女将に魚屋の主など、近所の者たち数名が荻の屋に乗り込んで来たのは、まだ早朝のことだった。

――小春ちゃん、昨日うちの店で勝手にそばを食べて帰ったのよ。それも十杯も――。うちだけじゃなく、この辺りの食べ物屋はみんなそうなの。

──「小春ちゃん、駄目だよ！」と言って止めても、まったく聞かなくて。食べ終わると口元や顔をずっと手の甲で拭って、ぴょんぴょんと跳ねてどっかに行っちまったんだ。ありゃあ、一体全体どうしたって言うんだ!?

そう口々に怒られたが、喜蔵は寝耳に水だった。そして、得心が行かぬのは、奇矯な振る舞いをしたのは小春だというのに、なぜか己が叱られていることだ。小春が方々で盗み食いをするのは、喜蔵が小春に飯を与えていないせいだ──という結論を揃って出した近所の者たちに、喜蔵は絶望する思いがしたものである。

「確かに、よく食べているね……で、でも、それじゃあ、何であんなに食ったんだ？　あの様子じゃあ、三日は食べていないと思ったが……」

「うちだってそうですよ。並べていた魚全部食べちゃったんだから……驚きましたよ」

「俺の店では、貯蔵していた干し物まで食べたぞ。いか食ったら、へろへろになっていた」

近所の者たちはぼそぼそと話し合っていたが、喜蔵が腕組みをしながら胡乱な目付きをしていることに気づき、はっと我に返った顔をした。

「……じゃ、じゃあ喜蔵さんがちゃんとご飯をあげているのは分かりました。その点はすみません。でも、それなら尚更おかしい。小春ちゃん、胃袋に穴が空いているのかもしれませんよ。一寸、お医者に診てもらった方がいい！」

「皆、小春ちゃんのことが好きだから、『何か美味いものくれ』と言われたら、喜んであげていたんだよ。でも、いつだってちゃんと断りがあったし、可愛い笑顔でお礼を言ってくれたんだ……それが今回は一つもない。腹もそうだが、この暑さでどこかおかしくなったのかもしれない。ねえ、荻の屋さん、早く連れて行ってあげな」

医者に診せることを何度も念を押しながら、皆はそそくさと引き上げて行った。あっという間にいなくなったので、「ご迷惑おかけして申し訳ありません」と仏頂面で謝った喜蔵を見ていたかどうかは分からない。彼らを見送った喜蔵は嘆息を吐き、居間に戻って行った。空になった鍋や箱膳《はこぜん》を横に避け、小春は畳の上に仰向けで寝ていた。

「……この馬鹿食欲妖怪！」

「うっ……手前え……で、出る！」

小春は慌てて起き上がると、急いで流しに走って行った。膨らんだ腹を喜蔵に踏みつけられ、食べた物を戻しそうになったのだ。しかし、すんでのところで出なかったらしい。出っ張った腹のまま居間に戻って来た小春は、喜蔵の前でぴたりと足を止めた。

「この偽閻魔！　一体どういう了見だ!?」

小春は叫びながら、喜蔵の脛《すね》を蹴りあげようとしたが、攻撃が来ることを察していた喜蔵は、難なく躱した。

「それはこちらの台詞だ、ひだる神。他人の物に手を出すなぞみっともない」

「あいつらが言っていたことか!?　俺じゃねえよ！　確かに、お前と共にいたのは屋敷に行くまでと、寺からの帰り道だけだ。けれど、その間、俺は初の家で飯食っていたもの。

それに、盗み食いなんてするほど俺は落ちぶれちゃあいない。一寸笑ってやれば、皆して俺に食べ物くれるもん——な、何だよその目は……」

喜蔵の目が鋭く光ったのに気づいた小春は、怖々と身を引いた。

「俺が申しているのは昨日のことだけではない。これまで、お前が近所で物乞いしていたことについてだ。この店の品格を貶《おとし》めるようなことをするな」

「『くれる』と言うからもらって何が悪いんだよ……」

ぼそぼそと言い返した小春は、それからしばしの間、小言の嵐を頂戴する羽目となった。

「——分かった分かった！　もう物乞いの真似事はやらねえよ！　だから、偽者つかまえに行くぞ！」

すくりと立ち上がった小春に、喜蔵はふんと鼻を鳴らしてそっぽを向いた。

「一人で行け。俺には関わりないことだ」

「何寝ぼけたこと言っているんだ？　皆より先にそいつと会ったのは、お前じゃねえか」

眉を顰めて言った小春を見遣りながら、喜蔵は珍しく口をぽかんと開けて考え込んだ。

「……数日前のあれか！」

数匹の妖怪たちに囲まれて追いかけまわされた時、突如現れた小春のことを言っているのだと、喜蔵はようやく思い至った。

「おいおい、まさか忘れていたのか？　このすっとこどっこい」

「……『見間違いだ』『幻だ』と散々申していたのはどこのどいつだ？」

「あれ、真に受けたんだ？　いやにすんなり引き下がると思ったら。存外純真なんだな」

けらけらと笑った小春の額を指で弾き、喜蔵はすくりと立ち上がった。

「お前のことはどうでもよいが、俺に関わりがあるなら放ってはおけまい。昼前には終わらせてここに帰るぞ。きびきび働け食い意地妖怪」

そう言って戸締まりをし出した喜蔵に、小春はこっそり二股《ふたまた》に分かれた舌を出した。


「――見つけた！」

小春がそう叫んでにわかに走り出したのは、偽者捜しを始めて半刻後のことだった。町中の聞き込みでちっとも成果を得られなかったため、喜蔵が偽者に会った場所まで足を延ばしている途中のことである。道を外れ、草の生えた方へ駆け出した小春があまりに素早かったため、喜蔵はぎょっとして一瞬出遅れた。

「……待て‼」

慌てて追いかけたものの、妖怪たちから「韋駄天のようだ」と揶揄された瞬足でも、まったく太刀打ち出来ぬほどの速さで小春は走り去り、見えなくなった。喜蔵は仕方なく、道なりに小走りした。そうしているうちに神無川まで来たものの、見渡す範囲に人影は見えない。

「あいつを見なかったか？」

川縁《かわべり》に屈みこんで問うてみたが、答えはなかった。こう暑いと、水の温度も高い。他の河童の姿も見えぬので、日中は皆どこか涼しい場所に避難しているのかもしれぬ。

（……このまま帰るべきか、もう少し捜してみるべきか——）

いつもだったら迷わず帰るところだが、「見つけた！」という台詞が気になった。十中八九偽者のことだろうが、相手がいかほどの力の持ち主か、喜蔵には見当もつかなかった。小春に化けている目的も不明だ。もっとも、相手が手ごわかったとしても、己が加勢出来るとは思えぬが、こうして蚊帳の外に置かれてしまうのは嫌だった。悔しさもあるが、もどかしさの方が上回ったのだ。

（一方的に守られるなど、性に合わぬ。大体にして、それではあれを書いた意味がない）

連判状のことを思い出しつつ、喜蔵は唸った。小春がそれにあまり乗り気でなかったからこそ、余計に気になったのだ。

——あ奴は連判状を懐から出して、妖怪たちを縁談の件に巻き込んでいたぞ。

硯の精からそう聞いた時、喜蔵は文句を言いつつ、内心安堵した。「なかったこと」にするのではないかと、密《ひそ》かに危惧《きぐ》していたからだ。

「……くそ」

喜蔵は小石を摑んで川に投げた。ぽん、ぽん、と二度跳ね、呆気なく沈んだ。

（なぜ、俺があの馬鹿鬼のことで気を揉まねばならぬのだ）

煩わしいことなど考えたくはないし、行動に移すなどもってのほかだ。だが、実際のところ喜蔵は、小春に出会ってからずっとそれをしているのである。

「……あの小鬼と、お前の恩人のせいだ」

ここにはいない弥々子に向かい、喜蔵は唸るように呟いた。弥々子の恩人というのは、逸馬のことである。そもそも、逸馬と小春との出会いからすべてが始まったのだ。昨日の墓の一件で、更に謎は増えた。どうやら、逸馬の姉も何やら秘密を抱えているらしい。逸馬よりも、もしかしたらまだこの世を漂っているかもしれぬ逸馬の姉の方が気がかりだった。小春は「気にするな」と言ったが、そんな風に思い切れるわけがない。

（――何だ？……！）

ふいに水面に映った人影を見て、喜蔵ははっと後ろを振り返った。

「……この、何をする――!?」

前に押し倒され、危うく川に突っ込みそうになった喜蔵は、身を捩《よじ》って難を逃れた。しかし、相手の手は止まず、うつ伏せで地面に押しつけられてしまった。拘束から逃れようと暴れたものの、背に体重をかけて乗っかられてしまい、びくともしない。

「――初と縁を結ぶと誓え」

不自然にくぐもった声が響き、喜蔵は暴れるのをぴたりと止めた。

「なぜ、俺とあの人を添わせようと思うのだ？」

「……お前には関わりのないことだ。さっさと答えを言わねば殺す」

（……誰が――）

相手に反論と反撃をしようと試みたが、敵わなかった。にわかに、身体から力が抜けていったのだ。一日中歩き回ったような疲労感に襲われ、瞼《まぶた》が下がりそうになる。

「さあ、言え。引水家に入り婿すると固く誓うのだ」

相手の言うことに、喜蔵は甚だ違和感を覚えた。初に関わりのある妖怪たちは皆、「婿入りするな」と喜蔵を脅した。その正反対のことを言ってきた相手は、今喜蔵を襲っている妖怪だけである。

(否、これは妖怪なのか?)

顔は見えなかったが、水面に映ったのは人影だった。だが、今己を拘束している気配は人間のものとは思えぬ邪《よこしま》なものである。しかし、殺すと言っておきながら、手加減している——相手の思惑は分からぬながら、薄れゆく意識の中で喜蔵は考えをまとめていた。

「……強情な。早くおっしゃい!——い、否、申せ!」

(今の声と口振りは——一か八か……)

聞き慣れたものだと気づいた喜蔵は、目を閉じ、だらりと手を下ろした。急に動かなくなった喜蔵に、上に乗っていた相手ははっと息を呑んだ。

「……おい。死んではいないだろう?……ま、まさか、死んではおらぬはず——」

慌てだした様子の相手は、喜蔵の口元に手を伸ばした。口と鼻の息を止めて堪えていると、相手は喜蔵の背からどさりと音を立てて落ちた。

「そ、そんな……死んでしまうなんて……!! 私はそんなつもりではなかったのに……!」

「――では、どういうつもりだったのだ？」

言うや否や、喜蔵は素早く身を翻し、川辺で尻餅《しりもち》をついて呆然としている相手に馬乗りになった。そして、何の躊躇もせず、その相手の首に手を掛けた。

「うっ――し、絞まる……しま、る……！」

「絞めておるから絞まるに決まっておろう。この馬鹿男。さっさと真相を吐かねば殺す」

喜蔵の目に宿った本気を見た相手は、すぐに「話す」と言った。だが、しばらくの間、喜蔵はその手を止めなかった。

「うう……ひどい……本気で殺そうとしましたね……!?」

両手と膝を地面につけて四つん這いになった相手――桂男は、げほげほと咳を吐きながら言った。

「お前こそ勝手に血を吸いおって……今すぐ返せ」

「む、無理です……一度吸ったものは私の力となってしまいますので……ひい！　そ、そう睨まないでください！　もう、このような真似は致しませんので――」

鋭すぎる目つきで己を見下ろしてくる喜蔵に、桂男はしくしくと泣きながら頭を下げた。

「睨むのをやめるかどうかは、お前の返答による。場合によっては殺すだろう」

血を吸われた首筋を撫でながら、喜蔵は冷え冷えとした声で言った。

「――申し訳ありません!!!」

桂男は大きな声で謝罪し、地にへばりつくようにして叩頭《こうとう》した。

「騙すつもりは……正直申し上げれば、最初からありました。あの娘の相手に誰が相応しいかと考えた時、真っ先に貴方が思い浮かんだからです」

「……なぜ、お前がそんな画策をするのだ？　お前はあの人とどういう関わりを持っている？　お前も婿入りを狙っているのではないのか？　得心が行くようにすべて話せ」

喜蔵が矢継《やつ》ぎ早にした問いにうっそりと頷いた桂男は、少し顔を上げて語り出した。

「……この地に居つく以前、私は各地を放浪しておりました。美味そうな血の匂いが鼻についたら、そちらに向かうというような気ままな暮らしをしていたのです」

住処はその時々で異なったが、人間の住む土地から離れることはなかった。桂男は妖怪の血も吸うが、どちらかといえば人間の血を好む。特に、妖怪や死霊の姿が見える勘の鋭い者の血に目がなく、そういう者の匂いを辿って行き先を決めることが多かったのだ。

「十八年前までは好き勝手しておりました。加減することもなく、吸いたければ、その者の血をすべて吸い尽くすことだって当たり前にあったのです」

「まるで、今はしておらぬというような口振りだな」

「しておりません。否、出来ぬのです――これのせいで」

桂男は忌々《いまいま》しげに呟くと、おもむろに腕まくりをした。右腕の真ん中の関節のところに、大きな紫の痣《あざ》があった。楕円のそれは、よく見ると渦を巻いていた。何やら、文字が書かれているようにも見える。じっと眺めていると、桂男はどこか遠い目をして語り出した。

「私は十八年前、初の祖母と出会いました。襲おうとした結果返り討ちにあい、この呪がかけられたのです」

　十八年前、浅草を歩いていた桂男は、ひどく美味そうな血の匂いを感じ取り、舌なめずりをした。匂いに惹かれて行った先は、あの引水村だった。田畑を抜け、こんもりと茂った森の中を歩いて行くと、木の下に蹲っている老婆の姿があった。

「相手は高齢で、背中はがら空き。これならば難なく血を吸いつくせると、私はうかうかと近づいて行きました」

　桂男の読み通り、襲い掛かっても老婆は何の抵抗も出来なかった。蜥蜴《とかげ》のような舌で首筋を突き刺し、桂男は老婆の血を吸った。その瞬間、天にも昇る心地がしたという。

「あれほど美味い血に巡り合ったことは、それまでも、その後も、ありませんでした」

　ただし、その極上な心地は、永遠に続きはしなかった。血を吸い始めてまもなくすると、桂男は突如強烈な痛みに全身を襲われたのだ。

　――……痛い……痛い……焼けるようだ……!!!　い、一体何をした……!?

　普通だったら、まさか老婆がやったこととは思わなかっただろう。だが、すくりと立ち上がった老婆が己を見下ろして笑っていたので、そう思うしかなかった。それから四半刻もの間、桂男はその場に突っ伏し、凄まじい痛みに悶《もだ》え続けた。

　――貴方は血を吸う怪なのですね。長年血を吸って来たでしょうに、迂闊な真似をなさいました。私の血など、毒にはなっても力になどなりませんよ。

　――……お前は何者なのだ……？

問うた桂男は、立ち上がる気力さえ残っていない状態で、仰向けに横たわっていた。

――貴方がたと同じ血が少しだけ流れている、人間の婆ですよ。貴方に移ったのは、私の身体を流れている先祖の血――つまり、貴方は私に課せられていた力と役割を引き継いでしまったということです。貴方は私の代わりに私の家を守らねばなりません。可哀想に……私などの血を吸ったばかりに、こんな試練を課されてしまったのですね。

――家を守る……何の話だ……？　それに、お前の代わりというのはなぜだ？　私に少々血が移ったとはいえ、お前にもまだその血が残っているはず――なぜ、お前がやらぬ？

――今日、私は死ぬのです。

老婆の口にした言葉に、桂男は絶句した。そんなこと分かるわけがない――そう言い切れなかったのは、老婆の目があまりにも真剣だったのと、確固たる強い意志が宿っていたからだ。そして、よく見ると、老婆は想像していた以上にか細く、頬はげっそりとこけていた。紙のような顔色をし、唇は紫色――確かに、死期が近いのが見て取れたのである。

――そして、明日、孫娘が生まれます。この娘も、私と同じような力を持つでしょう。貴方は私の代わりにその子の力となって働くのです。抗うことは出来ません。貴方の中には私の血が――先祖の血が流れているのですから……。

――死ぬまで一生、お前の家を守れと言うのか？

それならば死んだ方がましだ――そう思いかけていた桂男に、老婆は首を横に振った。

――孫娘が十八になる前に、人間の婿を捜してください。その方との婚礼が無事に済めば、我が家に渦巻く呪は薄まり、崩れていた均衡が安定するはず――さすれば、貴方にかかったその呪いも解けるでしょう。どうか……どうか、孫を助けてやって――。

老婆はよろめきながらも、その場に膝をついて頭を深々と下げた。

「――それから、私はこの時が来るのを待ち続けました……妖怪にとって自由が利かぬことは死ぬほど辛いことなのです。それを分かっていながら、死よりも不自由な生を選んだのですから、私は妖怪失格なのかもしれません」

「……お前の言い分は分かった。だが、なぜ俺なのだ？　俺には何の力もない」

力を持っているというならば、己の傍にいる小春だ。彦次のように勘が鋭くもなければ、他人に同情を寄せる優しさもない。

「……俺と祝言を挙げたところで、あの娘が幸せになるとも思えぬ」

ぽつりと言うと、桂男は愁眉《しゅうび》を解いて首を振った。

「……己の幸せではなく、初の幸せを考えてくれる貴方に、婿に入って欲しいと思いました」

喜蔵はまじまじと桂男を見た。常だったら悲鳴を上げて逸らすくせに、今の相手は真剣に己を見返してくる。その必死さは、追い詰められた者が抱くそれとは違った。

「お前はただ呪いを解くためにやっているのだろう？　だが、お前の言を聞いていると、まるであの娘のことを思ってやっているように聞こえるが……」

「……ですから、これも血の呪いなのでしょう。……私はあの娘に幸せになって欲しいと考えているのですから――」

目を見開いた喜蔵に、桂男は自虐的な笑みで応えた。静ほどではなかったものの、初もまた先祖の力が色濃く現われた。長じるにつれ、力は増していき、屋敷の周りをうろつく妖怪たちの姿もはっきり見えるようになった。

「妖怪に気づいてからは、一人で彼らを追っ払っていました。負けん気が強い娘だとはじめは呆れて見ていましたが……」

妖怪を追い払う初の小さな手は、ひどく震えていたという。しかし、初は決して家族に妖怪のことは言わなかった。屋敷に彼らが入って来ぬように密かに番をしつつ、日々を過ごしていたのである。

「初は可愛げのない娘でした。私がはじめて姿を現した時など、『どこかに行って』と箒で叩いてきましたからね。長年見守って来たということを伝えても、てんで心を開かない。話すようになって八年にもなるというのに、相変わらず冷たいままですよ。それでも昔は、笑ってくれたりもしたのですけれどね……」

初から笑顔が消えたのは、いつのことだったか――気づけば、あのように無表情な娘になっていたという。

「初は、今も昔も可愛げのない娘です……でも、笑った顔は本当に可愛いんですよ」

寂しげに述べた桂男は笑みを浮かべたが、喜蔵には不思議と泣き顔に見えた。

「……あの人が婿取りに失敗したら、お前はどうなるのだ？」

「分かりません。ですが、もしそうなったら、私は自ら命を絶つでしょう。そのくらい、この血の呪いは私のことを左右しているのです」

喜蔵は言葉を失くし、その場に立ち尽くした。桂男はこんな時に限って何も言わない。ただ、縋《すが》るような目で喜蔵を見上げてくる。

――考えてみてください。

（……考えていた。あれからずっと――）

そして、断ると決めたのだ。初には面と向かって告げ、又七にも伝えた。深雪や彦次たちも、喜蔵の気持ちは承知している。「断じて受け入れぬ」と言えば、誰もこれ以上無理強いはせぬだろう。「お前のせいではない」と慰めてくるかもしれぬ。だが――。

（……なぜ、こんな幻が浮かんでくるのだ？）

見たことがないはずの、明るく、眩い初の笑顔が、喜蔵の脳裏にふっと過ぎった。

「血の呪いかあ……怖いねえ」

くすくすと笑う声が響き、喜蔵と桂男ははっとして、振り返った。

「……今回もまたお前が糸を引いているというわけか」

背後に立っていた者を見て、喜蔵は低い声を出した。たっぷりとした髪をなびかせながら近づいてきた男は、着物から帯から下駄の緒まで、派手派手しいものを身に着けている。凡庸な見目のくせに、不思議とよく似合っていた。軽く曲げた右手の先にあるのは、いつも彼が持っている古い煙管だ。煙がついていないのは、常のことだった。

「今回もまた通りすがりさ。人間と妖怪が言い争っている声が聞こえてね、気になって来てみたんだ。そうしたら、あんたがいたというわけさ」

相も変わらずの美声で話してくる多聞こと百目鬼に、「去れ」と喜蔵は言い捨てた。

「おや、ここはあんたの土地だったのかい？　勝手に通ってしまい、申し訳ないことをしたね。言われた通り、さっさと退散するよ」

多聞はそう言って踵を返した。常とは違い、あっさり引き下がる多聞を怪訝に思った時、

「……ま、待ってください!!　何があったか私に教えてください……!!」

多聞を引き留めたのは桂男だった。恐怖からか、今にも死んでしまいそうなほどの顔色をしている。

「こ奴から何が訊きたいのだ？　どうせ、碌でもないことしか教えてこぬぞ」

非難を込めて言うと、桂男は全身を震わせながら、ようやく言葉を紡いだ。

「……この方から……初の……初の匂いがするのです！」

喜蔵は一瞬何を言われたのか分からなかった。だが、多聞の笑みと突き当たった瞬間、かっと怒りが湧き上がり、ズカズカと歩みよった。

「――何をしたのだ？」

「俺はただ見物に行っただけさ。あんたたちが撃剣興行を見に行ったようにね」

喜蔵に胸倉を摑まれた多聞は、含み笑いしながら言った。

「初は……初は無事なのですか!?」

悲痛な声で叫んだ桂男を見遣って、多聞は小首を傾げるようにして答えた。

「俺は途中で帰ってきてしまったから分からないけれど、恐らくまだ無事だと思うよ。だって、彼女がいなければ祝言など出来はしないだろう？　これから婚礼の儀を交わすというのに、嫁がいないのでは意味がない」

「これから婚礼の儀……？　まさか、屋敷の結界がすべて解けたというのですか!?」

多聞の言を聞いた桂男は、歯をかたかた震わせながら言った。

「屋敷の結界は解けた。あの娘自身のそれはまだ大事ないさ。まだ、ね」

いつまで持つかな――言いかけた多聞の言葉は、走り出した喜蔵には聞こえていなかった。だが、その後桂男が叫んだ声は、なぜか耳に届いたのだった。

――喜蔵さん……どうか、初を――……！

五、華燭の典

（ここまで来ればいいか？）

喜蔵を撒《ま》いた小春は、浅草はずれの田畑しかない地までやって来た。この前こちらの世に来た時、若天狗と戦った場所である。当てにして来ただけあって人っ子一人おらず、「よしよし」と小春は満足げに一人頷いた。足を止めた小春は、ぐるぐると肩を回し、膝の折り曲げを繰り返した後、すうっと大きく息を吸い込んだ。

「出て来い！　勝負してやる!!」

叫ぶと、ひゅるりと風が巻き起こった。

（――来た）

伸ばしかけた爪を舌で舐めた時、小春は首を傾げた。

「あれ？　さっき感じた妖気と違う――ってお前は……！」

目の前に現れた者を見て、小春ははっと目を見開いた。呼びかけは、今の今まで己をつけていた者――町での調査を終えた辺りで感じた妖気の持ち主に向けたものであった。しかし、一陣の風と共に現れたのは、まったく違う気配を纏った者だった。そして、それは、小春が昔からよく知っている相手で——。

「貴様の申し出、引き受けた」

山伏《やまぶし》のような黒い装束に包まれた身は、どこもかしこも赤い。腰の辺りまで伸びた白髪は、毛並みのいい獣のたてがみのようだ。前方にすっと伸びている長い鼻は、彼の存在を表すのには欠かせぬものである。眉間に寄った深い皺と、般若に似た表情は、妖怪でも怖がる類のものだ。背丈や形は人間と似ているが、顔と肌の色はまるで違う——すなわち、人間にそっくりな小春とは正反対というわけである。

「……お前じゃねえよ！　すっこんでろ！」

小春が思わず怒鳴ると、その相手——天狗は、口元に嘲笑を浮かべて言った。

「貴様は相も変わらず愚かだ。誰に申したものでも構わぬ。たまたま我が聞きつけたことが要なのだ。今日こそは、往年の恨みを晴らさせてもらうぞ」

「……面倒な時に限って出て来やがる！」

小春が舌打ちすると、「敵の都合など考えるのは貴様だけだ」と天狗は高笑いした。

はじめて会った時、天狗はまだ若い怪だった。自信があるのも得心する程度には力があったものの、小春の相手ではなかった。当時、小春はまだ猫股だった——否、正確に言うと、猫から猫股に化けかかっていたのだ。もう百年以上も前のことだが、この天狗との出会いは鮮明に覚えている。もっとも、つい一年前に天狗本人によって無理やり思い出させられたのだが──。

「まさか、あの子天狗がこんなにでっかくなるとはなあ……大体、本当に百年も覚えているなよ。執念深いったらねえや……だから、山の怪は嫌なんだ。動かざること何とやら」

──百年経ったら出直してきな！

百年前に己が言ったことは棚に上げ、小春はぶつぶつと述べた。

「なあ、またにしないか？　俺は他に大事な用事があるんだ──うおっ！」

とっさに避けた小春は、己を襲ってきたものの正体を見て肩を竦めた。いきなり刀を投げつけるな──と怒ろうとしたが、よく見るとそれは辺りに生えていた草である。天狗の風で巻き上げられ、術で強化された草は、小春の背後──といっても、はるか後方の木を、ずたずたに切り裂いた。ぐらぐらと揺れ出した木を見て、小春は呆れたように述べた。

「お前、また強くなっていないか？……勿体ないから、その本気は今出さなくてもいいんじゃねえかな？」

「──我は十分待った。これ以上は待てぬ」

天狗は言うや否や、小春に飛びかかってきた。

(だから、何で今なんだよ！)

さっと身を避けつつ、小春は内心悲鳴を上げた。百年も待って仕掛けてきたのが昨年のこと──それから、たった一年しか経っていない。百年も辛抱強く待てる忍耐力があるならば、あと数年くらいは何もしてこないだろうと呑気なことを考えていたのである。

「逃げてばかりおらず、向かってこい！」

「嫌なこった！　これから大事な用があるんだよ！　力の無駄使いなど出来るか――！」

小春が喚いた途端、天狗は腰に差している太刀を抜いた。脅しかと思ったが、どうやら本気のようである。突き、袈裟《けさ》懸《が》け、小手、胴払い――次々に繰り出してくる技には、まるで迷いが見られない。

（こりゃあ、本気にならないと危ねえかもな……）

天狗の攻撃をすべてすんでのところで避けていた小春は、集中しようとした。

（……だから、何で今なんだよ!?）

今度のそれは、天狗ではない相手に対してのものだ。自分をずっと追ってきていた者の気配を、ここに来て強く感じ取ったのだ。それも、身近に――恐らく、先ほどズタズタに切り裂かれた木の辺りにいるらしい。妙な奴だ、と思いつつ、小春は天狗の足を蹴り飛ばした。確かに手ごたえはあったが、然して効いている様子はない。天狗の攻撃を躱しつつ、小春は誰とも分からぬ者のことを考えていた。

（ひどく敵意を向けてきているかといえばそうじゃねえな。かといって好意的なものとも言い難い。強いていうなら、好戦的というべきか――否、好奇心か？）

小春と天狗の戦いを見て、興奮しているのかもしれぬ。だが、それでも戦いに加わってこない辺りが不可思議だった。今だったら、己を倒すにはいい機会だ。

「余所見をするな」

「あ、悪い。あっちの方が気になっちまって——」

口にした途端、（しまった）と小春は思った。天狗の赤い顔が、余計に朱に染まった。煽《あお》るつもりなどなかったが、結果的にそうなってしまったらしい。

「……こちらにしか集中出来ぬようにしてやる」

押し殺したような声を発した天狗は、手にしていた太刀をぐっと握り直した。

「——！」

天狗の言は嘘ではなかった。動きはますます素早さを増したが、それでいて精度が低くなるということもない。繰り出される技の種類も増えたため、小春は脇見をしながら身を躱すのがいよいよ困難になった。当然、焦るべき場面だったが、小春はそれでもまだ例の者の気配が気になって仕方がなかった。

（何でこんなに気になる……俺にそっくりだから？　だが、そんなの前にもあったし……もっとも、あん時の偽者は、彦次の奴が描いた画だったけれど）

「——我を愚弄《ぐろう》するのもいい加減にしろ」

己の派手な髪の毛が数本宙に舞ったのを見て、小春ははっと我に返った。修羅《しゅら》のごとき天狗の顔が、ますます歪んでいる。

「分かった！　分かったって！　ちゃんとこちらに集中するから——」

「分身の術など、小賢《こざか》しい真似をしよって……」

小春の後方を睨みつつ、忌々しげに吐き捨てた天狗に、小春は首を傾げた。

「……俺は分身の術など使えないぞ？　つまり、お前が今見ているのは――」

天狗が己に向かって斬り掛かってきたのを見て、小春はとっさに高く跳んだ。空を飛べる天狗よりも高く跳ねたので、着地するまでに少々時を要した。ザッと音を立てて地に降り立った時、天狗と対峙している相手を見て、小春は目を見開いた。

「俺……!?　おお、確かに似てる!!」

皆が間違えるのも無理はないほど、目の前にいる少年は己に瓜二《うりふた》つだった。よく見ると髪の色味が若干違うものの、それ以外はほとんど同じと言ってもいい。

「貴様の分身が無残にやられる姿をしかと見ていろ」

「おい、そいつは分身じゃなく……――!」

小春の制止は、天狗と小春の偽者がぶつかり合う音でかき消された。戦いの火蓋が切って落とされたのだ。

（おいおい、何だよこれ……）

天狗が勝手に勘違いしたとはいえ、小春は狼狽《うろた》えた。ここでどちらかが倒れれば、小春にとっては棚からぼた餅の吉事だ。共倒れするならば、尚のことといい。だが――。

「……そんなのつまらねえだろうが！　おい、止めろ！　それは俺の獲物――」

小春は怒鳴りながら戦いの中に身を投じようとしたが、

「――弱い」

天狗の冷めた呟きを耳にし、ぴたりと足を止めた。己の足元に、己がうつ伏せになって転がっていた。ばっくりと開いた背中から、止め処《ど》なく血が流れている。小春はごくりと唾を呑み込み、己にそっくりな者の死にかけた姿を凝視した。

「何を青い顔している？　さては、己の先を想像して怖気づいたか。弱いのはこ奴だけではない……貴様は昔から弱かった。さあ、続きをするぞ——これは邪魔だ」

天狗はそう言って、すでに虫の息である小春の偽者を蹴り飛ばした。宙に舞った偽者の身体から魂が抜け出ていくような錯覚を覚え、小春は瞠目《どうもく》し——

「——……最初からその動きをすればよいものを」

血が流れた頬を手の甲で拭いながら、天狗は言った。天狗の血に染まった小春の爪は、先ほどまでと比ぶべくもなく、長く鋭く伸びている。

「用事の種が変わった。より急がなきゃならねえ——さっさとけりをつけるぜ」

己の目が赤く染まり、頭から角が飛び出していようことは、確認せずとも分かった。突如豹変《ひょうへん》した小春の様子を値踏みするように眺めていた天狗は、己の欲が満たされると確信したのか、にやりと笑って言った。

「やってみろ——だが、貴様を殺すのは我だ」

曇天の空の下、開けた草原に、凄まじい風と閃光《せんこう》が幾度となくぶつかり合った。蒼々《あおあお》とした草が舞い散り、真っ赤な鮮血が所々に飛び散った。対峙していた時は、如何ほどだったのか——夢中で戦っていた二人には分からなかった。一瞬のようでもあり、百年もの長きに亘るものでもあるような、不思議な心地がした。

「……じっとしていろよ」

小春はそう呟くと、己の身をしている者を何度も跨いだ。繰り返していくうちに、相手の傷がどんどんふさがって行くのを見て、小春は抱いていた考えを確信に変えた。

（しっかし、何でこいつが……）

偽者がかすかに身じろぎしたのを見て、小春は跨ぐのをやめて言った。

「傷は大体塞げたが、完全に治ったわけじゃない。後で治してやるから、そこを動くなよ？　ま、動けばお前が死ぬだけだから、死にたいと言うなら止めねえけれどな」

相手はうんともすんとも言わなかったが、抗う気配は感じられなかったため、小春は踵を返した。そして、十数歩先に転がっている黒い塊の許へ歩いて行った。

「よう、調子はどうだ？」

答えなど返ってこぬと思いつつ、小春は問うた。天狗は虫の息――というほどではなかったが、起き上がる気力も体力も今はなさそうだった。

「なあ、何で急に向かってきたんだ？　俺が言うのもなんだが、お前辛抱強いじゃねえか。今じゃなくたってよかったろ？　ずっと後でもいいし、もっと前でもよかったはず」

これ以上は待てぬ――と天狗は言ったが、小春はその答えに納得していなかった。天狗は直情的な性格をしているが、普段はそれを抑えて冷静に行動している。因縁の相手との念願の対決ともなれば、それが映える場所と刻限を選ぶはずだ。少なくとも、このように何もない草原で、昼間っから戦うわけがない。

「……今日より前ならば、我が再び負けることなどなかったと?」

掠《かす》れた声を出した天狗に、小春は「それは」と口ごもった。己にこてんぱんにやられてしまった天狗を哀れに思ったわけではない。一年前のあの時だったら、小春は間違いなく天狗に負けていた。その次に会ったのは、半年前だ。この時はどうだったかと考えたが、やはり己が地に這いつくばっている想像しか出来なかった。今日だとて、小春の中では勝率は五分だったのだ。運が向いていれば勝つ――その程度にしか考えていなかったので、まさかこれほど力の差が出る結果になろうとは思ってもみなかった。

仕切り直して天狗と対峙した小春は、偽者の動向が気になっていた時とは別妖のような動きをした。それを見て、天狗は舌なめずりをして喜んだが、戦いが続くにつれどんどんとその表情を曇らせていった。

――まさか……貴様は一体――。

天狗がそう呟いた時には、すでに勝敗が決していた。だが、天狗はその後も諦めず、身体が動く限界を超えて小春に向かっていった。己の敗北が信じられぬ――と顔に書いてあったが、それは小春も同じだった。

「……お前、今日の調子はどうだったんだ?」

問うた小春は、しゃがみ込んだまま、一歩後ろに身を引いた。

「お前、そんな身体でもこんなに鋭い妖気が出せるのか……」

感心したように言った小春は、「悪い」と小声で続けた。

「……なぜ、我がこんな愚かで弱き者に二度も負けを喫したのだ……」

天狗は心底悔しげに呻き、手の甲で地面を叩いた。もはやそこに込められる力もないほど、弱り切っているらしい。天狗の調子が万全だったというなら、答えは一つだ。その場に尻をついて座り込んだ小春は、空を見上げながらぽつりと述べた。

「俺は強くなったのか……」

青鬼の許で修業を重ねていくうち、確かに手応えは感じていた。このまま修業を積んでいけば、いずれ昔のような強さを取り戻せる——そう思い始めてもいたのだ。だが、実際敵と戦うと、自分が思い描くほどの実力は出せなかった。相手が自分よりも弱いと分かると、加減してしまうのだ。

(俺にはもっと手ごわい敵がいる。いつか奴と戦う日が来るかもしれない)

小者相手に全力で戦っていては、いざという時に力が出せぬと無意識に思っていたのだろう。だが、小春は天狗を弱いなどとは思っていなかった。それどころか、今の己では倒せぬ強敵だと感じ、なるべくならば対峙したくないと考えていたのだ。今日力が出せたのは、ひとえに偽者が倒れてしまったおかげだ。偽者が殺されてしまっては、真相は闇の中である。天狗との対峙時に偽者の正体の片鱗が見えたことも一因ではあったが、戦っている最中は偽者のことなど忘れていたのも事実だった。

「……本当に強くなったのか?」

己にも制御出来ぬ力は、果たして本当に力と言えるのだろうか？——勝ったというのに嬉しそうな顔一つしない小春を睨み、天狗は吐き捨てるように言った。

「これほど我を負かしておいて、そのような言葉を吐くか……だから貴様が嫌いなのだ」

「お前は昔から俺のことが本当に嫌いだよなあ……」

そんな相手に二度も負けた——自尊心の高い天狗にとって、屈辱以外の何物でもないだろう。小春も天狗に劣らず負けず嫌いだ。だから、小春には天狗の気持ちが手に取るように分かった。

（二勝一敗——だが、これじゃあ完膚無きまで勝ったとは言えねえよな）

相手のためではなく、納得いかぬ己のために——。小春は立ち上がり、腕組みをしてふうっと息を吸い込んで言った。

「お前のことだ。どうせ、これで終わり——とは思っていないんだろ？　今度は、また俺が待っていてやる」

天狗はがばっと半身を起こし、驚愕の表情を晒《さら》した。

「……百年前のあの時と同じことを申すつもりか」

「お前はあの時のままの弱っちょろい子天狗じゃねえだろ？　それに、俺は前回の借りがある。数の上では俺が一勝上だが、実際は五分だ。つまり、どっちが勝っても次で終《しま》いだ」

ニヤッと笑った小春を見て天狗は身を固くした。目に宿った本気を悟ったのかもしれぬ。

「もっとも、俺はまだまだ強くなるぞ。お前が次に戦いを挑んでくる時には、片足一本で勝っちまうかもしれねえ」

馬鹿にしたように笑っても、天狗は何も返してこなかった。何事もなかったかのように静かに立ち上がると、身に付いた土埃を手で払い、黒い手拭いを引き裂いて止血しだした。小春は捕まえた偽者の上に座りながら、天狗の様子を見るともなしに見ていた。偽者はかすかに身じろぎしたものの、小春の言いつけを守り、逃げようとはしなかった。

「貴様は確かに強くなった。だが、これほど力をつけても、猫股の長者には敵うまい」

天狗の放った言葉に、小春はぴくりと耳を動かした。

「……誰から聞いた？」

天狗が今日ここに現れた理由が分かった。小春はこれから大きな戦いに繰り出す――その前に、勝負をつけてしまおうと思ったのだろう。その戦いから小春が帰ってこなかったとしたら、天狗の百年はまるで無駄になってしまうからだ。

「相変わらず呆けたことを言う。知らぬ者の方が少ない話だ」

手当てを終えた天狗は、嘲笑を浮かべた。傷が塞がったわけではないので、痛みを堪えているのだろう。

「野次馬ばかりということか……ほとほと嫌になるぜ」

舌打ちした小春は、頭をぼりぼりと掻きむしった。苛立った様子の小春を見て、溜飲《りゅういん》が下がったのか、天狗はますます嘲笑を深くした。

「もう一つ教えてやろう。『幾ら三毛の龍《りゅう》と名を馳せ、今もまた力をつけたあの猫股鬼でも、当代の猫股の長者には敵うまい』――妖怪たちは誰もがそう申している。例外なく、皆だ」

くくく、と笑う天狗の声ばかりが野原に響いた。小春は言い返さず、空を仰いだ。

（……言われなくとも――）

近くの木々の葉が、突如現れた風に巻き上げられ、天狗の周りを舞った。

「忘れるな」という呟きが聞こえ、小春は天狗に視線を戻した。相手はすでに空の高い位置まで飛んでいた。顔は見えぬものの、先ほど以上に殺気が放たれている。

「――今度こそ、忘れるな。次は必ず殺してやる」

小春は片手を上げ、風と共に去って行く天狗に応えた。それからしばし空を見ていた小春は、偽者の身体から地にひょいっと降りた。

「見れば見るほど俺だなあ……いや、俺の方が二枚目には違いないが」

ぶつぶつ言いながら屈みこんで己の偽者の顔を眺めていた小春は、鋭い爪で相手の首をするりと撫でた。

「うぎゃあ」

とうとう上げたしわがれた声は、人間のものではなかった。鳴き声を真似ているにしては、上手すぎる。何よりの証《あかし》は、変化がとれかけて、元の姿が少々露わになっていたことだろう。相手の青い目に宿っているのは、怯えの色だった。

「誰に唆《そそのか》された？　それとも、騙されて力を与えられただけか？　まあ、どっちでもいいや——生きるか死ぬか、お前はどっちを選ぶ？」

小春が低く呟いた時、相手はすっかり元の姿に立ち戻った。

＊

「——御免！」

初の屋敷に着いた喜蔵はそう叫びつつ、門に体当たりした。結界は壊れた——多聞から聞いていたのに、慌てていたあまり、失念してしまったのだ。門はあっさりと開いて、勢い余った喜蔵は危うく転びかけた。

（……！）

廊下は相変わらず暗かったものの、それは単に陽が入らぬせいではないことに喜蔵は気づいた。ずらりとひしめいていた妖怪たちが、辺りが暗くなるほど影を作っていたのである。多くの妖怪たちがニヤッとした瞬間、喜蔵は勢いよく走り出した。

「——来たぞ来たぞ。婿になりたい男が来たぞ」

「追い出せ追い出せ。人間の男にこの屋敷の当主が務まるものか！」

妖怪たちは、けらけらと笑いながら迫ってくる。小袖《こそで》の手《て》には手を摑みかけられ、青行燈《あおあんどん》には背に乗っかられかけたが、張る、殴る、蹴る、抓る——とあらゆる攻撃を繰り出し、文字通り蹴散らしながら喜蔵は前に進んだ。

「あ、あ奴本当に人間か？　攻撃に躊躇《ためら》いがなさすぎる！」

「面といい、人間ではないぞ……！　外道だ、外道！」

喜蔵によって目潰しされた山童《やまわらわ》と、弁慶《べんけい》の泣き所に蹴りを入れられた鉄鼠《てっそ》の悲鳴が上がった。喜蔵は廊下を曲がり、以前通された部屋の前に辿り着いた。しかし、そこは襖が壊れたままで、一歩踏み入ると妖怪たちがひしめいていた。

「……これはこれは、元婿殿ではないか」

しわがれた声が掛けられ、喜蔵ははっとして踵を返した。ただの狐にしか見えぬ相手を見た瞬間、喜蔵の背筋にぞっと悪寒が走ってしまった。狐の怪の首にかかっていたのは、人間の指らしき骨で出来た不気味な飾り物だったのだ。すぐさま廊下に出ると、そこには追いついてきた妖怪たちがうようよといた。

「諦めてお前さんも今日の婚儀の客となればよいのだ。我らはもう諦めたぞ……さあ」

「たった一人の人間の客だ。肩身が狭いと申すならば、俺たちがお前を妖怪にしてやろう」

妖怪たちは猫なで声で言うと、喜蔵を囲い込んで手を伸ばしてきた。一旦引き返そうとしたものの、そちらからもどんどん妖怪が押し寄せている。仕方なく、奥に走り出したが、すぐに突き当たりに行きついてしまった。近くの部屋の襖に手を掛ける間もなく、妖怪たちは喜蔵の眼前まで迫ってきた。

「……くっ！」

先ほどのように力で対抗しようとした喜蔵だったが、今度はあっという間に拘束されてしまった。力では到底及ばぬことを悟り、喜蔵はチッと舌打ちした。

「――俺をお前たちの仲間にする気か？」

「さっきのは戯言さ。人間は私たちの養分になるくらいしか使い道がない――そうだ、よいことを考えた。これからはじまる婚儀に、人の肉を献上しよう」

流石の喜蔵も顔色が変わったが、それを見て妖怪たちは嬉しげに笑った。

「ほっほっほっ、これはよい。ちと不味そうだが、食せば力はつきそうだ」

「……蝮《まむし》とでも思っているのか？　俺はただの人間だ。何の力にもならぬ」

「皆はそう思っているようだが、わしはそうは思わん。お前の周りには力がある者が多かろう？　奴らの近くにいるお前もまた、秘められた力があるに違いない」

（……そんなものあるはずがない）

少なくとも、喜蔵自身がそんなものを感じた覚えはなかった。だが、喜蔵の思いなどお構いなしに、妖怪たちは人肉献上の件で盛り上がっている。

「秋霜には口にさせぬようにしよう。これ以上力をつけられては困る」

「だが、覚えが目出度くなるぞ？　相手に力がつき過ぎるのは困るが、楽に生きていくならば、献上しておいた方が得策――」

「ならば、他の人間を攫い、こ奴と偽って献上すればよい。覚え目出度くなりつつ、私たちだけが力をつける。しばらくの間、奴には私たちの庇護をしてもらわねばならぬ。いずれ、力が落ちた時に私たちが奴と取って代わるその日までに――」

わいわいと語り合う妖怪たちの話を聞いていた喜蔵は、「情けない」とうんざりしたように呟いた。

「他を当てにするばかりで努力を怠《おこた》っているから、秋霜に勝てぬのだ。否、秋霜だけではない。あの馬鹿鬼にだとて決して敵いはしまい。みっともなく、情けない奴らだ」

吐き捨てるように言うと、しんと静まり返った。妖怪たちの手のうちにあることを忘れたような不遜《ふそん》な物言いだったが、流石に忘れたわけではない。ただ、言わずにはおれなかったのだ。

(……これでは、喰われる前に殺られるか)

しかし、喜蔵の想像に反し、妖怪たちはケタケタと高笑いし出した。

「その馬鹿鬼はどこにいるか知っているか?――今頃、あの天狗に殺されている」

「……何?」

眉を顰めて問い返した喜蔵を見て、妖怪たちはますます愉快そうな顔をした。

「鬼のような面をしていても、やはり人の子か。顔が真っ青だぞ」

「無念だったなあ?　もはや、天狗に喰われてしまったかもしれぬ。同胞の肉はあまり食したくはないものだが、あれほど珍しき怪ならば別だ」

膨らんだ口元をぺろりと舐めた鉄鼠は、後ろにひっそり立っている者に声を掛けた。

「しかし、まずは目の前の閻魔の如き人間を――そこのお前！　お前のその鎌で、この人間の首と胴を綺麗に離すのだ」

　ゆらゆらと揺れながらゆっくり歩いてきた相手は、喜蔵の前に立った。狐に感じた悪寒など目ではないほど、喜蔵はぞっとして身を震わせた。黒い布で全身を覆い、黒い面をつけたその怪は、背から濃い灰色の靄のようなものを放出させている。そこから漂ってくるのは、どこかで感じたことがある嫌な気配だった。

（そうだ……これは、祖父さんが死んだ時の――）

　死の気配だ――そう気づいた時、喜蔵の前に立ったその怪――死に神は、鎌を振り上げた。

「さあ、殺せ！」

「うへえ、やめとけよ。人間の肉は臭くて固くて不味いぞ？――喰ったことねえけど」

　生意気そうな幼い声が響いた瞬間、喜蔵の周りに風が巻き起こった。

「……くっ！」

　喜蔵は思わず顔の前で両手を交差させ、衝撃を防いだ。これまで感じたことがないほどの勢いと速さで吹きぬけたそれは、しばらくの間廊下中を駆け巡った。長いように感じたが、せいぜい十数えるくらいの時しか経過していなかったのかもしれぬ。ふっと風がやんだのが分かった喜蔵は、手を外して立ち上がり、周りを見回し呟いた。

「……死屍累々《ししるいるい》だな」

その場にいた妖怪たちは、一匹残らず——小春を除いた全妖怪が倒れていた。

「妖聞きが悪い。一匹たりとも殺しちゃあいねえよ。当分起きねえくらいに痛めつけはしたが。何しろ、こいつら全員俺の配下にするんだから」

得意げに胸を張った小春をじろりと見下ろした喜蔵は、「あ奴に負けたのか?」と問うた。小春は角こそ少し生えたままだが、爪は短かった。目も鳶色で、顔つきもいつもと変わらない。

「阿呆。負けたらここに来れちゃあいねえだろ?」

そんな答えが返ってきたものの、小春の身はぼろぼろだ。だが、まじまじと見ると、確かに傷自体は少ないようだった。着物のあちこちが破け、髪や顔には土や血らしきものがこびりついているため、悲惨な様子に映っただけらしい。

(……だが、こいつの血でないと言うなら、奴の血か?)

言葉を失っていると、小春はふんっと鼻を鳴らして言った。

「負けてもねえけれど、勝ってもねえ。勝負は持ち越しだ」

「……つまり、また負けたのだな」

「だから、負けちゃいねえって言ってんだろ!?」

ぎゃあぎゃあと騒ぐ小春に嘲笑を向けかけた喜蔵は、はっとして固まった。

「——お初さん」

廊下の端に立っていたのは、初だった。白無垢を纏い、唇に紅を差した初は、ある部屋の襖を開けて中に入って行った。そして、襖は再び閉じられた。

「初？　どこにいるんだ？」

「何を言っている、今あそこにいただろう――追うぞ！」

小春は首を傾げつつ、走り出した喜蔵の後をついて来た。襖を開け放った喜蔵は、一歩踏み込む前に足を止めた。小春から聞いた話によると、確かこの先は渡り廊下へと通じていたはずだ。しかし、今はその痕跡は一切見られない。目の前に広がっていたのは、水流の激しい川だった。まるで、違う世に来てしまったような心地がしたが、そうでないと気づいたのは、川の向こう岸に屋敷の続きがあったからだ。

「お初さん！　そこから動いては駄目だ……!!」

喜蔵が叫ぶと、向こう岸――屋敷の向こうの棟にいた初は、歩みをぴたりと止めた。

「では、私はどこへ行ったらいいのでしょう」

背を向けたまま、初は言った。喜蔵は二の句が継げず、臍《ほぞ》を嚙んだ。「こちらへ来い」と言えなかったのは、立ちはだかった川のせいだけではない。その川よりもずっと距離のある、二人の間に存在する隔たりのせいだ。ここで喜蔵が手を伸ばせば、それが一気に縮む可能性はある。だが、そうするということは、喜蔵にとって腹を括ることと同義だった。

「これまで散々抗って参りましたが、そろそろ終わりにしなければならぬようです。ご覧の通り、屋敷はあちらの世に吞み込まれかけております。貴方も早くお帰りになってください――私のように吞み込まれてしまいますよ」

そう言った初は、ちらりとだけ振り向き、微かに笑んだ。

（……違う）

何が違うか分からぬが、喜蔵はそう思った。先ほど勝手に頭をよぎった初の笑みを思い出したせいだろうか？　その初は、とても明るい顔で笑っていた。まるで、陽のようにきらきらと——。

「さようなら。私のは——」

初の発した言葉の続きは、突如高まった波に呑まれてしまった。

「……待て!!」

喜蔵は思わず荒れ狂う川に身を乗り出し、届くはずがない手を伸ばした。すると、瞬く間に、流れが穏やかになった。潮が引いたように水位が下がり、廊下が露わになった。これならば歩いて向こう岸につける——そう思って一歩踏み出しかけたが、

「——何をする！」

己の腰に巻きつき、後ろへと引っ張る小春に、喜蔵は非難の声を上げた。

「お前こそ何するつもりだよ！　あの世に渡るつもりか!?」

（こいつには、あの人の姿が見えておらぬのか）

先ほどもそうだったと思い出した喜蔵は、小春を無視して前進しようともがいた。深い嘆息が聞こえたかと思うと、ぐらりと視界が反転した。気づくと、喜蔵はその場にひっくり返っていた。目を見開いた喜蔵を見下ろして、小春は腰に手を当てて捲《まく》し立てた。

「……渡りたきゃ渡れ！　だが、俺のいない時にしろよな！　目の前でお前に三途の川など渡らせたら、一生深雪たちに恨まれる——って前も言ったろ!?」

「何が三途の川だ？　これは、ただの幻だ。ここにあるのは渡り廊下……」

言いかけた喜蔵は、絶句した。半身を起こし、じっと目を凝らしたが、やはり景色に変わりはない。信じられなかったが、幻ではないらしい。

「……これが三途の川か？　血みどろではないか」

目の前に広がっていたのは、真っ赤な川だった。まるで茹《ゆだ》っているかのように、ぼこぼこと奇妙な泡が出ている。対岸は見えず、そこにあった棟も、立っていた初の姿もない。

「渡り廊下へ通じる襖は、この襖の反対だ。こっちは、元々ただの部屋だったはず——否、もしかしたら最初からこうなっていたのかもしれねえ。あとな、三途の川は一つじゃなく、行き先によって渡る川が違うらしい。ここは、きっと地獄にでも繋がっているんだろう」

すくりと立ち上がった喜蔵は、踵を返して廊下に出た。そこは、先ほどまでの景色と変わらず、妖怪たちが転がっていた。異様な光景であったが、こちらまで真っ赤な川へと変じていないことに安堵し、喜蔵は今度こそ渡り廊下に続く襖を開け放った。

「……これも三途の川か？」

「……ただの水溜まりと思って、さっさと渡っちまおうぜ」

渡り廊下にもまた、水が張っていた。しかし、そこは先ほどとは違い、澄み切った透明の水が流れており、水位も足首くらいまでしかない。迷いなく踏み出した小春の後に続き、喜蔵もばしゃばしゃと音を立てながら前に進んだ。

向かいの棟に足を踏み入れた途端、雅《みやび》やかな音が二人の耳に届いた。そして、どちらからともなく、奥より一つ手前の座敷の前まで走り出した。手を掛けた襖は開かず、二人は同時にそこに向かって体当たりした。一度ではびくともしなかったが、四度繰り返した時、にわかにそれは破られた。

「これはこれは、お揃いで……私どもの婚儀にわざわざ駆けつけてくださってありがとうございます」

口調が違ったため、一瞬別人かと思ったが、こう言ったのは紛うことなき秋霜だった。紋付を着ているかと思えば、常通りの白装束で、口元には笑みを浮かべている。

金で縁取りされた絢爛豪華《けんらんごうか》な屏風がある以外は、前に通された客間とさほど変わらぬ部屋だった。座敷の中央で端座しているのは、秋霜と初の二人だ。もっとも、初と思《おぼ》しき方は背を向けていて、顔は見えない。それでも、それが初だと確信出来たのは、こんな時までぴんと背筋を伸ばし、凛としたからだ。少し距離を空けて隣に座る秋霜も、喜蔵に背を向けるようにして座っていたが、顔だけ振り返って微笑んでいた。はっきりと表情が分からぬのは、相変わらず顔立ちがおぼろげだからだ。

「しかしながら、お招きした覚えはございませぬ。申し訳ありませんが、赤い川を渡ってお帰りくださいませ。月下氷人《げっかひょうじん》をつけますので、どうぞご遠慮なさらず——」

秋霜の言葉は途中で止まった。一瞬のうちに、小春の長い爪で喉を突き刺され、ぐらりとその場に倒れ込んだのだ。やがて、秋霜は跡形もなく消え去った。喜蔵は呆気に取られて傍らを見遣ったが、小春の顔は平素と変わらない。

「……そのようなことをされても無駄です。結局は蘇るのですから」

呟いた初の後ろ姿を見て、喜蔵は眉を顰めた。白無垢を着ているのは先ほどと同じだったが、横に出した手には懐剣が握られている。

「……また殺すつもりだったのか？　だが、相手は死なぬと、貴女は今も――」

「次に刺して死ななかったら、自害するつもりでした」

喜蔵の言を遮って、初はゆっくりと振り返った。

「私が死ねば、この家の血が途切れます。嫌々婚儀を挙げ、その後屋敷を奪われて殺されるなんて真っ平です――そんなことになるくらいならば、死んだ方がよいと思いました」

きっぱりとした声で言い切った初を見つめながら、喜蔵は己の心が揺れていることにはっきりと気づいてしまった。もしも、ここで、初が涙を流していたら、無論同情しただろう。辛さや哀しみが滲んでいたとしても同じだし、憔悴《しょうすい》しきった顔をしていたら、「大丈夫か」と思わず声をかけたはずだ。しかし、初はいつも通りだった。泣いてなどおらず、哀しむ素振りも見せない。顔色も平素通りだ。ゆっくりと初に近づいて行った喜蔵は、初に懐紙を差し出した。

「紅かと見紛うほど嚙みしめるとは……どうかしている」

口元を指しながら言うと、初ははっとした様子で、受け取った懐紙を唇に押し当てた。

「……どうかしているのは貴方の方です。せっかくお役御免になったというのに、わざわざ飛んで火に入るような真似をして……何かあったらどうされるおつもりでしたの？」

「俺を嵌めた相手に言われたくはないものだ」

そう返すと、初は眉間に皺を寄せて、ふいっと横を向いた。

「こんな時によくも口喧嘩していられるもんだなあ」

小春の呆れた声を聞き、喜蔵と初は同時に振り向いたが――。

「……いつの間に」

「お前たちがもめてる最中にまた襲ってきたんだ。今度は殺しちゃいないぜ。訊きたいことがあるからな――なあ？」

小春は左腕に秋霜の頭を抱え込み、立っていた。話しかけた相手は、その首である。皮一枚で繋がっている胴体は、半分下に転がっていた。どう見ても死んでいるようにしか見えぬが、目がぎょろりと動いたのを喜蔵は確かに見た。呆然とする喜蔵と初を尻目に、小春は右手に握っていた物を前に投げた。喜蔵は一瞬躊躇したものの、それを拾い上げた。

「……悪趣味なものだ。お前が作ったのか？　もっとも、お前の髪ではないか」

喜蔵が拾い上げたそれは、髪の毛で編まれた人形だった。白髪で、袴の裾だけ淡い朱の柄が入った白い着物を着ている。よく出来ているものの、首と胴体が離れ掛かっていた。ぶらついた頭を元に戻すように直すと、ゴソリ――と妙な音が響いた。己が手にしているものと、あとはもう一つ――小春の抱えていた男の首が少し繋がりかけているのを目にした喜蔵は、はっとして言った。

「――おい、これは」

「恐らく、今お前が考えた通り、それがこいつの正体だ」

小春は抱えていた相手を床に下ろし、壁に立てかけて座らせた。

「首を斬った瞬間に何か変なもんが見えたから、途中で爪を止めてみたんだよ」

途中で止めたとはいえ、ほとんど皮一枚くらいしか繋がっていない。だが、秋霜は死んではいなかった。小春が秋霜の首を探って引っこ抜いたのは、今喜蔵が手にしている首がとれかけた人形だった。確かに、両者はとてもよく似ていたが、にわかには信じがたかった。

「お前の本当の姿は、この人形なのか？」

近づいていった喜蔵は、人形をかざしながら秋霜に問うた。己の右手で取れかけた頭を支えた秋霜は、「そうだ」とあっさり頷いた。

「拙《せつ》はその人形の魂だ。この身にこめられし呪によって侵入者を葬れとの命が下ったため、ここまでやって来た」

己を「拙」と呼ぶことに違和感を覚えたが、思い返してみると、これまでの秋霜は現れるたびに少しずつ口調が異なっていた。

「侵入者はお前たちの方だろう。寄ってたかって、この家を乗っ取ろうとする――」

「違う!!」

突然大声を出した秋霜は、勢いあまって首がずるりと落ちかけてしまった。喜蔵が慌てて人形の首を直すと、秋霜の首はこくりと音を立ててまた元の位置に戻った。

「……拙らはこの家を守るために存在している。侵入者は、貴方がたの方だ。拙らを作ったあの方は、この家を壊す者を決して許しはしない」

「『拙ら』と言うのだから、お前たちは大勢いるのか？　誰がお前たちを作った？」

小春の問いに答えが返るまで、時を要した。秋霜は初を見ていた。初もまた、秋霜を見つめ返した。互いの目に宿ったのは、まるで正反対の感情だった。慈愛と嫌悪――初の身を憂えるような目をして秋霜は言った。

「初殿――貴女のご先祖だ」

「――嘘」

初の微かな呟きに、秋霜は首を横に振って答えた。

「拙らは三百年以上前からずっとこの屋敷を守っている。あの方に命じられたからだ」

「三百年以上前っつうと……妻のうらが死んだ辺りか？」

小春の問いに、秋霜は頷いた。うらが亡くなったのは、寿命だった。しかし、萬鬼はうらの生前から、『己のせいで、うらを屋敷に閉じ込めることになってしまった』と悔いていたという。水旁神が振りかざした力によって、引水家の者たちは数十年に亘って屋敷のみで過ごすことを余儀なくされた。萬鬼とうらが二人で外を歩いたのは、共に暮らし始めてたった二年の間だけだった。うらは木々も花も虫も好きで、移り住んできた流浪の民たちのことも愛していた。うらの好きだったたものは、水旁神にすべて奪われてしまったのだ。

「共にいられるだけで幸せです——うら殿は生前、折に触れて申していたが、あの方がそのことを気にしなくなる日など来なかった。それに、もしも、水旁神がまたこの地を訪れることになったら、怒りを再燃させて災いを起こすかもしれぬ。うら殿が亡くなった後、子孫に囲まれ生きてきたあの方は、新たな幸せが壊されるのを嫌ったのだ」

どうにかして家を守らねばならない——だが、妖怪といえど、寿命はある。その頃、すでに二百を少し過ぎたばかりの萬鬼の命は、あと数年といったところだった。死にゆく萬鬼に出来たのは、出来る限り己の力をこの屋敷に残すことだった。萬鬼はまず、長く蓄えていた髪を切り、己の妖力と念を込めながら人形を作った。その数は、九十九にも上ったという。

「あと、九十は残っている。探してもすべては見つかるまい。拙ら自身にも、他の拙らがどこに納められているか分からぬ。今夜中にすべて見つけて葬るのは土台無理な話だ」

「今夜中でなくとも、期限の日までにやれば何とかなるやもしれぬ……いつなのだ？」

喜蔵の問いに答えたのは、初だった。

「——文月《ふみづき》の二十五日」

小春と喜蔵は一瞬黙り込んで、互いに顔を見合わせた。

「……今日!?　まさか……本当なのか!?」

初がこくりと頷いたのを見て、小春は絶句した。

「……なぜ、それを言わなかったのですか？」

「言ったら、どうされていましたか？　私を哀れんで、婚儀を挙げてくださいましたか？」

己で訊ねておきながら、喜蔵は何も答えられなかった。初はそんな喜蔵をじいっと見据え、ふっと畳に視線を落とした。

「日を告げていたら、貴方は受けてくださったと思います」

そう思うならば、尚のことなぜ言わなかったのか――？　喜蔵の疑問に答えたのは、その時部屋に入ってきた妖怪だった。

「……貴方は本当に鈍い方ですね。望まぬ婚儀をさせてしまうことを、申し訳ないと思ったに決まっているではありませんか」

「あれ、何でお前がここに？」

突如現れた桂男を見て小春は首を傾げた。手身近に事情を説明した桂男に、喜蔵は言った。

「……なぜ、傷だらけなのだ？　それに、全身が濡れているが……」

「この部屋に来るまで、三体の秋霜に襲われました。全身が濡れているのは、渡り廊下を泳いで来たからです。この屋敷の三分の一はもう、川の中に沈みました」

桂男の言を聞いた小春と喜蔵は、同時に秋霜を見遣った。

「ここは元々、地の神が人間たちに怒って涸《か》らした地だった。それを知らず、水旁神が潤した。はじめからねじれていたところに屋敷を建て、長年暮らして来たのだ。この家の下にも、川が流れている。そして、それは、人間のものではない」

　秋霜の言を聞いて頭に浮かんだのは、先ほど入ってしまいそうになった部屋と、渡り廊下だった。前者は血の海で、後者は少々浸水している程度だったが、どちらも既にこの世のものではなかった。その時より、屋敷は更にあちらの世のものへと変貌を遂げているらしい。確かに、このまま行けば、この部屋も川に呑み込まれてしまう――恐ろしい想像が頭を過ぎった時、顎に手を当てて考え込んでいた様子の小春は言った。

「萬鬼がいるうちは、萬鬼一人の力でこの家は守られていて、その後は、萬鬼の意思を継いだお前たちがこの家を守っていたってわけだよな？　だったら、これまで守れていたというのに、なぜ急にそれが出来なくなったんだ？」

「血に穢《けが》れたからだ。もっとも、ここ最近のことではない。波多の一件の折、流れ出した血が拙らの身に染み込んだ。それから、時をかけて徐々に拙らの身に変化が起きた」

　この家を守るために妖の血を入れねばならぬ――そんな考えが生まれたのは、今から三十年前だった。中で最もその気になった秋霜が当主の宗兵衛に談判したが、その結果殺されてしまった。人形の身から血は出ずとも、斬られれば痛みを感じ、憎しみも増える。それらはすべて穢れとなって、人形たちの身を冒していったのである。

「つまり、身が穢れたことによって、元々の性質も変わったということか……だが、なぜこの家の人を手に掛けた？　ご両親とて、お前たちの作り主の子孫ではないか」

　少しずつ謎が解けてきたが、そのことに関してはまったく理解が出来なかった。喜蔵の問いを受けて、秋霜は口を開いた。

「初殿のご両親は――」

続きを言うことはなかった。ごとり、と首が畳の上に落ちたからだ。喜蔵ははっとして手の中を見たが、持っていたのは胴体だけだった。それも、間もなくして消えた。辺りを見回すと、初と、初を庇う桂男の二人しかおらず、小春の姿が見当たらない。二十数えたくらいで廊下から戻ってきた小春は、またしても首の取れ掛かった秋霜を引きずっていた。

「放せ！　貴様などに触れると汚れる！　放せ、この餓鬼!!」

ガラリと変わった口調を聞いた喜蔵は、秋霜がまた違う秋霜になったことを悟った。この秋霜の纏っている衣も白――とは言えなかった。これまでのように、膝下くらいまで赤色の模様が入っているのではなく、胸の辺りまで真っ赤に染まっていたのである。

「こいつが、一つ前の秋霜の首を落としたんだ。畜生……あっちの方が言葉が通じそうだったのに」

小春は口汚い秋霜を畳の上に放ったが、秋霜は一寸首が曲がっただけで、生きていた。

「明日になれば、この家は深い水の中――あの世とこの世を繋ぐ川の一端となる。否、屋敷だけではない。この地も、そこにいる初も、すべては水の底へと消える。すべてが水に帰してよいのか？　嫌だったら、俺と一緒になるしかない。ほら、この手を取るのだ！」

ケラケラと笑って言った秋霜の胸倉を摑んだのは、珍しく激昂した様子の桂男だった。

「この娘は妖怪とは添わせせぬ！　ましてやお前になど……あ」

少し身を揺すっただけで、秋霜の首がとれてしまい、桂男は顔を青くした。

「力が弱まって、脆《もろ》くなっているんだろ。それに反して、この屋敷に渦巻く気は、どんどん濁ってきてやがる。確かに、このままじゃあ遅かれ早かれ呑み込まれるな」

桂男に怒るでもなく、小春は呟いた。

「――そうなる前に、お帰りください」

初は顔を上げて述べたものの、目線は誰とも合っていなかった。これまで、どんな時もまっすぐ見つめてきた相手がそうしている理由を考え、喜蔵は言った。

「……たった一人で立ち向かう気ですか？　いっそのこと、家のことは諦めて、外に出てしまえばいい。さすれば、奴らも追ってこぬかもしれません。今ならばまだ間に合う」

「それが出来るならば、はじめからそうしております。三十年前の大雨が、水旁神のせいであったかどうかは分かりません。ですが、その時天から降って来た雨は、弱体化しつつあった屋敷に侵入し、この家の均衡をますます崩しました。初の両親と初が秋霜を殺した後にも、三十年前ほどでないにしろ、雨が降って浸水しました。そうして、気づいた時には、この家と、家の下に封じられていた三途の川の水流が混ざり合っていたのです。もう後戻りは出来ません。屋敷が呑み込まれれば、初が呑み込まれます。その逆もしかり――」

答えたのは、桂男だった。確かに、初は一度養女に出ようとしたが、駄目だったのだ。

萬鬼は妖怪をこの家に入れたくなかった。そして、水旁神からこの家を守りたいと思った。そこで、願いを籠めた人形たちを作ったが、波多の一件が起きた。波多の恨みの血が人形たちに染み込んでしまったが、萬鬼は寿命で死んでしまう。その後、血の穢れに侵食された人形たちは、萬鬼の願いとよのたちの抱いていた願いを混同するようになり、ある日とうとう静たちの前に姿を現す。そこで、殺された秋霜は、(己は何百年も守っていてやったのに)と憎しみを抱いてしまい、それでますます呪を濃くした。今や、婿候補である喜蔵を排除しようとするくらいまで制御不能となってしまったのだ。

「――三十年前までは、元々萬鬼が込めた呪の方が強かったのです。今は弱まったとはいえ、あれほど貴方の婿入りを阻止しようとしている――つまりは、人間がこの家に入れば、まだ流れが元に戻るということなのでしょう。萬鬼の誓いは、やはり一等強い呪だと言えるのかもしれません。奴らのうちの誰かが婿入りを果たす前に、人間に婿入りしてもらわねばなりませんが、期限はあと半日もない……」

桂男はその場に叩頭した。彼のこの姿を見るのは、本日二度目のことだ。

「――少し、考える時をくれ」

呟いた喜蔵は、一人廊下の外に出て行った。己の言を聞いた瞬間、初の顔が一瞬だけぐしゃりと歪んだのを、喜蔵は見逃さなかった。

渡り廊下に繋がる襖を開けると、そこはさらさらと流れる川に姿を変えていた。此度《こたび》の騒動など無関係だとでもいうように、穏やかな水が流れている。どこからやって来たのか、数匹の金魚が通過した。餌をくれると思ったのか、一旦止まったくせに、覗き込むと、矢のような速さで霧散した。むっと顔を顰めた時、後ろでくすりと笑い声が漏れた。

「……お前が言いそうなことなど分かる。『この縁談を受けろ』と言いにきたのだろう？」

少し、考える時をくれ——などと言ったが、すぐに答えを出せるとは思えなかった。何しろ、今日に至るまでの数日間考え続けていたからだ。だが、早く決断しなければならない。こうしている間にも、屋敷と初にかけられた呪いは、どんどん強くなっているのだ。

「お前の思う通りにしろよ」

驚いて振り返ると、小春は平素と変わらぬ、一寸小生意気な顔をして喜蔵を見ていた。

「お前の人生だ。他妖や他人がとやかく言うもんじゃねえよ」

「これまで散々とやかく申してきたくせに、よくそのようなことが言えるな」

「ばっかだなあ。これまでは、単にお前があんまり阿呆で意気地なしで情なしだったから、優しさから言ってやったんだ。お前はもっと俺に感謝すべきだぞ！」

えらそうに胸を張った小春をちらりと見遣って、喜蔵は舌打ちした。

「茶化しに来たのならば、どこかに行け。今はそれどころではない」

「こんな時に茶化しに来る馬鹿がいるか。さっさと決めろと言いに来たに決まっているだろ？　さあ、受けるのか？　受けねえのか？」

ささあ、と手を打って拍子をつけながら、小春はせかして来た。

「……俺が『受けぬ』と答えたら、あの人がどうなるか分からぬわけがあるまい」

「よくて妖怪の嫁。下手すりゃあ、契りを交わして用無しになった後、すぐに殺されるな――もっとも、嫁になるくらいなら死んだ方がいいとあの女なら言いそうだけれど。あいつなら、明日になるまでに秋霜を全員殺すんじゃねえか？　うん、やりそう」

けらけらと笑って言った小春を、喜蔵はキッと睨みつけた。

「……お前は五本の指を持っているが、やはりそのうち二本はまやかしなのだな」

吐き捨てるように言ったつもりが、最後は風にかき消されるほど小さく掠れた声になってしまった。指に籠められた意味のうち、喜蔵の指した二本は、「知恵」と「慈悲」だ。

「お前が俺を優しい人間の仲間などと思っているならば、真実を言ってやる。俺は、お前らとはまったく違う生き物だ。俺は、初が死のうが生きようがどちらでもいい。哀れだと思わぬわけでもねえが、この家に生まれた宿命だと思えばしようがねえさ。人はいつか死ぬ。それが、他の人間より少し早いだけだ」

近づいてきた小春は、喜蔵を覗き込んでニッといやらしく笑った。

「――下種《げす》め」

「あんがとな。妖怪にとっちゃあ、褒め言葉だ」

喜蔵と小春は、互いに一歩も引かず睨み合った。これまで冗談の延長で睨み合った時とは訳が違った。心の底から腹を立てて睨んだのは、以前小春から己の生き方についてたしなめられ、導かれた時以来だった。その時も、猛烈に怒りが湧いたのは確かだった。だが、それは小春に対してではない。その時も今も、喜蔵は己自身に対して怒っていたのだ。

（こいつは俺とは違う――そんなことを、よもや忘れていたのか？）

小春は妖怪だ。そして、己は人間である。どんなに共に時を過ごそうとも、その事実が覆《くつがえ》ることはない。敵と対峙した時、小春は普段の可愛らしい姿からは想像も出来ぬほど豹変する。自分より何倍もある相手にも果敢に立ち向かい、倒す様子には、見慣れた喜蔵でさえ恐怖が湧いた。だが、それをすぐに忘れてしまうのは、小春がいつも己たちを守るために戦っていたからだ。妖怪には似つかわしくない「慈悲」こそ、小春の性質そのものだと喜蔵は心のどこかで思っていたのである。

（勝手にそう思って勝手に失望するなど、俺は大概身勝手な男だ）

初にえらそうな口を叩いてしまったことを、今更喜蔵は悔いていた。喜蔵が我に返ったのは、いつの間にか小春が腹を抱えて笑っていたからだ。

「ついに気でもふれたか」

「気がしっかりしているから笑っているんだよ。答えなんてとっくのとうに出ているじゃねえか！　気づかぬ振りしているのか、本当に気づいていないのか……まあ、鈍いお前は後者だよな。初のことを心配しているんだろ？　そうでなけりゃあ、『他人なんてどうでもいい』が口癖のお前が、俺の言ったことでそんなに怒るはずがねえもの」

怒ってなどない――そう答えるには苦しすぎることを自覚していた喜蔵は、舌打ちするに留めた。喜蔵の傍らにしゃがみ込んだ小春は、川を覗き込みながら言った。

「引き受けるのも嫌だが、初の命が危うくなるのも嫌だ――いささか勝手がすぎると思わねえか？　そりゃあ、お前には直接関わりない話さ。引き受けなくともいいと俺は本当に思っているんだぜ？　皆だってそうだし、初だって本当はそう思っているよ。だから、さっきだって『帰って』なんて言ったんだ。お前のことを心配していなけりゃあ、『婿入りしてください』と土下座してでも頼んだろうさ。お前が嫌というなら、あっさり諦めてくれるよ。でも、そうなった時、お前はまた今みたいに怒るんだろう？」

「……どうせ、俺は――」

喜蔵は言いかけた言葉を止めて、唇を噛んだ。小川を眺めている小春の横顔を窺ったが、怒っている様子はない。平素通りな小春に気が抜ける思いがしながら、喜蔵は小春と同じように川を覗き込んでぽつりと言った。

「……こんな人間の肩に他人の命がのしかかるなど、あってはならぬ」

小春は少し驚いたような顔をしたが、やがてゆっくり猫のように目を細めて答えた。

「お前が初のことを助けたいと思うなら縁談を受けろ。だが、真似だけでいい」

「……虚構の婚礼をしろというのか？」

まさか、という思いを込めて見ると、小春は横顔で頷いた。

「うまくいけばよいが、すべてが台無しになるかもしれぬではないか。それでも、お前は『どうでもよい』と申すのか？」

屋敷を乗っ取られるだけでは済まされず、初や、ひいては己や己の周りの者にまで累が及ぶ——喜蔵の脳裏に過ぎったのは、ひどく嫌な想像だった。だが、それは決して大げさなものではないはずだ。屋敷の呪いは限界まで来ている。あと半日もしないうちに、ここをすべて無に帰すほどの力を持っているのだ。

「俺がさせねえ」

小春は明言すると、じっと喜蔵の目を見上げて言った。

「連判状のこと、俺は忘れていないからな」

「……それを気にして妙なことを考えているのではあるまいな？」

確認するように問うと、小春は馬鹿にしきった表情をして、ふんっと鼻を鳴らした。

「勘違いするなよ？　俺は感謝などしていねえからな。本当だったら、俺一人のことだけ考えればよかったところを、いざとなったらお前らみてえなお荷物を守らなきゃならなくなったんだ。お前のしたことなんて、俺にとっちゃあ面倒が増えただけなんだよ」

今度こそぐうの音も出ず、喜蔵は口を閉ざした。確かに、己たちでは戦力にはならない。硯の精などの妖怪たちもそうだ。彼らは小春と同じ妖怪だが、力は喜蔵たちとさほど変わらぬくらいだろう。いくら足掻《あが》こうと、強い妖怪と対峙する力など持ち得ぬのだ。

「指切りしたの覚えているか？　あれは俺からの約束だ。今回——否、この先も、お前が危ない目に遭ってしまったその時には、俺が必ずお前を守ってやるよ」

今日の夕飯は何だ？　と訊ねるような気楽さで小春は言った。だから、思わず頷いてしまったのだ——喜蔵は内心言い訳をした。

「……片目が見えぬ状態でも、大事ないというのか？」

ずっと気になっていたことを問うと、小春は目を丸くして、ぽりぽりと頭を掻いた。

「そうか……お前はそんなことを気にしてあんな連判状書いたんだっけ。確かに、右目は見えぬまんまだが、不思議と何ともないんだ。いや、実を言うと前より調子がいいくらいだな。あいつが何かしやがったのかなって一寸考えもしたが……まあそれはどうでもいい。とにかく、お前は俺と指切りして約束したんだ。幾らごちゃごちゃ言ったって、約束は取り消せねえんだよ。黙って守られていろ！」

すっくと立ち上がり、どんっと胸を叩いた小春を見上げて、喜蔵は言った。

「妖怪など信用ならぬ」

「お前な……」

呆れ返った顔をした小春を無視し、喜蔵は立ち上がって踵を返した。

「信用ならぬが、先に血迷ってあんなものを書いたのは俺だ。他の者たちの手前もある」

「なんつう言い草だよ！　ん？……つまり、縁談を受けるということか？」

小春の問いに、喜蔵は返事せず頷いた。

「俺も覚えている。この先も決して忘れはしない。お前も忘れるな」

何か言われる前に早口で答えた言葉は、衣擦れに紛れるほど小さな声だった。

（たった一言本音を述べるのがこれほど不得手とは……）

喜蔵は己で呆れたが、返ってきた「おう」という言葉もまた微かなものだった。

礼服を纏った喜蔵は、そこにあった姿見で己の姿をまじまじと見遣って、嘆息をついた。

（どうせ似合わぬと思ってはいたが……よもや、これほどまでとは――）

喜蔵は上背があり、筋肉もほどよくついていて、姿勢もいい。だから、礼服が似合わぬはずがないのだが、何度確認しても「似合わぬ」という事実は変わりなかった。もっとも、鏡を覗き込むたび、眉を顰めて口をへの字にしたので、普段より更に恐ろしかったのだが、当人は露ほども気づいていない。再び溜息をついた時、壁に貼られていた暦が目に入った。今日の日付は、明治六年七月二十五日――。

今日のこの日のことは、きっと一生忘れぬだろう。たとえ、偽りでも、喜蔵にとっては恐らく一生に一度のことだ。三度嘆息が出そうになったところを、喜蔵はそれを深呼吸に変えた。普通ならばそれで落ち着くはずなのに、心の中は妙にざわめいている。それが緊張だと気づいたのは、祝言の儀を執り行う居室に入る一歩前だった。

（……さっさと開けぬか）

まさか、己にそんなことを言い聞かせる羽目になろうとは思わなかった。何事にもさっと行動を起こすのが常だったとは思えぬ体《てい》たらく振りである。中から音が一切聞こえてこぬのも、余計に緊張を掻きたてた。

――……偽りとはいえ、本当によろしいのですか？

あれだけ強引に婚儀を迫ってきたくせに、いざ喜蔵が縁談を受けると言うと初はそんなことを述べた。表情に変化はなかったが、どこか躊躇の色が滲んでいるようにも見えた。

「よくなければこんなことを申し出ません」と答えた喜蔵に、初は更に問い返した。

──なぜ、引き受けてくださったのですか？

己でもよく分からなかった喜蔵は、答えられず黙した。

──からかっておいでなら、お帰りください。このお話は聞かなかったことにします。

これまで以上に素っ気なく言った初の顔は、やはり無表情だった。だが、じっと見ていると、初は唇を固く嚙みしめて、手のひらをぎゅっと握りしめた。こみ上げてくる様々な思いを堪えながら、まだ己のことを遠まわしに心配してくる初の分かりにくい優しさに触れて、喜蔵は婚儀を挙げることを固く決意したのだった。

支度をしている途中に秋霜がまた姿を現すかと警戒していたが、結局一度も現れなかった。喜蔵のいる部屋と、隣の初の部屋を、小春がずっと監視していたせいだろう。集中していたせいか、喜蔵が話しかけても返事はなかったが、おかげで無事支度は整った。

「──御免」

意を決して述べた喜蔵は、襖をすらりと開け放ち、敷居を跨ぎかけたところで固まった。床の間に尉《じょう》と姥《うば》の掛け軸が掛けられ、島台《しまだい》に鶴と亀の置物が置かれている──部屋の様子が少々変わっていたことに驚いたわけではない。喜蔵が目を見開いたのは、そこにいるはずのない者たちがいたからだ。

「……なぜだ」

「彦次のことか？　まさか、実の妹のことじゃねえだろうな？」

「——両方に決まっている」

低く答えた喜蔵は、目の前に並んで座っている来賓《らいひん》たちをじろりと眺めた。喜蔵の姿を見た途端、二人とも顔を伏せて肩を震わせた。

「いや、まっこと馬子《まご》にも衣装だな！」

遠慮なく笑った小春の許にズカズカ歩いて行った喜蔵は、小さな頭をべしっと叩き、己の席と思しき場所にどさりと座った。

「お兄ちゃん、とても似合っているわ」

顔を上げて言ったのは、深雪だ。笑ってはいたものの、嘲《あざけ》るような気配はない。

「いや、本当に馬子にも……い、いや、嘘嘘！　似合ってる！　ますます男前になったなあ！」

あからさまな世辞を言った彦次に、喜蔵は渾身の睨みを浴びせた。

「……一体どうやって連れてきた？　屋敷中水浸しだろうに」

「ああ、もののけ道を使ったんだよ。おかげで濡れずに済んだぜ」

もののけ道とは、本来妖怪だけが使うことの出来る道だ。喜蔵も一度だけ通ったことがあるが、暗くて狭くて、妖気らしき嫌な空気が漂っていて、歩いていてあまり心地がいいところではなかった。だが、その道を使うと、時が大分短縮出来るという利便さがある。

「待て——いつ迎えに行った？　俺とあの人がいる部屋の前をずっとうろついていたでは

ないか」

着替え終わって声を掛けた時まではいた。その時も返事はなかったが、喜蔵は確かに廊下で小春の姿を見かけた。答えを待っていたものの、小春は口に人差し指を当てただけだった。「訊くな」ということらしい。得心はいかなかったものの、喜蔵は仕方なく違う問いをした。

「——あの人はどうした?」

「もうすぐ参ります。しばし、お待ちを」

言ったのは、末席に座していた桂男だ。礼服を纏った怪は、美貌が際立って見えた。にやっという笑いが気になったが、問い返しはしなかった。今はそれどころではなかったからだ。喜蔵はひとまず、まだやみそうにない緊張を解きほぐすことに集中した。

「——お待たせしました」

よく通る高い声が響き、喜蔵ははっと顔を上げた。そっと開いた襖の向こうに立っていたのは、聞こえた声の通り、初だった。先ほどと同じ格好であるのに、まるで違って見えるのが不思議だった。己と婚儀を挙げるからという贔屓目《ひいきめ》を除いても、初は美しかった。どちらかと言えば幼い顔立ちだが、今は年相応の女に見えた。そのことにも驚いたが、思わず呆気に取られてしまったのは、別の理由だった。

初の後ろから静々と入ってきた綾子が、喜蔵に向かって深々とお辞儀した。喜蔵は礼を返すのも忘れ、小春を見遣った。

「どうした？　あまりに初が美しいので、呆気に取られたのか？」

それも強《あな》ち間違いではなかったため、喜蔵は怒鳴るのをぐっと堪えた。抱えていた緊張が、それまでと形を変えて己にのしかかってきた気がした。綾子に手を引かれた初は、ゆっくりと喜蔵の横まで歩いてきた。そこで、二人はしばし視線を交わし合った。互いに何も言わなかったが、喜蔵は頷いた。そこに籠めた思いを感じ取ったのか、初は嚙みしめかけた唇を開き、微かに笑みを浮かべた——ように見えた。


「どこに行く？」

立ち上がった小春に、喜蔵は問うた。「迎え」と端的に述べると、小春はそのまま部屋から出て行った。桂男、深雪、彦次——花嫁側には付添人の綾子しかいないが、この場合は致し方ない。むしろ、こんな時に他の者がいたら、余計な混乱が生じるだろう。

「親戚の方でも来るのですか？」

「いいえ……遠方にしかおりませんし、近年はあまり便りもしておりません。決して仲が悪いわけではないのですが」

巻き込みたくなかったのだろう——と喜蔵は思った。しかし、それならば誰なのだろうか？　その時、喜蔵はふと気づいた。席が一つ空いている。しかも、そこは仲人が座る重要な席だった。頭に過ぎった考えは、十も数えぬうちに現のものとなった。

「——いやあ、申し訳ない。どうも緊張してしまったようで、なかなか厠から出られなかったよ。皆さん、お待たせしてしまいました」

襖が開いた途端響いた声に、喜蔵はかすかに肩を震わせた。

「あ、喜蔵さん……う、うん、なかなか良い男振りだね！　本日はお日柄も……あんまりだけれど、きっとよくなるでしょう。いい日だね。こんなにいい日はなかなかないよ」

そう言いつつ満面の笑みを浮かべて近づいてきたのは、大家の又七だった。

「……お前は法度を犯した。連判状に名を連ねておらぬ者を勝手に呼ぶとは」

又七と一緒に入ってきた小春に向けて、喜蔵は低い声で述べた。ひょいひょいと軽い足取りで傍らまで戻ってきた小春は、胸元から出した何かを喜蔵に差し出した。折り畳まれたそれを無造作に開くと、よくよく見覚えがあるものだった。しかし――。

「……俺はもらっていないはずだが」

それは、喜蔵が小春のために用意した連判状だった。だが、そこには己が集めていないはずの又七の名がある。

「俺が無理やり書かせたわけじゃねえぞ。そこのおっさんが勝手に書いたんだ」

呆れたように言った小春は、経緯を端的に話し出した。深雪を迎えに行った時、ちょうど又七が荻の屋を訪れていたというのだ。又七を無視して深雪だけ連れて行こうとしたが、何かを察した又七は小春の腕を摑んで離さなかった。『一体何があったんだい!?』と凄まじい勢いで問い詰められたため、小春は思わずかいつまんで話したという。

――私も同席させてもらうよ。仲人の私がいなけりゃあ話にならないだろ!?

「命にかかわるかもしれぬとちゃんと申したのか？」

「言った言った。それを見せてやって、『これに名のない奴は呼ばぬ』とまで言ってやった」

　それでも又七は連判状を奪い取り、持っていた矢立でさらさらと己の名を記したという。

小春の説明を聞いた喜蔵は、苦りきった顔を又七に向けた。

「……本当によろしいんですか？」

「いいんだ。私はね、妖怪なんて怖くない。この世で怖いのはただ一人だからね」

　それが誰とは訊かなかったが、喜蔵は深く礼をした。

「……正直、迷惑ではありますが、どうぞよろしくお願い申し上げます」

「迷惑ってあんたね……いいよ、大丈夫さ。私に任せておけば大丈夫だと言ったろう？」

　又七は怒らず、呆れたように微笑した。喜蔵が込めた精一杯の甘えを感じ取ってくれたのだろう。「いいんじゃねえの？」と言ったのは、席について胡坐を掻いた小春だった。

「あちらさんに比べたら、お前の客なんて何分の一にもならねえもの」

「尚のこと、守るのが大変ではないか。しかと守りきれるのか？」

　喜蔵の問いは、そこにいた皆の問いだった。深雪も彦次も綾子も又七も桂男も、そして初も、小柄な少年をひたりと見つめていた。

「俺を誰だと思っているのかねえ？　名を聞いただけで皆が小便ちびってしまうほどの大妖怪・猫股鬼の小春さまだぞ!!」

　片手を腰に当て、もう一方の手で胸を叩いた小春は、堂々としすぎているせいか、見目の何倍も大きく見えた。

「――縁と申しますのは、実に異なものです。此度のことも、ひと月前には思いもよらぬものでした。それは、私も、喜蔵さんもお初さんも、お集まりくださった皆さんも同じことでしょう。しかしながら、こうして縁が結ばれる運びとなりました。これは、ひとえにお二人の間に、そして私たちの間に元々縁があったということかと存じます」

又七の口上と共に、婚礼の儀が始まった。喜蔵が婚儀について知っているのは、固めの盃《さかずき》を交し合い、夫婦の誓いを立てることだけだったが、本来は色々と取り決めがあるようだ。たとえば、花婿の家から花嫁の家に駕籠《かご》を差し向けるとか、花嫁が花婿の家に入る前に、その家の水を飲む「入家式」などがあるらしい。だが、今回は婿入りであり、妖怪が絡んだ変則的な婚礼だ。この際、諸事は無視することとなったが、婚儀が夜に行われるという一点だけはたまたま合っていた。

――ごく尋常な婚礼の儀が終わった後、引水家では特別な儀式が執り行われるようです。それがどのようなものであるのか、私は知りません。それを以前経験した両親からは、「その時が来れば分かる」としか教えてもらえませんでした。

一つだけ気がかりだったのは、婚礼が始まる直前に初が述べた話についてだ。一体どのようなものかと問うと、初は首を振ってこう答えた。

――私にも分からないのです……この家で婚儀を挙げた者は皆知っているそうなのです

が……。

　ここに来て、不安な要素が一つ増えてしまったが、「ここまで来たら何でも同じだ」という小春のやけっぱちな言に、喜蔵も仕方なく同意した。あまり、考え込まぬ方が恙《つつが》なくことを終えることが出来るかもしれぬ――喜蔵が珍しく前向きにことを捉えたのは、最後に秋霜を倒してから、二刻経っていたからだ。それから、ただの一度も秋霜は姿を現していない。婚儀が終わるまで出てこぬとまでは能天気になれなかったが、（もしかしたら）と思った瞬間があった。杯を交わすという段になって、漂っていた空気がふっと変わったのだ。

「あ……」

　彦次と桂男が同時に漏らした声を聞き、喜蔵は己の勘に確信を得た。それまでの得体の知れぬ重苦しさが、どこかに吹き飛んだ。深雪も変化に気づいたのか、周りを気にしている様子である。小春は、表情こそ変わらなかったものの、ぴくぴくとこめかみの辺りを痙《けい》攣《れん》させていた。唯一普遍だったのは、綾子だ。喜蔵の視線を受け、微笑み返してきただけだった。喜蔵はすぐに目を逸らしたが、視線を感じて横を見ると、初が喜蔵をじっと見ていた。

　空気の変化に、初は当然気づいたはずである。何しろ、初は歴代で最も力が強かった静と同等の力を持つ娘である。しかし、初はなぜか少し困ったように眉を下げた。初は落ち着いていた。血が滲むほど唇を噛みしめるということもない。だからこそ、今浮かべた表情の意味が分からなかったが、それについて考え出した時、ふと影が差した。

いつの間にか正面に座った又七は、喜蔵と初の前で手をついた。喜蔵も初もそれに倣って頭を下げ、三者は同時に面を上げた。夫婦となる彼らの前には、大中小の三枚重ねの酒器が用意された。これは、それぞれ人と地と天を表すものだという。その盃に注がれたお神酒《みき》を三度ずつ、計九度の杯を重ねることを三々九度《さんさんくど》といって、いつの頃からか婚礼の儀に用いられていた。三や九といった奇数は陰陽道で縁起《えんぎ》がよいとされているので、こちらもそこから来ているのかもしれぬ。

「本来は九度交わし合うものですが、お初さんは酒が苦手と聞き及んでおります。ここは三度に省略しましょう」

又七の申し出は、下戸の喜蔵にとっても有り難いものだった。一盃目は花婿である喜蔵が先に口をつけ、その後に初が続いた。二盃目だけ順番が逆となり、三盃目は一盃目と同じく、喜蔵から初へと酒を飲み回した。

誰ともなしに、安堵の息を漏らしたのが分かった。これで婚儀のほとんどが終わった。あとは、引水の家に伝わるもう一つの儀を済ませればよいだけだ。その時がくれば分かる──初の両親の言葉を信じて、一同は静かに待つことにした。

「……何も起こらねえな」

四半刻の半分近く経った時、彦次は漏らした。

「その時がくれば分かるんですよね？　まだ、その時じゃないのかしら……」

「でも、婚儀はこれで一通り終わりました……もしや、何か足りないのでしょうか？」

深雪と綾子の小声の会話を聞き、すっくと立ち上がったのは又七だった。

「……婚儀と言えば余興！　拙《つたな》いものではありますが、一つ披露させて頂きましょう！」

小春が何も言わずに頷いたのを見て、彦次は仕方なくといった風に声を張り上げた。

「ま、待ってました！」

彦次につられたように、深雪と綾子は拍子を取った。桂男が右に倣った時、喜蔵の隣でもぱち、ぱちと手を打つ音が聞こえた。真顔で拍子を取る花嫁というのは実に奇妙であったが、眺めているうちに面白く見えてきた。こんな時に笑っている場合ではないと思いつつ、喜蔵は無理やり顔を顰め、不承不承手を打った。

又七は懐から扇子を取り出し、意気揚々と踊り始めた。いかにも鈍そうな身体つきをしているため、皆少しも期待していなかったが、又七の踊りは異様に上手かった。体の芯はぶれることがなく、足の運びは素早く、腰や手の動きが滑らかだ。

「すごい……」

ぽつりと呟いた深雪の言に気をよくしたのか、又七は更に凝った舞を始めた。最初は手拍子だけで寂しかったが、桂男がどこからともなく篳篥《ひちりき》を取り出し、吹きはじめた。こちらもなかなかの腕前で、又七の舞は更に上手に見えたものだ。

（……幾ら上手いといっても、踊りすぎだ）

いつまで経っても、又七は舞をやめなかった。皆は途中まで喜んで眺めていたが、時が経つにつれ、困惑した顔つきになっていった。又七は今年で六十七になるはずだ。幾ら見目が若い方だとはいえ、身体は相応に年取っているはずである。現に、段々と息遣いが荒くなり、身体の動きも鈍くなってきていた。足がもつれだした時、「大家さん、そろそろ」と深雪と彦次と綾子は揃って声をかけた。

「いいや、まだまだ！」

忠告も聞かず、又七は踊り続けた。そして、喜蔵の前までやって来た時、又七はにわかに体勢を崩した。喜蔵はとっさに、倒れて来た又七を支えた。

「――引っかかったな」

ぞわっと悪寒を感じ、喜蔵は又七を身から剝がしたが、いつの間にか又七の手に握られていた小刀は喜蔵に振りかざされていた。

「きゃああ!!」

深雪と綾子の悲鳴が上がり、喜蔵は思わず目を閉じたが――。

「こいつらの変化は侮《あなど》れねえんだよな……大方、厠に行った時に入れ替わったんだろう」

いつの間にか喜蔵の前に立っていた小春が、狸の首根っこを摑まえていた。そこには又七がいたはずだが、彼の姿は座敷の中に見えない。

「この屋敷は色々な妖気が混ざり過ぎて、何が何だかよく分からねえんだよ」

今の今まで、狸が又七に化けていたことを、小春は気づいていなかったらしい。

「では、本物の又七さんは……？」

「一寸様子見てくる!!」

「お前が行ってしまったら不味い――」

喜蔵の制止が聞こえぬ速さで、小春は部屋から出て行った。そして、あっという間に戻ってきた。横にはもちろん又七の姿はなかったが、「捜しに行かせた」と小春は言った。

「誰に……？」

不思議そうに首を傾げた深雪に、小春は頷く。

「一体どうなっているんだ？……それに、婚儀はいつまで続けたらいいんだ？」

困惑しきったように述べたのは、顔を青くした彦次だった。小春はそんな彦次を見据え、首を横に振った。肩を落とし、両手を合わせ、ぶつぶつ念仏を唱え出した彦次を見て、喜蔵は察した。どうやら、また大勢集まってきているらしい。

何となく、はじめてこの家を訪れた時の様子と同じだと思ったのと、あちこちから見られている気配がしたのだ。目こそ合いはしなかったものの、部屋の片隅を見ると、さっと影が過ぎった。深雪と桂男は喜蔵と同じように周りを見渡し、綾子一人がぽかんとしている。初の顔色は変わらぬが、顔が少々強張っているように感じた。座敷に再び緊張感が満ち出した時、襖が開いた。

「どうも、大変お待たせしました！　厠の中で寝てしまったようで……いやあ、面目ない。皆さん、申し訳ありませんでした。さあ、早く婚儀を始めましょう。こうも遅れてしまったので、私の口上は後回しで……早速、誓いの杯を交わしましょう」

呆気にとられた喜蔵たちの前に急いでやって来ながら、又七はいささか早口で述べた。先ほどと同じことが繰り返されることになり、喜蔵と初は思わず顔を見合わせたが、又七はまったく気づかぬ様子で酒を注いだ杯を喜蔵に渡した。

「——昔の夢を見せてやろう」

そんな呟きを耳にしたのは、杯に口をつけたその時だった。突如、己を覆い尽くすほどの影に、喜蔵は文字通り呑み込まれた。目の前どころか、右も左もどこもかしこも真っ暗闇で、何の音もしない——。

(ここはどこだ……?)

ぞぞぞ、と全身が粟《あわ》立った時、喜蔵は暗闇の中に一筋の光を見つけた。

(——あれは)

顔立ちは見えぬが、幼い少年が二人——手を繋いで歩いている。罠かもしれぬ——ということは考えもせず、喜蔵はその光の方に駆けていった。なぜだか、懐かしくなったのだ。喜蔵はあっという間に二人に追いつき、後ろから「おい」と声を掛けた。だが、二人とも反応せず、進んで行く。喜蔵はまた声を掛け、背が高い方の少年の肩を摑んだ。

「おい——……!」

振り返ったのは、見覚えがありすぎる顔だった。だが、それよりも喜蔵が気になったのは、隣にいた小柄で華奢な少年だ。橙の灯りがぽっぽっぽっと灯り出し、照らされた二人の少年の姿がまざまざと喜蔵の目に映った。

(……これは——十二くらいの時の……)

昔の記憶が頭を過ぎった時、喜蔵はどっと横に倒れ込んだ。

「——わあああ!!!」

彦次の上げた悲鳴にはっと目を開けると、目の前の光景は様変わりしていた。傍らにいたはずの初が隣から消えていた——という限りではない。祝言を挙げていた部屋は、喜蔵たち人間と、小春に桂男、気を失った狸しかいなかったはずだが——。輪入道《わにゅうどう》に老人火《ろうじんび》、樹木子《じゅぼっこ》に青女房《あおにょうぼう》、磯姫《いそひめ》に蝦蟇、旧鼠《きゅうそ》に面霊気《めんれいき》……などなど、夜の闇に潜んでいた妖怪たちが一堂に会するがごとく並んでいたのである。だが、よく見てみると、彼らの数はせいぜい二十くらいである。膨大な数に見えたのは、秋霜たちのせいだった。数を数えることが出来ぬほどの大人数であることは承知したが、果たしてこれですべてなのかは分からない。

妖怪たちと秋霜たちは、座敷の左方にいる初たちに向かって飛びかかったところだった。初を守るようにして庇っていたのは綾子で、更に二人を庇うようにして深雪が立っていた。彦次は及び腰になりながら拳を構え、桂男はいつになく残忍な顔をし、舌を伸ばして妖怪たちの血を吸おうとしていた。そして、小春は——。

「おいっ……!」

喜蔵はダッと走り出した。向かったのは、座敷のど真ん中である。そこには、人形のように固まり動かなくなっている、小春がいた。

「鬼が呆けている今が好機じゃ。皆の者、一斉にかかれ!!」

「応」という返事が上るや否や、妖怪たちは小春目掛けて飛んで行った。喜蔵は何とかその前に小春に手が届きそうだったが、

(……!!)

妖怪たちとは逆方向に向かった大勢の秋霜たちは、互いに吸い寄せられるように合体しながら、初の許へと向かって行った。小春の方へ行くか、初の方へ行くか——どちらに駆けよっても、何も出来ぬことを自覚しながらも、喜蔵は迷わずにはおれなかった。喜蔵の足が完全に止まってしまったのは、小春も初も選べず躊躇したからではない。襖を突き破って、ある怪が飛び込んできたからだ。座敷の中を縦横無尽に舞った結果、嵐のように風が巻き上がった。妖怪たちと秋霜たちはさっと身を引き、相変わらず初や小春たちを取り囲むようにして、彼らは座敷の三方にそれぞれ陣を張った。

「——なぜ、二人いるのだ……」

困惑する喜蔵の目の前に立ったのは、座敷のど真ん中で固まっている小春と瓜二つの少年だった。

六、告白

「小春が二人……!?」

彦次の悲鳴混じりの大きな声を切っ掛けに、妖怪たち、秋霜たち、そして喜蔵の前に立ったもう一人の小春は、座敷の中央空中に向かって飛んだ。小春は角を出し、牙を尖らせ、爪を伸ばし、最後にその身をも変化させた。一瞬のうちに、可愛らしい少年が、大きな化け猫になったが、誰もそれをじっくり眺めている余裕はなかった。

「わわわ……皆、ふ、伏せ……伏せろ……!!」

彦次が慌てて言った時には、初たちはすでに畳の上に伏せていた。本来ならば廊下に逃れるところだったが、襖の前には先ほど喜蔵に鎌を振りかざした不気味な怪が立ちはだかっていた。他に出口もなく、その場にうずくまるくらいしか出来なかったのだ。

（……くそっ！）

ぼうっと突っ立ったままの小春の許まで走って行った喜蔵は、小春を無理やり伏せさせ、己も畳を這った。喜蔵たちの真上で化け猫と大勢の怪たちが激突したのは、その直後のことだった。

「うわあああああああああ!!!」

幾妖かの怒号が響き渡った。キンッと金属がぶつかり合う硬質な音や、素手で打ち合う鈍い音がそこかしこで聞こえた。そして、混乱が起きていたのは空中だけではなかった。

「わああ……何か降って来た!!　でかい蛙が降って来やがった!!」

「皆さん、頭を庇って……お兄ちゃん、大丈夫!?」

悲鳴や、己の名を呼ぶ声が上がった気がしたが、どれもこれも喜蔵の耳には届いていなかった。喜蔵が考えていたのは、今己の腕の中にいて未だ固まっている小春のことだった。触れればいつも温かかった身体は、氷のように冷え切っており、微かに震えていた。まるで別妖になってしまったようだ――そう考えかけて、喜蔵ははっとした。今、己たちの上で戦っているのは、もう一人の小春である。もしかすると、小春は、その身と魂が別になって動くことがあるのだろうか?

(否――分離したのではなく、別人なのか……?　もしかすると、数刻前にあ奴が追いかけていった偽者――?)

そんな考えが過ぎった時、頭に何かがぶつかった。横を見遣ると、首の取れた人形が落ちていた。白だった頃を忘れたように、血で黒く染まっている。ちらりと見上げると、三者はまだ戦っていた。小春――魂なのか、まったく別の者なのか、判別つかぬが、力は本物より劣るようで、数の多い相手がたに苦戦している様子だった。それでも、今傍らにいる小春よりはよほど小春らしく見えた。そのくらい、この小春は生気がなかったのだ。だが、なぜか喜蔵は、こちらの小春が本物であると思っていた。

「……おい、しっかりしろ」

声を掛けても何の反応も示さない。数度繰り返した後、喜蔵は少し語気を強めて言った。

「――皆を助けるのではなかったのか!?」

その時、小春の目がカッと見開いた。

時を同じくして、座敷に強い光が灯った。あまりの眩《まぶ》しさに、一瞬のうちに視界は白一色になった。どた、ばた、と何かを地に叩きつけているような音がしたが、幾ら目を凝らそうと見えはしなかった。白い光が邪魔をして、何も見えなくなっていたのだ。それは、皆も同じだったようで、「何が起きているの!?」という深雪の焦った声が耳に届いた。

物音がしなくなったのは、やっと普通に見えるくらいまで目が回復した時だった。身を起こしかけた喜蔵は、固まった。己の腕の中から小春が消えていることに気づいたのだ。呆然としながらも、初たちが身を起こしだしたのが目に入り、喜蔵はひとまずそちらに駆け寄ろうとしたが――。

「……そこにいるのは誰だ?」

一瞬強く灯って消えたと思った光は、天井のど真ん中に浮いていた。その中には、何かが――否、誰かがいる気配がした。光はゆっくりと地に降りてきたが、段々光の強さは鈍くなっていった。そして、畳の上に足がついた時、光の中にいた相手の全容が知れた。

小柄な弥々子よりも更に低い身の丈だが、歳は大分上のように見えた。人間で言うならば、七十くらいだろう。長髪と顎ひげは白髪《しらが》で、顔は皺だらけ。纏っていた緑色の着物は、大分色褪《いろあ》せている。左手に持っている杖の上部には、真っ赤な玉がついていた。

「余は縁結びの神である」

放たれた言を聞き、皆はぽかんと口を開いた。この緊迫した状況下で聞くには、あまりに場違いな名だったからだ。

「な、何で……!? 何でこんな時に神さんが!? こんなに妖怪だらけなのに……!?」

周りの光景が目に入ったらしい彦次は、「うわっ!」と大声を出した。

「どうして? いつの間に……」

冷静に呟いた深雪は、呆然とした顔で周囲を見ていた。深雪以外の皆も判で押したような表情を浮かべている。しかし、そうなるのも無理はなかった。宙に浮いて激突したはずの妖怪たちと秋霜たちが、喜蔵や深雪たちを避けるようにして畳の上に転がっていたからだ。

「そ奴らは、余が放った光に当てられた。余の妨げとなる者は皆、あの光に身を焼かれる。この場に残っているならば、お前たちは余の邪魔立てはせぬということだろう」

縁結びの神の言に、皆はざわついた。あれほど苦心した相手が一瞬のうちに倒れてしまうなど、信じられなかったのだ。しかし、それが神というものなのかもしれぬ。秋霜の話に出て来た水旁神も、妖怪以上に凄まじい力を持っている様子だった。

「主がこの家に入る婿か？……荻野喜蔵。喜という目出度き字が入っておるのはよいな」

名乗ってもいないのに、縁結びの神は喜蔵を見遣って、すらすらと話し出した。

「母を亡くし、祖父を亡くし、父は出奔《しゅっぽん》……ふむ、あまり家族の縁に恵まれぬ者なのだな。こういう者がこの家に入るのは、珍しきことなり」

「珍しい？　以前もこの家に来たというのか？――っ」

問うた瞬間、息が止まりそうになった喜蔵は、思わずその場に屈みこんだ。

「お兄ちゃん!?」

駆け寄ろうとした深雪を制したのは、前に立ちふさがった桂男だった。

「大事ありません。深雪さん、皆さんも、その場に膝を折ってください。神々には敬意を払わなければなりません……どうか」

必死の目で訴える桂男を見て、皆は素直に従った。

（……不敬な行為をすると、罰が与えられるというわけか）

喜蔵は胸を手で押さえつつ、内心ちっと舌打ちした。

「お前は桂男と申す怪だな？　以前の婚儀の折、静から聞いた」

「恐悦至極《きょうえつしごく》に存じます。二十四年前の初の両親の婚儀の折でございますね」

縁結びの神と桂男の会話を聞き、皆は「え!?」と声を上げた。

「お前がお静さんと会ったのは、十八年前のはず――二十四年前の時点で、お静さんがお前のことを知っているわけがなかろう」

「あの方は先を見通す特別な力を持っていましたから……私と出会う前に私のことを知っていても、何ら不思議ではありません。そして、今日ここへこちらの神がいらっしゃることを、私はあの方から聞いて存じておりました。ただし、それは口外法度でした……皆さんも、今日限りでお忘れください」

深々と頭を下げた桂男に、喜蔵は再び口を開いた。

「何が起きるか知らぬが……これが済めば、婚儀は無事終わったということか？」

「その通りです。何しろ、こちらの御方は、萬鬼殿とうら殿の頃からこの屋敷で婚儀がある度、こうしてお姿を現しになられ、縁を結ばれておられます。この御方のお力によって、引水家の者たちは強固な縁を結んでいくことができたのです。これが引水家に伝わる特別な儀式――縁の御方、どうぞこの二方の婚礼をお認めくださいませ」

もう一度頭を下げた桂男は、初に何事か囁いた。初が喜蔵の隣に来たのは、それからすぐのことだった。婿と嫁――並んで座った二人を眺め、縁結びの神は小首を傾げた。

「……真か？」

ずばりとうしろめたさを突かれ、喜蔵は思わず唾を飲み込んだ。

「お前たちの縁は確かに深いように見受けられる。しかし、どこかしら足りぬ気もする」

「い、いいえ！　そのようなことはございません！」

桂男は慌てて言いながら、縁結びの神の近くまで寄っていった。

「今の今まで横暴な者たちに襲われ、疑心暗鬼に囚《とら》われていたせいでしょう。お二人の縁はこれ以上ないほど繋がっているはずでございます。よくご覧になってくださいーーぐっ」

　縁結びの神は穏やかな顔つきのまま、眉ひとつ動かさなかった。桂男は胸を押さえ、ひゅうっと息を漏らした。何か言おうとした深雪に、喜蔵は首を横に振って拒否を示した。

「確かにこの家の中には一つの縁がある。しかしあまりに脆弱《ぜいじゃく》で、余の目でさえもそれが誰と誰のものなのか見通すことができぬ。そのせいで、こうして出遅れてしまったのだが……この縁はお前たちのものか？　他の者たちのものか？」

　縁結びの神は、喜蔵と初をじっと眺めた後、ゆっくりと深雪たちの許へ歩き出した。深雪を上から下まで眺めた神は、眉を顰めて通り過ぎた。桂男の前でも同じような反応をし、今度は彦次の前に立った。

「その方ーー」

「は、ははは い……!?」

　かろうじて返事をした彦次に、縁結びの神は続けた。

「好いた女がおるな。これまでと違って、一途に想う女だーーだが、相手はここにおらぬ。主の強すぎるほどの想いは、彼方《かなた》に飛んでいる。そして、相手からも同じほどの想いが主に届いている。余が辿ってきた男女の縁は、もっと儚《はかな》きものーー」

　彦次は何か思うところがあったらしく、神妙な顔つきになり、その場に叩頭した。彦次の前を通り過ぎた縁結びの神は、頭を下げていた綾子の前に立った。

「……主は一つ大きな縁が切れているな。前夫を亡くしたのか。切れてしまった縁に縛られて生きる必要はない。長き人生の中にある縁は、何も一つではないのだ。新たな縁を見つけることも、死んだ者への供養となる」

諭すような言を吐いた縁結びの神は、また喜蔵たちの許に引き返したが――。

「――恐れながら、ご進言したき儀があります」

声を上げたのは、再び叩頭していた桂男だった。縁結びの神は一寸眉を顰めたものの、

「申してみよ」と述べた。

「その縁は、やはりそこにいるお二人から出ているものかと存じます。何しろ、お二人は偽りとはいえ、婚儀を挙げかけた仲――これ以上縁が深い相手は他におりますまい」

「偽りの婚儀とは何ぞや」

顎に蓄えられた長いひげをさすりながら、縁結びの神は問い返してきた。

「この家を狙う妖怪どもから初を守るために執り行った、此度の婚儀のことでございます。そこにおります荻野喜蔵は、初を助けたいがために、危険を承知でこの縁談を引き受けました。今は脆き縁かもしれませぬが、今後どんどん強くなっていくのではないかと……」

「家を狙う妖怪ども……光に倒れた者たちのことか。だが、萬鬼の分身もおるではないか――先ほどまでは『邪』を感じたが、今は『聖』へと転じたようだ。その昔、萬鬼がこれを作った時のようになっておる」

首が切れた人形を拾い上げながら、縁結びの神は言った。

「……で、ですが、まだ呪いは続いておりますでしょう⁉　その者たちは、初を何としても嫁にしようと企んでいた者たち——あれほど執拗《しつよう》につけ狙っていたのです。簡単に呪が解けるとは思えません！」

困惑した様子で述べた桂男に、縁結びの神はいささか不機嫌な様子で答えた。

「この人形に籠っていた邪は消えた。呪とやらは、もはや力を発してはおらぬ。見てみよ」

にわかに腕を指差され、桂男はますます困り果てた顔をしたが、

「——お前にかかった、この家の血の呪いのことではないか？　早く見てみろ」

桂男の腕にあった紫の渦状の痣のようなものを思い出した喜蔵は言った。はっとした顔をした桂男は、急いで腕まくりをした。そこには、痣など一つもなかった。

「……では、本当に……本当に呪は解けた⁉」

信じられぬ、といった様子で、桂男は喜蔵と初を見遣った。

「何がどうなって解けたのか分からねえけれど、良かった……良かったなあ‼」

顔をくしゃくしゃにして、彦次は笑って言った。

「本当によかった……皆が無事で」

深雪が呟くと、横にいた綾子も泣き笑いのような顔で、しきりに頷いていた。喜蔵と初は顔を見合わせ、互いに何か言葉を紡ごうとしたが——。

「では、そちらの者たちの縁を結んでやろう」

「え――」

安堵の空気は、縁結びの神の言葉で凍りついた。しかし、縁結びの神はそんなことなどお構いなしに、喜蔵たちの方に歩いてくる。慌てた桂男は、大声で言った。

「……申し訳ありません！　先ほど私が申し上げたことは、ひとえにこの家にかかりし呪を解くための方便でした。この家には繋がった縁などございませぬ。その方々は大して関わりのない赤の他人――縁を結ぶのは、どうぞおやめくださいい……ぐあああ!!」

苦しげな声を上げた桂男は、にわかにその場でのたうちまわった。

「大丈夫ですか!?」

そう言いながら駆け寄った深雪をちらりと眺めつつ、縁結びの神は言った。

「この家に縁がないだと？　つまり、お前は余の力を疑うということか」

「め、っそうも……ざいませ……ん」

苦しげな声は届かなかったのか、縁結びの神は再び歩き出し、喜蔵と初の前に立った。

「お前たちの間にあるそれが、余の見つけたものかは分からぬ。だが、偽りの婚儀を挙げるなど、縁結びの神として見過ごすわけにはいかぬ。嘘であるなら、真にしてしまえばよい」

屈み込んだ縁結びの神は、手にしていた杖を二人の前に翳した。

「余が結びし縁は、離れることを知らぬ。たとえ、そこに心がなくとも、結ばれた縁を持つ者たちは死ぬまで共に生きることとなる」

杖の先にある赤い玉がぽっと光りだした。そこから細い糸がほつれだし、くるくると円を描いて宙に舞った。縁結びの神が現れた時ほど眩しいものではなかったが、目の前でこうも明るい光を発されると、やはり目を開けてはいられなかった。

「私が無理やり頼んだのです。この方は巻き込まれただけで、私に対する愛情などありません。謀った罪はすべて私にあります。ですから、どうぞ私にだけ罰を――」

「俺が勝手にやったことだ。俺がこの人に嘘をつくようにと言った。もしも、罰を与える気ならば、俺だけにしてくれ」

初と喜蔵の声が重なった。

「お前たちそれぞれの縁を摑んだ。後はこれを結ぶだけだ」

(――駄目だ)

縁結びの神は、嬉々《きき》とした声を上げた。まるで話を聞く様子がないことに絶望し、喜蔵は手で顔を覆った。頭の天辺から何かが抜けていくような心地がした。ちょうど、杖を翳されている辺りだった。何も見えぬが、もしかすると術を掛けられているのかもしれぬ。喜蔵は段々力が抜けてきてしまって、頭がぼんやりとしてきた。横にいるはずの初は、どうなのだろうか？　問いかけようとしたものの、なぜか言葉は出て来なかった。

「――お待ちくださいませ」

突如響いた言に、縁結びの神は手を止め、声がした方に顔を向けた。

「……先ほど、新しい縁を探すようにおっしゃってくださいましたが、それが偽りではないのでしたら、お願いしたき儀があります」

その縁を結ぶのはやめて頂きたく存じます――綾子の言った一言を聞いた喜蔵は、思わず顔から手を離し、目を開いた。ぼんやりとしか見えなかったが、距離の空いた正面には、平身低頭している綾子がいた。

「喜蔵さんと約束しているのです」

綾子の言が放たれた後、時が止まってしまったかのような静寂が満ちた。誰かの喉がごくりと鳴った時、縁結びの神は口を開いた。

「綾子と申す女――主が今申したことは真か？　余は嘘が嫌いじゃ。真を述べよ」

下手なことを言えばどうなるか――皆の頭にそんな恐れが過ぎった時、綾子は顔を上げてはっきり述べた。

「約束をしているのは本当ですが、それはまだ先のこと――いつか、互いに寄り添いあって生きていくことが確信出来た時のお話です。もしかすると、その時が来ないこともあるやもしれません。その時は、約束を違《たが》えたことになるので、貴方さまに嘘を申し上げたことになってしまいますが……」

「では、今結んでやろう」

スッと杖を持ち上げた縁結びの神を見て、綾子は聞いたこともないような大きな声を出した。

「おやめください！」

「なぜ、嫌がるのだ。やはり、お前が申したことも偽りなのか？」

ふっと空気がざわめいた。じわじわ、じわじわ、と嫌な気が座敷に広がっていく。

「……私は我儘なのです。いつになるか分からない先であっても、互いの気持ちが等しく釣り合った時に縁を結びたいと考えております。私が以前縁を結んだ時は、互いに終世を誓い合いました。次に縁を結ぶことがあれば、同じように終世を誓い合いたいのです。それぞれが同じ分だけ想い合い、死をも覚悟して添い遂げる気になった時——死が二人を分かつのではなく、終世を共に歩んで生きるために……」

身体が前に出掛けたものの、喜蔵は何とか踏みとどまった。うつむいてしまった綾子が、泣いているのではないかと思ったのだ。しかし、すぐ面を上げた綾子の顔にあったのは、いつもの寂しげな微笑だった。綾子を見据えた縁結びの神は、喜蔵に視線を移した。

「綾子の申した儀、お前も異存はないか？」

「——ありません」

何の意識もせず、喜蔵は答えていた。迷わず言ったことに驚きながらも、それは顔に出さず喜蔵は頭を下げた。しばらく経ってから、縁結びの神は言った。

「その時が来た折、余を呼べ。望み通り、終世を共に過ごすことの出来る縁を結んでやろう」

喜蔵が顔を上げた時にはもう、縁結びの神は座敷のどこにもいなかった。呆気に取られていたのは喜蔵だけではない。深雪も彦次も桂男も、同じような表情を浮かべていた。隣を見遣ると、唇をきつく噛みしめる初がいた。

「——ごめんなさい!!」

座敷中に響き渡るほど大きな声を出した綾子は、その場に手をつき、深く首《こうべ》を垂れた。

深雪は慌てて綾子を起こそうとしたが、綾子はそれをやんわりと遮ってこう述べた。

「私……嘘をついてしまいました」

「ああ、何だ。嘘か……まさか、今の?」

彦次の言にこくりと頷く綾子を見て、深雪と彦次は「え!?」と驚きの声を上げた。

「あ、綾子さん、神さまに嘘ついたんですか!?」

あの状況で——と目を丸くして言う彦次に、綾子は少し顔を上げて、眉を下げて述べた。

「ごめんなさい……つい口から出てしまって……本当にごめんなさい」

皆はぽかんとしていたが、それを非難と受け取った綾子は、繰り返し謝罪を述べた。

「いやいや……綾子さんが謝ることじゃあないですよ!」

焦り出した彦次が言うと、その後を深雪が継いで述べた。

「彦次さんの言う通りだわ。お兄ちゃんとお初さんを助けようとしてくださったんでしょう? 神さまの逆鱗《げきりん》に触れてしまうかもしれなかったのに……ありがとうございます」

深雪が深々頭を下げると、綾子は激しく首を振った。

「私が勝手にやったことです。また余計なことをしてしまいました……ごめんなさい。ご迷惑にならないように気をつけていたつもりなんですが、居てもたってもいられず……」

「そんなわけありません！　綾子さんの機転のおかげで無事済んだんですから。なあ？」

彦次は喜蔵に水を向けたが、

「いいえ——勝手なことをしました」

なぜか綾子がそう答えた。目を合わそうとしない綾子を見て、喜蔵はちっと舌打ちした。

——迷惑だ。

以前、喜蔵は綾子にそう言って、邪険にしたことがあった。百目鬼から綾子を遠ざけようとわざと言ったことだったが、そんな事情を綾子は知る由もない。膝の上で拳を作り、うつむいてしまった綾子を眺め、喜蔵は勇気を奮って言った。

「迷惑ではありません。助かりました」

ややあって顔を上げた綾子は、頷いた喜蔵を見て、ほっと安堵した表情を浮かべた。

「……いやあ、よかったよかった！　ええっと、よかった。なあ、ほら……な？」

そう言いつつ、彦次はちらちらと喜蔵の隣に視線を向けている。それに気づいた綾子は、起き上がって初の許に飛んで行った。

「ごめんなさい。驚かれたでしょう？　約束はしていません。ですから、あの……」

「私のせいで怖い思いをさせてしまってごめんなさい。喜蔵さんを……私を助けてくださって、どうもありがとうございます」

綾子の手を両手で包み込みながら、初は言った。綾子は何か言おうとした言葉を呑み込み、淡く笑んだ。

「おうおう、すっかり解決したようだな」

幼い声が響き、皆はその声がした方を見遣った。

「……一体どこに行っていた？」

喜蔵が思わず鋭い声を出したのは、小春が呑気な顔をして皆の前に現れたからだ。縁結びの神の登場に気を取られ失念していたが、最初に光が灯ってから今の今まで、小春はこの部屋から姿を消していたのである。

（否、こ奴だけではない――こ奴の偽者もいなくなった）

辺りを見回したが、やはりそれらしき者の姿は見えない。再び小春に視線を戻した喜蔵は、小春の懐が妙に膨らんでいることに気づき、訝しげに首を傾げた。

「そう怒るなって。逃げだしたわけじゃねえぜ？　一寸外で仕事していたんだよ」

「怒っているわけではない。お前は……」

言いかけて、喜蔵は口を噤んだ。妖怪たちが激突した時に己の腕の中にいた小春は、冷たく固まっていた。微かに息遣いが聞こえたが、それがなければ死体と錯覚してしまっていたかもしれぬ。近づいてきた小春に、喜蔵は手を伸ばしかけたが――。

「ほれ、これが残りの奴ら」

小春はそう言って懐をぱっと開いた。ばらばらと零れ落ちたのは、例の人形四体だった。

「まだいたのか！　私が成敗してやる――」

「いやいや、止めとけ。こいつらはれっきとした守り神だから」

小春は短刀を構えた桂男の脛を蹴り上げ、人形を一つ拾い上げて笑った。

「守り神って……元々はでしょう？　血に穢れて形を変えてしまったって、もののけ道を通っている時に小春ちゃんが教えてくれたじゃない」

小首を傾げて言った深雪に、小春は頷いて続けた。

「こいつらは唯一穢れなかったんだ。なぜかといえば、中に萬鬼の本体が入っている」

「ほ、本体って……!?　まさか、心の臓とか脳みそとか言うんじゃねえだろうな!?」

「臆病なくせに気味悪いことを言う奴だな……これだよ、これこれ」

怯えた声を上げた彦次を呆れた顔で見た小春は、己の頭の天辺を指しながら言った。

「――角か」

「ご明答！　褒美として、お前にはいつか俺の角をやろう」

「いらぬ」とすげなく答えた喜蔵は、足元に落ちていた人形を一つ拾った。見かけは他の人形たちと同じだが、感触が違った。他の人形たちは萬鬼の髪のみで作っただけあって、もっと柔らかかった。今触れている人形は、手足にこそ柔らかさがあるものの、中心はすこぶる硬い。小春の頭を殴った時に当たってしまう角と、同じくらいの強度だった。

「……どこでこれを見つけたんです？」

綾子の問いかけに、小春はひらりと手招きしてみせた。「ついて来い」という意を察した皆は、歩き出した小春の後に続き、廊下に出た。右奥の突き当たりに立った小春は、そこにある柱をぱんぱんと叩きながら「これこれ」と軽い口調で言った。

「こいつらは天井に届くくらい上の方に封じ込まれていた。お前たちを襲ってきた他の奴らは、もっと下の方にいた奴らだ。下にいる奴ほど血に染まったような色をしていたぞ。まあ、見たまま血だったというわけだ」

小春が見つけたこの四つの人形は、上の方にいたおかげで呪にかからず済んだらしい。

「……じゃ、じゃあ、秋霜たちの袴や着物に赤い模様が入っていたのは、血に染まっていたからか？」

「そうそう。模様が薄い奴と濃い奴がいただろ？　白に近い奴の方が、話が通じたような気がしなかったか？　恐らく、そいつはそれほど穢れていなかったんだろう。逆に赤い方は大分穢れていたってわけだ。この無事だった方だって、あと一寸で危なかったと思うけどな。髪だけに間一髪だった」

「くっだらねえ！」

彦次が一刀両断すると、深雪たちは思わず笑った。四つ残った人形は、初に渡された。

「波多の呪いは、この屋敷ではなく、人形に染みついたものだ。縁結びの神の光に当てられて、それはもう消え去った。これで、萬鬼も一安心したことだろう。お前には力がある。この人形に新たな力を込めて、また奉納するといい」

小春の説明を聞いた初は、にわかに廊下に膝をつき、皆に向かって頭を下げた。

「――皆さんには多大なご迷惑をおかけしてしまいました。ご恩は必ずお返し致します」

「何もいりません」

喜蔵の答えを聞いた彦次は、「この馬鹿」と声に出さずに口を動かした。「馬鹿はお前だ」という気持ちで彦次を睨みつけた喜蔵は、腕組みをしつつ言葉を続けた。

「俺はただ自分がしたいようにしたまでのこと。謝罪も礼もいりません」

「それでは、私の気が済みません」

「そちらの気など、俺は知りません」

「……私だって、貴方の気など知りません。私がそうしたいからするのです」

減らず口め──喜蔵が口の中で言った言葉は、どうやら聞こえていたらしい。初の眉間にきゅっと皺が寄った。

「──花火を見に行きませんか？」

唐突に言ったのは、深雪だった。

「花火？　急にどうしたんだい？」

驚いたように問うた彦次に、深雪はにこりと笑って言った。

「ほら、明日両国《りょうごく》でやるでしょう？　あたし、皆で見に行きたいわ。もしも、お初さんがどうしてもお礼をと言うなら、明日皆を連れて行ってください」

「……そんなことがご恩返しになるとは思えませんが」

無表情に戻った初は、少々困惑したような声を出した。

「あの……私も見に行きたいと思っていました！　だから、私へのお礼もとお考えでしたら、それでお願いします。あ、もちろん、ご無理でなければで結構ですので……」

おずおずと言った綾子を見て、彦次はぽんっと手を打って言った。

「そうか……そうそう、江戸といえば花火ですからね！　これを逃す手はねえ。それに、なんといっても三人の美女とご同道出来るんだ！　なんてえ役得なんだろう」

「お前の頭にはそれしかないのか」

へらへらと笑う彦次をねめつけながら言った喜蔵は、ちらりと初を見遣った。

「……そちらのご都合がよければ、明日伺いますが」

初はしばらく経って頷いた。あまりに嫌そうな顔をしていたので、皆は笑いを零した。


行方知らずになっていた又七は、向かいの部屋で一人寝ているところを発見された。

――……あれ？　雁首《がんくび》揃えてどないしたんや？　まだ飲み足りへん言うんかいな？　しようがあらへんなあ、わてがお相手したったる！……ふああ!!

酒樽《さかだる》に囲まれ、顔を真っ赤にして酔っぱらっていた又七こと又七に化けていた七夜は、その後正気になってからこう言い訳をした。

――えらいすんまへん。ご主人が猫股鬼の坊ちゃんに付いていくて聞かんかったから、隙をついて身代わりになったんや。大事なご主人を危険な目に遭わせるわけにはいかんやろ？　忠義もんの九官鳥いうことで、褒められたってええと思うんやけど……呪が解けた？　そら目出度い！　終わりよければすべてよしや。わてのことも水に流したってえな。

又七の代わりに来たはいいものの、妖怪たちに騙され、向かいの部屋でひたすら酒を飲まされていたらしい。その酒には毒が入っていたが、妖怪の七夜には効かなかったようで、当妖は一人楽しく飲んでいたという。

「連れて行く時に気づかなかったのか？」

初の屋敷から出て早々、喜蔵は文句を言った。

「もちろん気づいていたけれど、面白そうだから黙っていた。面白かったろ？」

にやにやして答えた小春に、「どこがだ」と喜蔵は悪態をついた。狸が化けていた又七を躊躇なく捕らえたのも、万が一そのままだとしても、中身は七夜だったからだ。小春曰く、「あの馬鹿鳥は結構強い」らしいので、手加減を施した攻撃ならば避けられると踏んだのだろう。

「大体にして、なぜ、そいつがお前に化けていたのだ？」

喜蔵が指差したのは、小春の懐である。そこにいた猫は、近所に住むタマだった。

——こいつが俺の偽者の正体だよ。化け猫になって暴れていた奴な。

小春が事もなげに言って、皆を更に唖然とさせたのは、初の屋敷を出る直前のことだった。

「タマが俺に化けたのは、物凄い強い力を持っている俺に憧れていたんだと。なあ、タマ？」

小春はタマの首を摑み上げ、上下に振った。まぶたを持ち上げると青い目が覗いたが、それでも嫌がる様子一つ見せぬのは、ぐっすり眠り込んでいるからだ。可愛らしい寝顔からは「うぎゃあ」としわがれた声で鳴くようには見えなかった。タマは昔の小春と同じ三毛猫である。

「じゃあ、お前に憧れて化けたこいつが、町中で食い逃げしたり、戦いに割り込んで負けたり、お前に弱み握られて俺たちを助けに来たりしたって言うのか？」

本当にそれは憧れか？　という目で問うた彦次に、小春は胸を張って言った。

「化けるにしちゃあ、未熟だったんだろう。だから、その時々によって出す力にばらつきがあった。天狗とやった時なんて、ひどいもんだった。だが、喜蔵を助けた時や、ついさっき屋敷で秋霜たちとやり合った時には結構力が出ていただろ？」

「お前の方こそ未熟なのではないか？　なぜ、あの時あんな風に固まっていた？」

得心がいっていなかった喜蔵は問うたが、小春は馬鹿にしたように鼻を鳴らした。

「お前は何も分かっちゃいない。俺がああなったのは、腹が減って死にそうだったからだ。白米に味噌汁、魚の刺身、煮つけ、本当は牛鍋が食いたいがもう閉まっているものなあ。そうだ、今度はもっと異国の料理を食ってみたい！　喜蔵、お前今日から勉強しろよ。どうせ店なんて暇で仕方がないんだから」

（……馬鹿馬鹿しい）

腹が立った喜蔵は、小春の頭をごつんと小突いた。

「痛えなあ！　何すんだよ、この婿入り失敗野郎！」

「……別段失敗したわけではない。あれは当初の予定通りの結果だ」

「負け惜しみ言っちゃって！　この機会を逃したら、お前には一生縁談なんて来ねえかもしれぬというのに……深雪、お前がこの意気地なしの面倒をずっと見続ける羽目になるかもしれねえが、強く生きろよ？」

笑い声を立てただけで否定しなかった妹の後ろ姿を見て、喜蔵はこっそり肩を落とした。

「でもよお……あれからまるで目を覚まさないが、この子本当に大丈夫なのか？」

彦次は小春の懐の中にいるタマを見遣って、おろおろと問うた。

「器以上の力を与えられて動いていたわけだから、そりゃあこうなったって無理もない話だ」

「与えられた？　自ら化けたわけではないのか？」

「……そういう意味じゃねえよ。俺に憧れるあまり、天から授けられたという意味だ」

一寸間を空けて答えた小春を怪訝に思った喜蔵は、更に問いを重ねようとした。

「おい、お前本当は――」

「さあ、ここでお別れだ！」

いきなり声を上げた小春に、前を歩いていた深雪と綾子は立ち止まって振り向いた。

「ここでお別れって……一体どういうこと？」

「こいつを知己のところに預けに行くんだ。大丈夫だとは思うが、念には念をと言うだろう？　早く治してやれば恩も売れるしな。とりあえず、その知己を捜しに行ってくるわ」

「お知り合いなのに、どこにいるか分からないんですか……？」

「うん。奴は神出鬼没で謎な奴だから嫌んなる。でも、奴くらいにしか頼めねえんだ」

不思議そうに首を傾げた綾子に、小春はうんざりしたように答えた。

「何だか忙しいな……でもさ、お前明日の花火は来るんだろう？　それまでに用事済ませて、またこっちへ戻るとなると、結構忙しいんじゃねえか？」

ひいふうみいと指折り時を数えながら言った彦次に、小春は頷いた。

「そうなんだよ。だから、俺は花火には――」

「駄目」

遮ったのは、深雪だった。皆が驚いた目で見ても、深雪は少しも揺らいだ様子を見せず、まっすぐ小春を見て言った。

「お初さんと約束したじゃない。小春ちゃんも一緒に花火を見なきゃ駄目よ」

「お前たちはしたよな。でも、俺は端から『行く』と答えてねえもん」

小春は顔を逸らしながら答えたが、深雪はそんな小春の手を摑み、無理やり指切りした。

「約束よ」

「……分かった分かった！　まったく、ここの兄妹は揃って強引なんだからなあ……」

ぼやいた小春は、両手を頭の後ろで組み、踵を返した。

「お前、どこからあちらへ行くんだ？」

彦次の問いに「秘密」と返した小春は、引水村の方に向かって歩き出した。すたすたと歩いて行く小春を見ていた喜蔵は、その小さな後ろ姿に思わず声を掛けた。

「――おい」

「何だ？」と振り返らずに応えた小春に、喜蔵は言った。

「……灯りはいらぬのか？」

初に借りた提灯は、三つ。喜蔵と彦次と綾子が持っていた。彦次だけ道が違うので、二つあれば足りたが、喜蔵が言いたかったのは、提灯のことなどではなかった。

「鬼火があるからいいよ。じゃあな！」

手を振って、小春は歩いて行ってしまった。ぽんっと肩を叩かれたので横を見ると、彦次が哀れんだような顔をしてこちらを見ていた。無性に腹が立った喜蔵は、彦次の弁慶の泣き所を強《したた》かに蹴り、浅草方面へと歩き出した。

「いってえ……！　何だよ、俺はただ慰めてやろうと思っただけなのに！」

「お前の慰めなど死んでもいらぬ。ついて来るな」

「途中まで方向同じだろ!?」

情けない声を出して歩き出した彦次の後に、綾子も続いたが――。

「深雪さん？」

小春の後ろ姿をじっと見守っていた深雪は、綾子に声を掛けられ、ようやく踵を返した。

「……花火、楽しみですね」

「ええ、本当に」

気遣わしげに言った綾子に、深雪はにこりと笑って返事をした。ちらりと後ろを見た喜蔵は、深雪の目に浮かんだ憂いを見て、嘆息を吐いた。

「約束したんだ。大丈夫さ」

ぼそりと言った彦次に、喜蔵はまた蹴りを入れた。

*

（……こんなことになろうとは）

人々の間をすり抜けながら、喜蔵はうんざりとしていた。明治六年七月二十六日——この隅田川《すみだがわ》は、四半刻後に始まる花火を見る観光客でごった返していた。

——本当に人が多いから、はぐれないように手を繋いで行こう！

一刻前、集まった面々を前に彦次は言ったが、誰も「云」とは言わなかった。

——幾つだと思っているのだ？　そこまでして女子の手を握りたいのか？　この色情魔。

そう言うと、彦次はひどく焦って否定し、「はぐれたら本当に不味い」と熱弁したが、結局皆が彦次の提案を受け入れることはなかった。

この地へ着いた時、喜蔵はむっと顔を顰めたものだ。それを見た彦次が、「ほらな？危ないだろ？」と言って手を差し出してきたが、喜蔵はその手を平手で弾いた。今となっては、彦次の言う通り皆で手を繋いでいれば——とおかしなことさえ思ってしまうほど、喜蔵は辟易しながら歩いていた。

「これじゃあ、歩くのも一苦労ね」

通り過ぎる時、誰かがそんなことを言ったが、（もっともだ）と喜蔵は思わず頷いてしまった。花火を見に集まった人数は、驚くほど多かった。喜蔵の想像の優に五倍はいるだろう。おまけに、それは未だに増え続けていた。

最初に姿が見えなくなったのは、散々手を繋ごうと言っていた彦次だった。それに気づいて「捜しましょう」と言い出した深雪が、次に消えた。慌てて深雪を捜し出した喜蔵は、いつの間にか綾子の姿も見失っていた。

——ここで俺たちまではぐれてしまったら、厄介なことになる。嫌でしょうが、手を……お初さん？

喜蔵の言に、初の足が止まった。喜蔵は更に手を伸ばしたが、それは続々とやって来る人波に押され、届かぬまま別れてしまったのだ。

（……それほど手を取るのが嫌だったのか？）

初はなぜか泣きそうな顔をしていた。皆が迷子になってしまったことが悩みの種だったが、初のあの表情が気がかりとなったことは否めなかった。喜蔵は辺りを見回しながら連れを捜し始めた。しかし、いかんせん人が多すぎる。大勢の人間を掻き分けつつ捜すことがまず困難で、逆行するように歩いていた喜蔵は、次第に周りから白い目で見られた。

（……しようがない）

人混みの中を捜すのを諦めた喜蔵は、なるべく人のいない方へと歩いて行った。人波を抜けた先に辿り着いたのは、深い闇の広がる松の木々が生えた場所だった。いささか不気味であるせいか、人はほとんどいない。数人いた人々も、喜蔵の姿を見た途端、「ひっ」と声を上げてその場から去って行った。

「……こんなところに隠れていては、誰も見つけてくれませんよ」

腰を下ろそうと思って近づいて行った松の木の下で、喜蔵は口を開いた。そこには、膝を抱えてしゃがみ込んでいた綾子がいた。喜蔵を見て悲鳴は上げなかったものの、いつもの少し寂しげな笑みを浮かべて「ごめんなさい。人混みに酔ってしまって」と言った。

「貴女はそうして謝ってばかりいる」

呟きながら、喜蔵は綾子の隣に座った。隣といっても、間に人が二人座れるくらいの距離を空けてだ。それを見て、綾子は少し笑ったが、その笑みはすぐに引いてしまった。

「……きっと、私がいつも余計なことばかりしてしまうからです」

何を言われたか分からなかったが、さっきの言葉への答えだと気づき、首を振った。

「別段そんなことはありません」

「いいえ――本当にごめんなさい」

「ですから、別段俺は――」

綾子は喜蔵の方に向き直り、深々と頭を下げていた。それが、昨日の縁結びの神の件だと分かった喜蔵は、眉間に皺を寄せて言った。

「……謝ってもらうことではありません。貴女のおかげで助かったのですから、礼を言うのはこちらの方です」

綾子が半身を起こしたのは、それから少し経ってからのことだった。

「喜蔵さんはそうかもしれません。でも、お初さんは……あのまま、お二人の縁が結ばれた方が良かったと思っていらっしゃるような気がして……」

存外なことを言われ、喜蔵は首を傾げた。あの初が、己のことを好いているわけがない――誰が見たって間違いない事実だと思っていたが、綾子はそれに異論を唱えたのだ。

「こんな男と夫婦になりたいなどと思う女人はいません」

「そんなことありません！」

凄い剣幕で言い返され、喜蔵は思わず一寸身を引いた。

「確かにはじめはとても怖がられ……その、一寸近寄りがたく思われるかもしれませんが、はじめだけです。本当の喜蔵さんを知ったら、きっと夫婦になりたいと思う方は大勢いらっしゃいますよ。お初さんもきっとそう思われたんじゃないかしら……だから、私はもしかしたら邪魔をしてしまったのかと思って――」

いささか早口になりながら、混乱した様子で綾子は言った。手元の提灯の灯りのせいか、頬に朱が差している。胸の奥がむず痒くなるような心地を覚えつつ、喜蔵は答えた。

「考えすぎだと思いますが、それが真実であったとしても、婿入りする気はありません」

だから気にしなくていい、と続けようとした喜蔵に、綾子は困惑げな声で問うてきた。

「どうしてです？　喜蔵さん、お初さんのことお嫌いではないでしょう？」

「……いじらしい娘だと思います。分かりにくいが、優しいところもある」

頷く綾子を見て、喜蔵は息を吐いた。

「己に似ているところもある気がしました……俺は自分のことが好きではありません。ですが、俺と似たところのあるあの娘のことは嫌いにはなれませんでした」

それがなぜかと問われたら、答えようがないものだった。ふと浮かんだのは、唇を噛みしめる癖だ。苦しくて、辛くて、本当は泣きたいであろう時も、一人で堪えてきたということが如実《にょじつ》に現れた癖だった。意地っ張りで頑固——人によってはまったく好ましくないところかもしれぬが、喜蔵は初のそういうところが気にかかり、偽りでも縁談を受けたのだ。

「……喜蔵さんは、お初さんのことがお好きなのではないでしょうか?」

諭すような問いかけに、喜蔵はきっぱり答えた。

「——好きです。しかし、それは友としてだ。縁組みは考えられません」

それが、喜蔵の本心だった。この先も恐らく変わることはない心である。己にとって、初はもはや妹のような友のような存在になっていたのだ、と喜蔵は今思い至った。

「そう……ですか」

綾子はひどく残念そうに言いかけ、途中でまた我に返った。

「——ごめんなさい。また余計なことを言ってしまいました。私は昔からお節介で、こうして不要な世話ばかり焼いてしまうのです」

喜蔵さんには前にもお話ししましたね、と綾子はぽつりと述べた。その声があまりに儚げだったため、喜蔵は気になって綾子をちらりと見遣った。綾子はしばしうつむいて、何事か考え込んでいる様子だった。

「……決めました。もう余計なことをしないようにします。気をつけるだけでは無理ですね……これは私の性質ですもの。根本から変えなければなりませんよね。見ていてください。きっと凄く変わって――」

「変わらなくていい」

そう答えたことが己であることに、喜蔵は少し経ってから気づいた。

「あ……ありがとうございます。でも、お気を遣ってくださらなくても――」

「変わらなくていいと思います。貴女はそのままでいい」

「で、でも……またご迷惑をおかけしてしまうかもしれません」

おどおどし始めた綾子を見て、喜蔵はふいっと顔を逸らして言った。

「……迷惑などと思ったことはありません――怒ったことはあるかと思いますが、本心ではありません」

ぶっきら棒な言い方をしているという自覚はあったが、そう言うのが精一杯だった。沈黙が続くと、喜蔵は段々と居たたまれなくなってきてしまった。どうしてこうもむきになってしまったのか？――ごしごしと額を擦りつつ、少し前の己を呪いだした時だった。

「――嬉しいです」

ぽつりと放たれた言葉に、喜蔵はなぜか息が止まりそうになった。

「本当にお優しいんですね……そうおっしゃって頂けて、救われる思いがしました」

でも――とそこで言いよどむ綾子に、喜蔵は恐る恐る視線を向けた。綾子の顔に浮かんでいたのは、苦しげな表情だった。いつもの曖昧な微笑でなかったことに、喜蔵はまたしても息苦しくなるような、妙な心地に陥った。

「……私、また今回のようなことをしたらと思うと、怖いんです。その時、お相手が喜蔵さんの本当の想い人だった時には、私が縁を断ち切ってしまうことになります。勘違いして、また同じようなことをしたら――そう思うと、怖くて怖くてなりません」

腕を抱え込むようにして言った綾子は、微かに震えていた。その様子をじっと見守っていた喜蔵は、はっきりと述べた。

「勘違いではないので、同じことをしてくださって何ら問題はありません」

「あの……で、でも……その時にならないと分かりませんよ？」

「分かります」

またしても明瞭に言い切った喜蔵を見返して、綾子は不思議そうに小首を傾げた。

「どうして……？」

いつも丁寧な言葉遣いをする綾子が、あどけない少女のように問うた。思わず、口から出てしまったのだろう。

「あの時、俺は嘘を言ったわけではありません」

喜蔵の言葉に、綾子ははっと我に返ったような顔をした。喜蔵は喜蔵で、その綾子の顔を見て、己の言った言葉の意味に気づいた。

「ごめんなさい。お節介しないと言ったばかりなのに……答えなくて結構ですので――」

話をやめようとした綾子に、喜蔵は首を振って言った。

「貴女の言葉は嘘だと分かっていました。だが、本当だったらいいと思いました。だから、俺は嘘を吐かず答えたのです。この先も答えは同じです」

気持ちをすべて言ってしまったというのに、喜蔵の心は妙に落ち着いていた。先ほどまで感じていた息苦しさは、もはやどこにもない。すぐに後悔に襲われるかと思ったが、清々《すがすが》しい心地すらしてきて、内心苦笑した。喜蔵は綾子の顔を見るともなしに見ていたが、綾子はずっと喜蔵の手元辺りを注視していた。別段、そこに何かあったわけではないが、そうしなければならぬと誰かに言われたかのように、綾子はじっと見つめ続けた。

「……数年前、夫と花火を見ました」

綾子が口を開いたのは、しばらく経ってからのことだった。

「その日はあまり天候がよくなくて、花火もしけっていたようなんです。打ち上げると、どんっと音はするんですが、燃えかすのようなものが空から落ちて来るだけで……ほとんど失敗でした。無事に上がっても、不揃いな形に咲くのが多くて」

最初は大勢いた見物人も、次第に数を減らしていったという。しかし、綾子たち夫婦はその場から一度も動かなかった。

「もしかしたら、一発くらいは成功するんじゃないかって……夫は楽天的な人でした。『絶対にいいのが上がるぞ』と言ってきかなかったのです。結局、成功らしき成功は見られませんでしたけれど……」

忍び笑いをした綾子は、ふと空を見上げた。喜蔵もつられて同じことをすると、ちょうどその時、空に花火が咲いた。遠くの人だかりから、「わああ」と歓声が沸いた。開いた花がすっかり見えなくなるまで見上げていた綾子は、ゆっくりと視線を下ろして喜蔵の顔を見遣った。

「今日の花火はとても綺麗です。あの日とは比べ物にならないくらいに――でも……私はあの時見た花火が忘れられません」

そう言って、綾子は微笑んだ。喜蔵は笑みを返さなかったものの、頷いた。それ以外何も出来なかった。怖気づいたわけではない。綾子が、今にも泣き出しそうな顔をしていたからだ。これでは、相槌《あいづち》を打つことすら難しい。まるで、想いを告げて振られたのが綾子であるかのような有様だった。喜蔵は空に顔を戻しながら、嘆息を呑み込んだ。

（なぜ、俺はこんなことを言ったのだろうか）

淡く抱いていた思慕に、まったく気づいていなかったわけではない。だが、それはいつかは薄れゆくものだと思っていた。口にするつもりなど毛頭なかったのだ。これまでも、これからも――しかし、気づけば自ら告げていた。

（縁結びの神にしてやられたのだろう）

だが、悔いてはいなかった。言うつもりはなかったのは本当だが、もしかしたらいつか今日のように告げてしまったかもしれぬ。もっと親しくなってからなら、傷は深かっただろう。己よりよほど傷ついた顔をしている綾子をちらりと見遣って、喜蔵は言った。

「そろそろ、皆を捜しに行きましょう」

ややあって、綾子は「はい」と答え、歩き出した喜蔵の後についてきた。


去って行く二人の姿を眺めていた初は、小さく溜息をついた。

（分かっていたことなのに……こんなに哀しいのね）

いざ、その場面を見ると、堪らぬ気持ちになった。皆とはぐれた初は、あちこち歩き回った後、松の木が群生するところまでやって来た。腰を下ろして休んでいたが、聞こえて来た話し声に引かれ、そちらに近づいて行ったのだ。すると、そこには件の二人がいた。

（……どうして駄目だったのかしら？）

喜蔵と綾子のことを思って、初は一寸唇を噛みしめた。二人がうまくいってくれたら、と初は考えていたのだ。そうすれば、己の中の気持ちに決着がつけられる。長い間抱いていた想いは、未だ心の中にくすぶっている――それが辛かった。先ほど喜蔵が差し出してくれた手も、本当は嬉しかったのだ。だが、その手を取ってしまったら、己の気持ちを抑えきれなくなることは分かっていた。だから、ぐっと堪えたのだ。

「後を追わなくてよろしいのですか？」

「――ええ。貴方もよろしいんですか？」

まだ姿を見ぬうちから相手が誰か分かっていた初は、素っ気なく返した。

「私は貴女がたと共に来たわけではありませんから。連れはいましたが、もう別れました」

「血を吸って？……それが貴方の性ですものね」

微苦笑を漏らしながら言った時、背後に立っていた男がすっと傍らに立った。どこにいてもぱっと目立つ華やかな容姿の持ち主は、遠い空を見上げていた。

「――しかし、恐ろしい場に立ち会いましたね。まさか、あの閻魔が想いを告げるとは……おまけに、相手は飛縁魔憑《ひえんまつ》きときた。つくづく、業の深い男だ。あんな男、地獄に落ちればいい。私は知己に死神がいるのです。あの男を連れて行くように頼んでみましょう」

笑いながら言った桂男に、初は答えた。

「もう、貴方は自由です。私のために、そんなことしなくていいんですよ」

「……これは異なことを。私は単にあの閻魔が気に食わなくて仕方がないだけです。あれほど難儀で煩わしい性格をしているのに、周りに恵まれて助けられているところなど虫唾《むしず》が走ります。ああ、嫌だ嫌だ」

ケッと鼻を鳴らした桂男に向かって、初はすっと頭を下げた。

「これまで、私を守ってくださってありがとうございます」

「……やめてください。私は己が助かりたくてやっただけのこと――貴女を守っている気など、これっぽっちもなかった」

顔を上げようとしない初を見て、桂男はぽつりと続けた。

「……貴女は、昔から私を困らせてばかりいた。多くの妖怪たちに監視されているというのに、それを知らぬ貴女は平気で危ないところへ行った。貴女が家にいる夜だけが、私が私でいられる時だったのに……あの日、貴女はそれさえも破った」

桂男の言う「あの日」がいつであるのか、初はすぐに分かった。初も、ちょうどその時のことを思っていたからだ。

初が十の頃――祖父が死んだ後、にわかに妖怪たちの姿が見えだした。これまで気づかなかったのが不思議なほど、妖怪たちは屋敷の近くをうろついていた。だが、何もしては来なかった。時折、からかわれることはあったものの、直接の手出しはしてこぬ。それでも、初は恐ろしくて堪らなかった。己を可愛がってくれていた祖父が死んで間もないこともあり、心が不安定になって仕方がなかったのだ。一等辛かったのは、それを両親に言えないことだった。物心つかぬ時から、初は自分の血筋と家に伝わりし呪いの存在のことを知っていた。

――お前には、この家の呪いがつきまとうだろう。しかし、案ずることはない。

――私たちがこの命に代えても、必ず守りますからね……！

父や母が何度も初に言ってきたからだ。もしも何かあったとしても、両親が守ってくれる——そう考えていたが、実際に妖怪を目にした瞬間、初はこう思ってしまった。

（きっと助からない……父上と母上には言えないわ）

話した途端に泣きだしてしまう予感がした初は、どれほど怖くても己のうちに留めておく決心をした。両親たちは傍にいてくれる——だが、守ってくれる人は誰もいない。

——十八になるまで、私が貴女を守ります。だが、勘違いなさらないでくださいね。私は貴女の味方ではない。

そう言って目の前に現れたのは、祖母から呪いをかけられた桂男だった。

「……私は、はじめ貴方のことが嫌いでした——いいえ、恐ろしかったのです。一見優しげでありながら、その実身も心も魔であると思っていましたから」

「それは事実でしょう。私は妖怪です。貴女の血を吸い尽くすことも出来る」

「でも、貴方はそれをしない。いつだって、私を守ってくれたではありませんか。あの日も、貴方が迎えに来てくれて、私は……」

——お迎えに参りました。

妖怪たちのことで怯えていた初は、あの日ついに耐え切れなくなって一人屋敷を抜け出した。どこか一人になれる場所に行って、忘れてしまいたかったのだ。祖父が死んだことも、妖怪たちが大勢いるということも——。行き着いた先は、浅草のとある神社だった。そこでは祭りが行われており、大変な賑わいだった。それが余計に初の哀しみを助長させたのは言うまでもない。人混みから離れた初は、神社の裏手にある稲荷へと歩いて行った。

一度だけ、家族でお参りしたことがあったのだ。その時も、初は男の子の形をしていた。――例の妖怪に気づかれぬように、常時この姿でいるのだ。可哀想だが、堪えておくれ。生前、祖父はそう言って、初の頭を撫でた。初は特段気にしていなかったが、祖父や両親は大層不憫がっていた。稲荷の前で蹲って泣いていると、誰かが近づいて来る気配がした。泣くのをやめようと慌てたら、「うう」とすすり泣く声が漏れてしまった。

――一人なのか？

掛けられた声は、幼かった。けれど、落ち着いていて、優しかった。顔を見るつもりも、話すつもりもなかった。だが、その声を聞いた途端、胸の中にふっと温かいものが湧いたのだ。うっかり顔を上げてしまって、目に飛び込んできた相手の顔は想像とは違っていた。怖い――と普通ならば思うところだったのだろうが、初は違った。顰めた眉も、口の下に寄った皺も、握りしめた拳も、己とさほど歳の変わらぬ少年のするものではなかった。辛くて、哀しいことがあったのだ、と初は自然とそう思った。

「私は、あの日貴女を迎えに行った時、貴女を庇うようにして立った少年を見て思いました……『ああ、これが初の婿になる者かもしれぬ』と――」

「まったくの思い違いでしたね」

「分かりません……まだ」

往生際の悪い言い方をした桂男を見遣って、初は淡く笑んだ。

「でも、貴方はあの時の子と、あの方が同じ人間だとは気づいていなかったのでしょう？」

「……確かに、目つきの悪い童だとは思っていましたが、まさかあそこまで恐ろしくなるとは思っておりませんでした。貴女はよく分かりましたね？」

「分かります――だって、ずっと心に残っていましたから」

正直に述べると、桂男は眉尻を下げた。口では「迷惑だ」と繰り返し言ってきたくせに、こうしてふとした時に感情がありありと漏れているのを、当の桂男は知らぬらしい。これまで己を苦しめてきた妖怪たちのことが、初は大嫌いだった。だが、同じ妖怪でも、桂男のことを嫌いにはなれなかった。呪いのせいで仕方なく――常套句《じょうとうく》が言い訳であることに気づいたのは、いつからだろう？　己の許を離れることを寂しいと感じてくれているのがひしひしと伝わってきて、初は少し決心が折れそうになった。

「あの日、私を迎えに来てくれた貴方の姿を見た瞬間、私はどこに行ってもこの運命からは決して逃れられないのだと悟りました。貴方のことがとても恐ろしかった――でも、それと同じくらいほっとしたんです。どんな理由であれ、私を守ってくれる人が出来たのですもの。偽りであっても、私は一人じゃないと分かって嬉しかった。今もその時と同じくらいほっとして、嬉しいんです。もう二度と、妖怪に近づかなくて済むのですから」

桂男は唇を震わせ、何か言おうとした。だが、結局言葉にならず、頷きを返すだけだった。

「――ここでお別れです。今までお世話になりました」

初はいつにも増して、深々と頭を下げた。

「……どうぞお達者で」

声が聞こえた時だけ顔を上げそうになったが、去って行く足音が完全に聞こえなくなるまで、初は頭を下げ続けた。花火が空で弾ける音を聞いた後、ゆっくりと顔を上げた。彼《か》の妖怪の姿はすでになかった。初はその場に腰を下ろし、木々の間から空を見上げた。

喜蔵と再会したのは、縁談が持ち上がる前のことだった。一方的にではあるが、町中で見かけたのだ。懐かしさがこみ上げてくると同時に、哀しみが襲った。喜蔵は一人ではなかった。ひどく美しい女と話していたのだ。二人はたった二言三言話しただけで別れた。

（でも、あの人は動かなかった。あの綺麗な女の人――綾子さんの姿が見えなくなるまで目で追っていたわ）

それだけで、初には分かってしまった。初恋が実らぬことはもちろん、己の家が助からぬということも――。これまで、初は散々縁談が破談になった。首を傾げる両親には申し訳ないと思っていたが、それは初のせいだった。

――私にはずっと想っている人がいるのです。あの人以外とは一緒になりたくない……。

それを聞いたら、縁談相手の家に脅しをかけると分かっていて、初は桂男に零したのだ。そして、桂男は初の思った通りに動いてくれた。両親にも、相手の家にも、桂男にも、ひどいことをしているという自覚はあった。だから、喜蔵の綾子へ向けた視線を見た時、罰が当たったのだ――と思った。

未練がましい想いなど捨てて、命をかけよう——そう考えることにした初は、次の縁談は決して断らぬと決めた。そして、喜蔵を見かけた帰り、祖父母と縁故のある又七のところに足を向けたのだ。だから、まさか次の縁談相手が喜蔵であるなどと思えたはずはない。

しかし、喜蔵は初のことをまったく覚えていなかった。それが分かった時、初は泣きだしてしまいそうになった。胸に襲ってきた虚無感の正体は、哀しみだった。だが、初はそれを無理やり怒りに変えた。本当は喜蔵を巻き込みたくなどなかったのに、当初の誓い通り押し切ってしまったのだ。

——あんたは自分の勝手ばかりだ。

そう言われた時、初ははっと我に返った。ひどいことをしているということに今更ながらに気づき、それでも諦めきれぬ想いがまだ残っている己に恐れを抱くほどだった。

(……でも、あの人は変わらず優しかった。私のことを心から心配してくれた)

何の関わりも見返りもなく、喜蔵は己を守ってくれた。喜蔵は最後まで己を思い出すことはなかったが、それだけで十分すぎるほどのことをしてもらったと初は思った。悔いなど何一つ残っていない。喜蔵と綾子がうまくいかなかったことだけが気がかりだが、それこそ今後どうなるか分からないと初は思った。だが、それは己の悩む領分ではない。だがあの優しい人たちが皆、幸せでありますように——そう願わずにはいられなかった。

「どうした？　泣いているのかい？」

聞こえるはずのない声が聞こえた。

初は何か言おうと口を開いたが、声にならなかった。どうしてここにいるのか？　これは幻なのか？　それとも、己がいつの間にか黄泉の国に来てしまったのか？——訊ねたいことは山ほどあった。だが、何一つ明確な言葉に変わることなく、開いた口の端から想いだけがどこかに雲散霧消してしまったような心地がした。初はどんな時も毅然《きぜん》としていたし、先ほどだってぐっと想いを堪えることが出来た。ずっと抱いていた感情も押し殺すことが出来るほど強く生きてきたつもりだったが、ここに来て見事に決壊してしまった。

「……初……初」

己の名を呼び、両手を広げた両親の胸に、初は飛び込んだ。

「初……初……ごめんなさい。一人きりにしてしまって……ごめんね」

「お前が辛い時、いつも近くにいると言ったのに……本当にすまなかった」

夢とは思えなかった。今触れている温もりも涙も、幻ではない。しかし、現だというならば、なぜ二人は生きているのだろうか？——困惑する初の顔を覗き込んで、母は言った。

「私たちはあの怪——秋霜によってずっと屋敷に隠されていたのよ」

あの日——初が養家に行く日、二人は初に最後の挨拶をしようと、初の居室に向かった。初は笑顔で迎え入れてくれたが、それからずっとにこにこ笑うばかりで何も言わない。

「そろそろ行かないと」と母が言うと、「ここにいる」と初は答えた。

——ここにはいられないよ……お前は今日から他の家の者になるのだぞ。

文句ひとつ言わなかった初が、ここに来て我儘を言ったと思った父は、苦渋の顔をして

言ったが、

——そんなことはさせない。

初はそう答えると、突如姿を消した。その代わり、初がいた場所には、白髪で出来た人形がぽつねんと置かれていた。それが初に化けていたのだと気づいた時、初の両親は天まで届くような高い天井がある、真っ白で何もない空間の中にいた。足元を見ると、朱に染まった水が浸水しており、十数体もの人形が折り重なっていたという。

「私たちは、あの柱の中に閉じ込められていたのだ」

もうふた月近く経つが、その間二人は一切食べ物を口にしていなかった。それどころか、水も一滴も飲んでいなかった。だが、二人は死なず、こうして帰って来た。

「すべてはご先祖さまが遺してくださったあの人形のおかげだ」

二人は、天井近くに浮いていたあの真っ白な人形——秋霜たちの本体の身に包まれるようにして、この空白の月日を過ごしたという。初は恐る恐る母の頬に手を伸ばし、もう一方の手で父の手に触れた。まったく痩せていないといえば嘘になるが、それでも少しやつれたくらいだった。初の手を握り返した両親は、「こんなに痩せて」と呻いた。

「ごめんなさい……私があの時秋霜を刺さなければ、お二人はずっと囚われることなどなかったかもしれません……だって、元々殺す気はなかったということですもの。私が素直に秋霜と婚儀を挙げていれば、お二人はもっと早く出られていたかも……私のせいです」

言いながら、初はわんわんと泣いてしまった。子どもの頃だとて、これほど声を上げて泣いたことはない。無性に哀しくて、寂しくて、堪らなかった。それなのに、嬉しさもこみ上げてきて、己の涙を手で掬い取ってくれる温もりに、ますます涙が零れ落ちた。

「お前にそう言われてしまったら、この綺麗な手を汚してしまったのを私たちはずっと悔いなければならなくなる……」

ぐすぐすと洟を啜りながら、父は言った。そんなことはない——初は返したかったが、駄々っ子のように首を横に振るしか出来なかった。

「お前が私たちの子に生まれてきてくれたことを、私は感謝している」

「私も……ありがとう、初。貴女に出会えたことが、私たちの何よりの幸せです」

咽《むせ》び泣く三人の上に、幾つもの大きな花火が咲いた。だが、三人ともちっとも空を見上げることはなかった。それでも、幸せで、胸が一杯になった。

「いい話だねえ」

うっとりするような良い声音が響くと同時に、けっと舌鼓を打つ音が上がった。

「やめろ。お前が言うと、どんないい話も途端に胡散臭くなる」

「ひどいねえ。わざわざ俺の隣に座ったのはそっちの方じゃないか」

己が座っている松の木の幹をぽんっと叩きながら、多聞は笑った。

「お前が妙な真似しねえか見張っていたんだよ！　誰が好き好んでお前なんかの隣にいるかい！　大体、俺は座っちゃいねえ！」

小声で怒鳴った小春は、確かに座ってはいなかった。多聞から少し距離を空けて、太い枝の上で腕組みをして立っていたのだ。

「まあ、いいじゃないか。花火を一人で見るほど寂しいことはないだろう？」

どんっといい音が響き、また一つ花火が上がった。空からきらきらと降り注ぐ光は、瞬く間に消えてしまった。

「お前はいつだって寂しがっているじゃねえか。別段花火に限ったことじゃあない」

「おや、いつの間にか俺のことを熟知しているようだ。もう友と言ってもいいかな？」

「お前とだけは決して友にならん！　天地がひっくり返ってもお断りだ！」

口の端に人差し指をかけ、小春はイーッと歯をむき出しにした。

「ひどいなあ。俺はこんなに親切なのに」

「……確かに親切だよな、今回に限ってはだけれど。初の両親も俺のことも助けてくれるなんて、どういう風の吹き回しだ？」

多聞はにこりと笑むだけで、何も答えはしなかった。

「初の両親が生き延びたのは、あの先祖の分身である人形のおかげだ。だが、あそこから出られたのは、お前が引きずり出したからだ。俺のことも……」

あの時——喜蔵が又七に化けた怪に襲われた時、小春はそれを阻止しようと駆け出したのだ。だが、三歩進んだところで、にわかに足が止まってしまったのだ。

（何だこれは、早く行かねえと喜蔵が——）

ふと気づくと、小春は仄暗《ほのぐら》い洞窟の中にいた。そこがどこであるか、小春は一瞬で分かった。何しろ、昔己が命を賭《と》して戦った場所であったからだ。それに、身体中に悪寒が走るほどの妖気を身に纏った怪――その死闘を繰り広げた相手である当代の猫股の長者が、そこにいたからだ。猫股の長者は小春を眺めて、一言述べた。

――そのように震えて、哀れなことだ。

本当に思っている様子の言葉を投げかけられて、小春は目を真っ赤に染めた。それでも、角は出ず、爪は伸びなかった。幻の中にいるからではない。これは、現だと小春は気づいていた。手足が震え、唇が戦慄《わなな》いていたのは、すべて恐怖から来るものである。そして、己がどんなに強くなっても、敵わぬということも分かってしまったのだ。相手が一歩、また一歩と近づいて来た時には、すっかり諦めていた。己はここで死ぬのだろう――そう思ったのだ。

――まだ殺さないでくれよ。彼にはやってもらいたいことがあるからね。

ぞっとするほど美しい声が響いたと思ったら、小春はいつの間にか初の屋敷の廊下に倒れていた。はっとして起き上がると、そこには多聞が立っていた。

――はい、これでもう呪は解けた。あんたも部屋に戻るといい。

萬鬼の角が入った四体の人形を手渡し、軽く説明すると、多聞は悠々と歩き去ってしまったのだ。それが、つい昨日のことだった。

「俺は、これからあんたにやってもらいたいことがたくさんあるんだ。だから、今死なれると困るんだよ」

小春を助けたことに一切の厚意はないと多聞は言ったが、尚のこと小春は不思議だった。

「じゃあ、何で初を助けたんだ？　それこそ、初なんて何も関わりねえじゃねえか」

「俺はね、あの娘のことは結構気に入っている。喜蔵さんと似ていて面白い。でも、あの娘と喜蔵さんが一緒になるのはいささか困るんだ。俺が彼女を助けたのは、俺が望む先にとってなくてはならぬものだったからさ。こうなったのは、すべて自然の流れなんだよ」

「……何を企んでいる？」

「秘密」と多聞は実に好い声で述べ、不敵に笑った。

「――おやおや、そう妖気を発しちゃ駄目だって青鬼に怒られたばかりだろう？　隠していなきゃ駄目さ。それに、この子が驚いて起きてしまうよ。ほら」

にゃあ、と鳴いたのは、多聞の腕の中にいたタマだった。小春ははっと我に返り、慌てて多聞の許に駆けていった。

「お前、いつの間に!!　タマ！　お前もそんな目玉だらけの化けもんに擦り寄るな！」

「俺に預からせようと思っていたくせに、そんな言い方していいのかい？」

タマの喉元をくすぐりながら、多聞はおかしそうに笑って言った。

「……露見しているなら仕方ねえ。そいつ、しばらく預かってくれ」

「しばらくっていつまでだい？　猫股の長者との戦いが終わるまでかな？」

「分かっていて訊くんじゃねえよ、この根性悪！」

　小春はその場で地団太を踏みかけて、はっと我に返った。木上ということもあったが、一番は下をうろついている娘に見つからぬためだった。

「この子はまだ化けるような歳じゃない。猫股の長者が力を施したんだろうね。すべては、あんたの様子を探って、発破《はっぱ》をかけるためかな？　好かれているねえ」

　憮然としていると、「いいよ」と多聞は言った。

「あんたはこれから俺と関わりのない戦いに行く。喜蔵さんも、もちろんそっちについていくはずだ。遊んでくれる者がいないから暇なんだ」

「だから、勝手に他妖や他人を暇つぶしに使うなとあれほど……まあ、いい。礼はする気ないが、代わりに教えてやる。お前の仲間――四郎《しろう》の居場所を」

　多聞が目を見開いたのは、ほんの一瞬のことだった。すぐに元通りの微笑みを浮かべると、「いらない」と頭を振った。

「知ったところでどうする？　無理やり連れ戻すのか？　俺が四郎だったら、そんなの御免だね。戻りたければ戻るだろうし、そうじゃないならこのままお別れということさ。それが妖生というものだろう？　もっとも、あんたは妖怪らしくないから、違うのかな？」

　小春はむっつりと黙り込み、そっぽを向いた。花火が上がってつい上に顔を向けたが、ぐっと目を閉じた。花火の残像が目の裏に刻まれ、それが妙に美しかった。

「武運を祈っている――と言わない方がいいかな？」

「そんなもん糞食《くそく》らえだ！」

小春が二股の舌を出すと、多聞は高らかに笑って立ち上がり、ゆったりとした動作で踵を返した。小春は目を開けて、その後ろ姿を見送った。「頼むぞ」と小声で言うと、多聞は前を向いたまま片手をひらりと上げて振ってきた。その直後、すっと闇の中に消え去った。

小春は、幹を伝って下に降りた。そして、己がこちらにやって来るのに使ったもののけ道――今いる場所からちょうど五十歩歩いた先にある松の木まで歩いて行った。鬱蒼と茂った木は、闇を一層深くしている。あと数歩でその松の木の幹に触れるという時、

「小春ちゃん」

「……驚いた」

小春は思わず呟いた。木の下に、さっき小春たちのいた木の周りをうろついていた深雪がいたのだ。

「灯りもつけずにどうしたんだ？」

「風で消えてしまったのよ。でも、良かった」

来てくれて――という言葉が続いて、小春は深雪の隣に並んで頷いた。

「……そりゃあ、約束したからな」

「そうよね。小春ちゃんはいつもちゃんと約束守ってくれるものね」

ありがとう、と言って笑った深雪を見て、小春は少し胸が痛んだ。

「もう帰るの？　次はいつこっちへ来るの？」

「さあて、いつになるかねえ。まあ、またひょっこり来るよ」

「……本当に？」

　もちろん――そう答えようと口を開いたものの、小春は先を続けられなかった。深雪の目がこれまで見たこともないくらい真剣だったからだ。

（いや……きっと前もこんな目をしていたんだろうな）

　その時、深雪は事情があって目隠しをしていた。だから、小春は彼女の目を見ていないが、恐らくその時も今のような目をしていたはずだ。

「もう二度と来ない気なの？」

　深雪の言と同時に、どん――っと花火が打ち上げられた。「わあっ」という歓声も遠くで響いたので、今上がった花火はさぞや美しいものだったのだろう。だが、花火に背を向けるようにして立っていた小春には、一切見えなかった。

「……来ない気なのね」

　深雪はそう呟いて、うつむいた。

（……細い首だ）

　己も同じくらい細い首をしているのに、深雪の露わになった首を見て小春はそう思った。ただし、同じ細さといえど、小春は片手で深雪の首を捻じり切ることが出来る。

「あたし、小春ちゃんに会うまでは、世の中で一番強いのは刀を持ったお侍さんだと思っていたのよ。でも、そんなことなかった。凄腕のお侍さんが百人いたって、強い妖怪には勝てないんでしょう？……でも、強さがすべてなの？　弱かったら、力にはなれない？」

「なれない」とはっきり答えると、深雪は黙り込んだ。

「……あの日、夜行《やこう》から落ちた俺は、お前の兄に拾われた。奴といるうちに、俺はずっと考えていた迷いが消えたんだ。でも、それと同時にまた悩みが出来た」

守りたい――そんな風に人間のことを考えるようになるなど、つい一年前までは思ってもみなかったことだ。だが、小春は確かにその想いを抱え、それは日々増していっている。

「お兄ちゃんたちと会わなければよかったと思っているの？」

小春は答えなかった。云というのも本音であれば、否と答えるのも本音だったからだ。

「……今回のように、また身体が竦んで動けなくなるかもしれない。その時は、お前か喜蔵か綾子か彦次か……お前の好きな誰かが死ぬことになる」

だからもう関わらない――そう口にしようとした時、深雪がすっと手を差し出した。

「もしも、そんな時が次にあったら、あたしが小春ちゃんを守るわ」

細い小指をじっと見て、小春はにこりと笑った。

「その約束は出来ない。ごめんな」

小春は手で深雪の手を押しやり、静かに言った。その時、深雪がどんな顔をしたのか、小春には分からなかった。

「喜蔵たちはあっちだ。送っていってやる」

そう言って深雪の手を取ると、すぐに歩きだしたからだ。深雪は何も言わず、ついて来た。鬼火を照らして歩いたので、転ぶことはなかった。だが、二人とも常よりゆっくり歩いた。手を繋ぎ、無言で闇を歩き続けるのは、流石に気詰まりがした。

（でも、泣かれるよりはいい。俺はこいつのには特に弱いからなあ）

深雪は己の気持ちをぐっと堪えて生きてきた娘だ。いじらしい――を通り越して、意地っ張りになっている。ある意味、深雪も初に似ているのだろう。喜蔵は初のそんなところが気に入ったようだが、小春は深雪のそういうところがとても苦手だった。

「……お前はさ、少しは自分のことを考えろよ。自分のことで手いっぱいにならない時だけ、他人のことを考えろ。それくらいでちょうどいいんだよ。お願いだから、そうしてくれよ」

でないと、己はずっと心配し通しになってしまう――最後の部分は言わず、小春は心の中で思った。わいわいと賑やかな声が響いてきた時、小春は深雪の手を離した。

「じゃあな」

さっと踵を返すと、深雪は言った。

「またね――たとえ、もう会えないとしても、『またね』と言って欲しいの。そうしたら、あたしたちはそれを信じて生きていけるわ」

そんなものは、ただのまやかしだ。他人を安心させるために、嘘をつけと言うのか？

――言いたいことはあったが、小春は黙って歩き出した。

「小春ちゃん！」

深雪は大きな声を出したものの、追っては来なかった。小春は振り返らず、そのまま歩いて行った。


「だから、言ったんだ!! 素直に手を繋いでりゃあ、こんなことにはならなかった!」

拳を振り上げて怒ったのは、彦次だった。皆が迷子になって半刻後、ようやく落ち合えた時、彦次はなぜか全身ぼろぼろになり、目からは涙が零れ落ちていた。皆を捜し回っている時、あの松林で魑魅魍魎《ちみもうりょう》に襲われたという。今回はよほどひどい目に遭ったらしい。いつもよりねちねちと言い募るので、喜蔵は段々腹が立ってきたが――。

「でも、無事に会えてよかった」

初の一言を聞き、喜蔵は彦次を蹴るのをやめた。なぜか、死んだはずの両親と一緒にいた初は、喜蔵たちと再会して早々、事情を話してきた。分からぬ点もあったものの、皆にとっては些末《さまつ》なことだった。無事に会えてよかった――初の漏らした言通りだったからだ。

「ご両親もこちらへいらっしゃればいいのに……私、呼んで来ましょうか?」

綾子は気遣わしげに述べたが、初は礼を言いつつ首を横に振った。ずっと監禁されていた割りに健やかな様子だった初の両親は、いま二人で花火を見ているらしい。初が指差した場所にそれらしき人影は見えたものの、顔かたちまでは分からなかった。

「健勝といっても、体力は落ちていると思うので、今日はもう帰ります。皆さんにお話し出来たので、私も両親と一緒に……。お先に失礼しますが、お礼は改めて――」

「いりません」と答えた喜蔵に、初はまたしても頭を振った。

「いいえ――いつかきっと受け取って頂きます。皆さんのお役に立つものを、必ず――」

きっぱりと言い切った初は、まっすぐな目で喜蔵を見てきた。

「……貴女はいささか勝手だ」

「貴方にだけは言われたくありません」

初はそう言って、にこりと笑った。

きらきら、きらきら。つられて笑ってしまいそうになるほどの、明るく魅力的な笑顔――。

――笑った方がいいよ。

昔、誰かにそう言われた時、喜蔵はその言葉をそっくりそのまま相手に返したいと思った。


（……俺には似合わぬ。似合うのは、お前のような者だ）昔と今の心情が混ざり合ったような心地がした時、初はすっかり踵を返していた。

（今のは何だ……？『お前』というのは一体誰のことだ？）

喜蔵は必死に記憶を探ったが、それ以上は何も浮かんでこなかった。初はあっという間に両親の許まで駆けて行った。三人はこちらに深々と礼をし、そのまま帰って行った。

「……うわあ、お初さんって笑うとえらい可愛いなあ……痛っ！　何で殴るんだよ⁉　もう、お前は婿でもなんでもねえんだから、別段褒めるくらいいいだろ⁉」

強かに頭を殴られた彦次は、非難の目で喜蔵を見遣った。

「でも、本当によかった……早く目の腫れが引くといいですね」

微笑みながら言った綾子と目が合い、喜蔵は頷いた。こういう時、綾子が目を逸らすのは常のことだったが、今それをした綾子は、先ほどと同じように傷ついた目をしていた。いつまでこれが続くのだろうか？——少し憂鬱になったものの、それこそ自業自得だと喜蔵は諦めた。それよりも気になったのは、傍らでいつになくぼうっとしている妹のことだった。

「……腹でも空いたか？」

「嫌だわ、それじゃあまるで小春ちゃんじゃない——」

己で言っておいて、深雪ははっとした顔をした。その様子を見て、喜蔵は妹にこんな顔をさせている者が誰なのかをはっきりと悟ったのだった。

「……あの小鬼は口ばかり達者で、約束のひとつも守れぬらしい。今度こちらに来た時には、夕飯抜きにしてやる。悲鳴を上げてのたうち回るだろうが、放っておくつもりだ」

「駄目よ」と深雪はぽつりと言った。

「何が駄目なものか。お前は甘い。罰を与えぬから、調子に乗るのだ。次は必ず痛い目に遭わせてやる」

「駄目なの……」

深雪はまた同じことを呟き、うつむいてしまった。深雪の様子を奇異に思ったのは、喜蔵だけではなかったようだ。綾子も彦次も顔を見合わせ、困ったような顔をした。誰もが何も言わなかったのは、皆分かっていたからだろう。深雪がこうして落ち込んでいる理由も、別れ際の小春の様子がおかしかったことも、その意味も――はっきりと事情が分からぬまでも、皆何となく察していたのである。

「……そろそろ花火も終わってしまいますね。皆が動きだす前に、帰りましょうか？」

「あ、ああ、そうですね。今のうちの方がいいかもしれません」

綾子と彦次の相談を遮ったのは、すっくと立ち上がった喜蔵だった。

「ど、どうした急に!?」

「――声が聞こえた」

ざっと踵を返して歩き出すと、彦次たちは慌てた様子でついてきた。喜蔵が向かったのは、先ほどいた松林だった。

「声が聞こえたって……こんなところから、さっきのところまで声が届くわけねえよ！」

松林に入った時、息を切らしながら彦次は言った。喜蔵はきょろきょろと辺りを見回し、あの派手な少年の姿を捜した。しかし、どこを見ても真っ暗闇。手元の提灯で照らした足元以外、何も見えはしなかった。先ほどいた時よりも、闇の濃さが増している。花火が終わったことに気づいたのは、深雪が己の袖を引いてきた時だった。

「もう、ここにはいないわ。帰りましょう」

深雪にその台詞を言わせてしまったことを、喜蔵は後悔した。微笑んではいたが、表情は暗かった。こうして己が突っ走っても、深雪は冷静にそれを止めてくれる。だが、それは己の意思を我慢した上で成り立っているものだった。

「……腹は立たぬか？　どうせならば、一言申してから帰るぞ。ここにはおらぬが、どこかで聞いているかもしれぬ」

戸惑った顔をした深雪に、横で聞いていた彦次は「俺も」と割り込んだ。

「……小春の馬鹿！　何悩んでいるんだか知らねえが、俺たちを少しは頼りやがれ!!」

「小春ちゃん……絶対にまた来てね！　今、新しい浴衣縫っているの！　次に会ったら、渡しますからね！」

彦次に続き、綾子も叫んだため、提案したはずの喜蔵は目を見開いた。

「……あたしは、小春ちゃんとまた会えて嬉しかったわ！」

深雪は口元に手を添え、凛とした声で述べた。

「……綾子さんもお前も、てんで悪口ではないではないか」

「小春ちゃんへの不平不満なんて、あたし持っていないもの」

ごく自然に言った深雪に、喜蔵はちっと舌打ちした。深雪と綾子と彦次――妙に整った顔をした三人に囲まれた喜蔵は、その三人からじっと見守られていた。小春に何を言うのか――それが気になって仕方がない様子だった。

（こう見られるとやりにくい）

妙な緊張感を覚えてしまったが、とにかく今は何を言うかを考えるべきだと思い、集中した。深雪は持っていないと言ったが、喜蔵は小春への不平不満を多く持っていた。

（ただ飯食らいの大食らい、口八丁、小生意気、度が過ぎた世話焼き……）

挙げたらきりがなかった。そのせいか、喜蔵は小春に言ってやりたいことが浮かばず、その場でしばし立ち尽くした。

――たまやー。

明るい声が響いたのは、その時だった。

（……空耳か？）

喜蔵ははっとしたものの、逸《はや》る心を落ち着け、耳を澄ませた。

――かぎやー。

今度ははっきり耳に届き、喜蔵はふっと失笑した。しかし、彦次も深雪も綾子も笑わず、怪訝そうにこちらを見ていた。

（俺だけにしか聞こえぬのか――）

己だけ幻聴を聞いたと思うべきところだったが、喜蔵は端からその考えを捨てた。確かに、耳に、心に響いていたからだ。

――またな！

「……またな」

やまびこのように繰り返しただけだったが、それを知らぬ深雪たちは一寸哀しげに笑った。

本書は、書き下ろしです。

一鬼夜行《いっきやこう》　鬼《おに》の祝言《しゅうげん》

小松《こまつ》エメル

2013年11月5日初版発行

発行者……………坂井宏先
発行所……………株式会社ポプラ社
〒160-8565　東京都新宿区大京町22-1
電話……………03-3357-2212（営業）
03-3357-2305（編集）
0120-666-553（お客様相談室）
ファックス……………03-3359-2359（ご注文）
振替……………00140-3-149271
フォーマットデザイン　荻窪裕司（bee's knees）
印刷・製本　凸版印刷株式会社

ポプラ文庫ピュアフル

ホームページ　http://www.poplarbeech.com/pureful/

N.D.C.913/332p/15cm
ISBN978-4-591-13668-3

二

一鬼夜行
鬼やらい〈上・下〉

喜蔵の営む古道具屋に、なぜか付喪神の
宿る品ばかり買い求める客が現れて……
凸凹コンビが再結成。物語が大きく動き出すシリーズ第2弾。

三

一鬼夜行
花守り鬼

人妖入り乱れる花見の酒宴で、
あれやこれやの事件が勃発!?
桜の中で、それぞれの想いが
交錯するシリーズ第3弾。

四

一鬼夜行
枯れずの鬼灯

今度は永遠の命を授ける妖怪
「アマビエ」争奪戦!?
多聞一行の過去も明らかになる
シリーズ第4弾。

ポプラ文庫ピュアフル１月の新刊

飯田雪子
『僕の知らない、きみの時間』

文化祭の呼び物は旧校舎の怪談ツアー。だが、彰矢と一緒にまっ暗な校舎に入ったいちこの様子がおかしくなって……幽霊に取り憑かれてしまったのか？　ミステリアスでせつないラブストーリー。

佐々木禎子
『ばんぱいやのパフェ屋さん2』

順調だったパフェ・バー「マジックアワー」の客足が急に途絶えた。首をひねる吸血鬼たちだが……？　一方、音斗の次なる悩みは？　おもしろくてちょっぴりほろっとする、ハートフルストーリー第２弾！

松村栄子
『風にもまけず粗茶一服』

弱小武家茶道「坂東巴流」の家元Jr.友衛遊馬、19歳。ようやく茶の湯に目覚めた――と思いきや、なぜか比叡山で武者修行中？　めっぽう愉快でほろりと泣ける大傑作青春エンタテイメント、シリーズ第２弾！